DER TANZENDE BERG

VON
ELISABETH R. HAGER

KLETT-COTTA

Klett-Cotta

www.klett-cotta.de

© 2022 by J. G. Cotta'sche Buchhandlung

Nachfolger GmbH, gegr. 1659, Stuttgart

Alle Rechte vorbehalten

Cover: Anzinger und Rasp Kommunikation GmbH, München

unter Verwendung von Abbildungen von Getty Images

Gesetzt von Dörlemann Satz, Lemförde

Gedruckt und gebunden von GGP Media GmbH, Pößneck

ISBN 978-3-608-98488-0

E-Book: ISBN 978-3-608-11931-2

Für Yasin und alle anderen,
die es zerbröselt hat.

Jedes Tal soll sich heben, jeder Berg und
Hügel sich senken. Was krumm ist, soll gerade
werden, und was hügelig ist, werde eben
Jesaja 40, 4

Die Gefühle sind wahr, die Geschichten erfunden.
Ähnlichkeiten mit Lebenden und Toten zufällig.

EINS

»Da oben ist sie!«, brüllte die Butz und zeigte durch die Windschutzscheibe zu einer winzigen weißen Gestalt hinauf, die, von Gratulanten umringt, vor der erleuchteten Fensterfront stand. Marie nickte. Sie nahm das Tablett mit dem darauf geschraubten Hund, stieß die Beifahrertür auf und machte sich auf den Weg.

»Ich wart unten am See auf dich«, rief die Butz ihr noch hinterher, schlug den Lenker ein und stieg aufs Gas. Sekunden später waren die Bremslichter ihres Fiat Panda in der Dunkelheit verschwunden. Marie betrat die Ausläufer der Gartenanlage. Lampions hingen in den Bäumen und erhellten als winzige Monde die Nacht. Sie trug den Hund auf seinem Silbertablett durch die Menge, behutsam und mit feierlichem Ernst, spürte ihre Handflächen, auf denen das Tablett ruhte, spürte bei jedem Schritt den Rasen unter ihren Füßen, spürte ihr pochendes Herz. Marie hätte ewig so weitergehen können. Dieser Moment gehörte ihr allein. Doch bald schon kam sie an den ersten Gästen vorbei, die sich unweit des Swimmingpools um Stehtische gruppierten. Ein leichter Lufthauch hatte die Wasseroberfläche aufgeraut und in funkelnde Rauten geteilt, auf denen die Umrisse des Kaisergebirges mit seinen Kämmen, Scharten und Graten zerliefen wie Aquarell. Wann immer sie ein vereinzeltes Grüppchen Feiernder streifte, folgten ihr fragende Blicke. Offenbar hielt man sie für die Mitternachtseinlage. Und wie sich am Abendhimmel zunächst nur einzelne Sterne zeigen, ehe sie ihn mit einem Schlag zu Tausenden erhellen, stand Marie kurz darauf in einem Meer aus Menschen, die sich zu dieser seltsamen *Pyjamaparty* eingefunden hatten. Sie musterten einander, tauschten über eine Klangwand aus Neunziger-Jahre-Pop hinweg Banalitäten aus oder saugten ausdruckslos an ihren Hummerschwänzchen. Die Kellnerinnen trugen weiße Spitzenunterwäsche – unfreiwillig, wie ihre steinernen Mienen verrieten. Ihre Kollegen Boxershorts und Muskelshirts. Und auch die Gäste steckten, dem Motto des Abends gemäß, in Jogginghosen oder Nachthemden. Alle trugen Weißtöne. Nur Marie stach heraus in ihrem samtenen schwarzen Trägerkleid. Eine Laus, die durch ein blondes Fell streift. Ein Moment des Zögerns. Marie spürte den Hund auf seinem Tablett schwer werden. In seinen gläsernen Glotzaugen spiegelten sich festliche Lichter. Doch da war noch etwas anderes, ein kaltblütiger Ausdruck. *Tu es*, hörte sie King sagen. *Ich bin auf eurer Seite.*

Sie erreichte eine ausladende Steinstiege, die zur Terrasse führte. Immer mehr Menschen drängten zum Epizentrum der Party hinauf, wo das schrille Lachen des Geburtstagskindes wie ein spitzer Gegenstand aus der Musik ragte. Trotz des Lärms hörte Marie deutlich das Ticken, sie hörte ihre Schritte auf dem Stein und ihren schneller werdenden Herzschlag, spürte, wie diese Rhythmen verschmolzen zu etwas Drittem. Als sie oben auf der Terrasse angekommen war, brach jäh die Musik ab. Die Anwesenden verstummten, alle Augen wandten sich Thereses Vater zu, der eine lächerliche eierschalenfarbene Schlafmütze auf dem Kopf trug. Er setzte gerade zu einer Rede an, doch Marie kam ihm zuvor und trat direkt vor das Geburtstagskind.

»Ich bring dir den Hund«, sagte sie ernst und etwas zu laut in der plötzlichen Stille. Therese in ihren High Heels und dem dünnen weißen Seidennachthemd schwankte wie ein hochgeschossenes Bäumchen. Sie kräuselte die Stirn, ehe ihr Blick auf den ausgestopften Hund fiel.

»Kiiiing«, rief sie, ging in die Knie und streckte ungläubig die Hand aus. Als sie das über die Holzwolle gespannte Fell berührte, zuckte sie zusammen. Marie nickte. Die nüchterne Kälte eines ausgestopften Körpers war bei der ersten Berührung ungewohnt. Therese richtete sich auf, riss Marie den Hund aus der Hand und drückte ihn mitsamt dem unhandlichen Silbertablett an sich.

»Alles Gute zum Geburtstag, mein Schatz«, sagte Herr Hassel, der nähergetreten war, und strich seiner Tochter übers platinierte Haar. Therese schaute ihn aus verschleierten Augen an.

»Du bist der Beste, Papa.«

Sie nahm das Tablett und hielt es sich vors Gesicht.

»Da bist ja wieder, mein Bubi. Schaust aus, als würdest gleich losbellen! Mein Bärchen, mein Püppi ...«

Kings Glasmurmeln funkelten im Schein der Leuchtgirlanden.

Therese ließ den Hund sinken und sagte zu Marie: »Der King schaut total echt aus. Du hast ihn tatsächlich zum Leben erweckt!«

Marie zwang sich zu einem Lächeln und warf einen letzten Blick auf den seltsam gewölbten Bauch des Hundes. Dann machte sie ein paar große hastige Schritte von Therese weg und begann zu laufen. Sie rannte die abschüssige Liegewiese hinunter in Richtung des Gartentors, rannte, als hinge ihr Leben davon ab. Und sie hatte das Tor noch nicht erreicht, als es zum ersten Mal krachte. Menschen stoben auseinander. Glas klirrte. Und die Welt in Maries Rücken zerbarst in tausend Stücke.

ZEHN

Marie träumte gerade von Dutzenden Läusen, die wie Schneeflocken über das Fell eines von ihr ausgestopften Murmeltiers trieben, als der Staubsaugerlärm ihr in alle Glieder fuhr. Sie schreckte hoch, heftete sofort den Blick auf das Tier, das auf dem obersten Regalbrett auf einem Wurzelstock saß. Staubkörnchen flirrten durch den feinen Streifen Morgenlicht, der auf das aufgerissene Mäulchen fiel. Kein Parasit zu sehen. Maries Kopf sank in die Polster zurück. Sie schloss die Augen, versuchte in den Schlaf zurückzufinden, doch es gelang ihr nicht. Im flirrenden Rot ihrer geschlossenen Lider erkannte sie als tanzenden schwarzen Fleck die Umrisse des Murmeltiers. Marie ächzte, schaute noch einmal hin. Mit gebieterischer Gleichgültigkeit überblickte das Vieh die Werkstatt, unbeeindruckt vom Lärm, der durch die Zimmertür drang. Die Luft war erfüllt vom Haarlack, mit dem sie das Fell des Bären am Vorabend behandelt hatte. *Bär* ... So hatte Onkel Franz männliche Murmeltiere genannt, und Marie machte es ebenso. Die lateinische Bezeichnung war weitaus weniger schmeichelhaft. *Mus montis.* Bergmaus. Marie presste die Finger auf die Stelle zwischen den Brauenbögen. Sie spürte einen flächigen Schmerz unter der Schädeldecke. Weshalb nur fuhrwerkte Tante Hella in aller Herrgottsfrühe vor ihrem Zimmer herum? Und warum wurde Marie das Gefühl nicht los, dass sie damit nicht nur den Staub, sondern auch sie selbst durch die Ritzen im Türrahmen ziehen wollte?

»Kannst aufhören, ich bin wach.«

Sofort verstummte der Sauger.

»Oje! Hab i di g'weckt?«, erklang Tante Hellas Stimme. »Aber jetzt, wo du auf bist, richt i dir g'schwind ein Frühstück her.«

Marie stellte sich vor, wie sie sich lächelnd entfernte. Sie sah die altersgefleckte Hand ihrer Tante vor sich, die den Staubsauger am gerippten Hals hinter sich herzog. Sie hörte die Hinterrädchen über die Steinfliesen eiern, vernahm den Klangwechsel beim Überqueren des Sisalläufers und das geräuschvolle Drehen bis zur Abstellkammer, wo der Staubsauger von resoluter Hand geparkt wurde. In der Küche angekommen, würde Tante Hella Kaffee aufsetzen, zwei Semmeln der Länge nach durchschneiden, dick mit Butter und Marillenmarmelade bestreichen und Marie zum Essen hinstellen. Wer jeden Morgen zwei gebutterte Semmeln aß, um den brauchte man sich nicht weiter zu sorgen. Die rüstige Tante Hella und ihr verschrobenes Kind. Dabei war Marie nicht wirklich ihr Kind. Doch sie spielten ihre Rollen so lange und gut, dass sie das beide immer öfter vergaßen. Und während ihnen die Männer wegstarben, während das Leben sie in den Abgrund stürzte oder in tausend Stücke zerriss, hielten Marie und ihre Tante trotzig die Stellung. Sie machten einfach weiter.

14

Marie setzte die nackten Füße auf dem Dielenboden auf, drückte das Kreuz durch und blickte sich um. Schon als Kind hatte sie davon geträumt, in der Werkstatt, diesem Ort der Ruhe, an dem Toten neues Leben eingehaucht wurde, bleiben zu können. Auch und besonders in der Nacht. Gerade dann, wenn das Bewusstsein den Körper für ein paar Stunden verließ, um in der Sphäre zwischen Leben und Tod auf Wanderschaft zu gehen. Nun standen ihr Bett und der mit Wiesenblumen bemalte blaue Bauernkasten tatsächlich hier. Marie arbeitete in der Werkstatt. Sie schlief hier. Und, wenn Tante Hella ihr mit ihrem Dorftratsch allzu sehr auf die Nerven ging, nahm sie hier sogar ihre Mahlzeiten ein.

Jetzt stand sie auf, zog das erstbeste Oberteil aus dem Kasten, ein altes weißes Herrenhemd, angelte nach ihrer Jeans, zog sich an und trat vor den Waschtrog. Wo sie tagsüber ihre blutigen Hände reinigte, ausgeweidete Bälger säuberte, Farben mischte und Chemikalien verdünnte, putzte sie sich die Zähne. Dass es keinen Spiegel über dem ramponierten Emaille-Waschbecken gab, gefiel ihr. Der Anblick des harten Zugs, der sich in den letzten Wochen um ihren Mund gelegt hatte, blieb ihr dadurch genauso erspart wie der ihrer ersten Falten und vereinzelter grauer Haare, die sich in ihre braune lange Mähne geschlichen hatten. Marie bekam noch immer Komplimente für ihr Aussehen, ihre schmale Figur, doch erst seit sie sich nicht mehr jeden Morgen kritisch beäugte, war sie mit sich und ihrem Äußeren im Reinen. Sie rieb ihre Hände an dem fadenscheinig gewordenen Handtuch trocken, kämmte sich und band ihr Haar im Blindflug zum Pferdeschwanz zusammen. Sie griff nach der ledernen Schürze, die einst Onkel Franz gehört hatte, band sie sich um und ging die vier Schritte zum Metallschrank hinüber, wo sie die oberste Schublade öffnete und zwei Spanndrähte herausnahm. Vor dem Frühstück wollte sie noch die Hasenohren nachziehen. Über Tage hinweg musste man sie immer wieder in Form bringen, sonst verloren sie gegen die Schwerkraft, und statt eines Tieres mit aufgestellten Ohren glotzte einen für den Rest der Ewigkeit ein Häufchen heulendes Hasenelend mit herabhängenden Löffeln an. Auf der Werkbank am Fenster standen zwei ausgestopfte Schneehasen auf ihren Hinterläufen, die Mäuler aufgerissen, vertraut wie ein altes Paar. Dabei hatte Marie den Rammler mit einem Schwung Artgenossen erst kürzlich vom Salzburger Zoo bekommen, während die Zibbe schon seit Jahren in einer der Tiefkühltruhen des Onkels auf ihren großen Auftritt gewartet hatte. Marie strich über das seidenweiche Fell und zupfte an der Blume herum, die dem Tier wie ein flauschiger Schneeball am Hintern klebte. So zart und glänzend waren ihr lange keine Hasen mehr gelungen. Sie hätte zufrieden sein können mit der Arbeit, wenn nicht die Augen gewesen wären. Ihre Gestaltung gehörte beim Ausstopfen ohnehin zum Schwersten. Doch die Lichter von Albinohasen naturgetreu nachzubilden - ihr rötliches Flackern zwischen Transparenz und Opazität - war fast unmöglich. Hier hatte sie mit winzigen rotweiß-gestreiften Murmeln experimentiert, was ihnen ein verschlagenes, geradezu hinterfotziges Aussehen verlieh. Die Tiere lösten ein Unbehagen aus, das sie unter normalen Umständen für den Verkauf unbrauchbar gemacht hätte. In diesem Fall war es anders, ein gewisser Gruseleffekt gehörte bei Wolpertingern einfach dazu. Dem Weibchen würde sie später ein Diadem aus gestutzten Pfauenfedern aufsetzen, einen Entenschnabel verpassen und den Schwanz eines Waschbären annähen. Dem Männchen ein Geweih und die aufgespannten Entenflügel, die Youni ihr vor Monaten von einem Ausflug mitgebracht hatte. Youni ... Marie seufzte und versenkte den Blick in der Schneelandschaft des Hasenfells. Ihr gefielen die Tiere ohne den darauf geklatschten Schnickschnack besser. Aber die Kundschaft, vor allem Touristen aus Deutschland und Italien, verlangte danach. Wolpertinger und Haustiere. Andere Aufträge bekam sie nicht. Die heimischen Jäger, die den Kundenkreis von Onkel Franz gestellt hatten, ignorierten sie. Ihre Trophäen, diese Ausweise ihrer Männlichkeit, wollten sie keiner Frau anvertrauen, keiner Frau wie Marie jedenfalls. Blieben also die Wolpertinger. Seit sie das Gewerbe vor einem Jahr übernommen hatte, bildeten sie ihre Haupteinnahmequelle, trotzdem reichte es hinten und vorne nicht. Maries Ersparnisse aus der Zeit beim Radio waren fast aufgebraucht. Das Souvenirgeschäft am Hauptplatz zahlte hundertfünfzig Euro pro Tier. Wenn sie sich geschickt anstellte. Bevor sie die Viecher allerdings in Fabelwesen verwandeln konnte, mussten die Löffel in Form gezogen und fixiert werden. Wie überlange Chicorée-Blätter ragten sie in die Höhe, diese Zauberwerkzeuge, in denen sich noch die leisesten Geräusche verfingen. Winzige Positionsänderungen beim Fixieren der Löffel gaben einem Tier einen völlig neuen Ausdruck. Marie liebte diese Millimeterarbeit und ließ sich viel Zeit dafür, den richtigen Ausdruck für ein Tier zu finden. Lebendig sollten sie wirken, wach, aber nicht angespannt. Wer wollte schon einen Hasen in seinem Wohnzimmer stehen haben, der aussah, als würde er einem gleich an die Gurgel springen? Marie strich mit den Fingerspitzen an den

Innenseiten der Ohren entlang. Bei jeder Berührung kroch ihr die Gänsehaut ein Stück weiter den Arm hinauf. Der Anblick der Tiere verschaffte ihr eine nicht zu verleugnende Befriedigung. Der Tod hatte, so schlimm er war, auch seine Vorzüge. Der vom Willen verlassene Körper breitete sich vor Marie aus und wurde zum Material, das sie nach Belieben formen konnte. Vielleicht hatte Younis Tod sie auch deshalb so hart getroffen, weil nichts Greifbares von ihm geblieben war. Wie gern hätte sie wenigstens eine Strähne seiner schwarzen Locken behalten oder seinen Körper in ihrer Nähe gewusst. Sie griff nach den Ohren, befestigte die Metallklemmen an den Spitzen und spannte die geäderte Haut mit einer einzigen kraftvollen Bewegung nach hinten. Gerade so weit, dass sie nicht riss.

Als sie fertig war, trat sie ans Fenster, zog die Vorhänge auf, drehte an der Fensterklinke und ließ Morgenluft herein. Winzige Wolkenfetzen hingen zwischen den Bergspitzen im Blau. Seit Wochen wehte der Föhn und spielte der Welt einen Frühling vor, wo es doch längst Zeit war für die ersten herbstlichen Schauer. Er kündigte einen Temperatursturz an, der wohl auch heute nicht kommen würde. Marie betrachtete die Nuancen des Himmels. Sie zählte die weißen Flecken. Auf dem Zeige- und Ringfingernagel ihrer rechten Hand hatten sich ganz ähnliche Flecken gebildet. Als wäre ihr das Wetter in den Körper gekrochen. Und auch wenn es völlig abwegig war: Marie ahnte, dass diese Flecken verschwinden und ein tosender Regen einsetzen würde, sobald endlich jemand den Mund auftat, um mit ihr über Younis Tod zu sprechen. Youni Jeton Niziray war geradezu verpufft. Nichts war von ihm übrig geblieben außer dem Schweigen, das seit Wochen wie ein giftiges Gas durch den Talkessel waberte. Der Knall, mit dem er gestorben war, war kaum verhallt, da hatte es sich schon in die Gassen des Dorfkerns gezwängt. Dabei wusste Marie genau, dass die Leute im Dorf redeten. Die Leute reden doch immer. Nur eben nicht mit ihr. Schon nach wenigen Tagen hatte sie das Schweigen vollkommen eingehüllt, und es wurde mit jedem Tag fester. Zunächst stockte es wie saure Milch. Doch dabei blieb es nicht. Immer zäher wurde die sie umgebende Stille, bis sie zu einer Art Glaswolle erstarrte, die Marie bei jeder Bewegung winzige Wunden zufügte. Kein Blut war zu sehen. Keine Schnitte in der Haut. Und doch schwächte sie das Schweigen bei jedem Schritt und ließ die Distanz größer werden, die sie zwischen sich und der Welt spürte.

Marie sah sich in der Werkstatt um. Auch hier erinnerte nichts an Youni, außer der Kiste, die sie für ihn vor gut eineinhalb Jahren versteckt hatte. Der Gedanke daran beunruhigte sie. Wohin damit? Wohin mit dreieinhalb Kilo Marihuana, eingeschweißt in vakuumierte Säckchen zu je zehn Gramm? Warum sie ihm das Zeug nie zurückgegeben hatte, war ihr selbst noch immer ein Rätsel. Sie vertrug es nicht einmal. Die wenigen Male, die sie mitgeraucht hatte, waren ihr in lebhafter Erinnerung geblieben, da sie danach tagelang an Angstzuständen und Verfolgungswahn gelitten hatte. Sie stieß die Tür zur Kammer auf, in der die Chemikalien lagerten. Der olivgrüne Lack von Younis Kiste leuchtete vom obersten Regalbrett herunter. Mit ihr hatte im letzten Sommer ihr erstes und einziges Jahr als Paar begonnen.

Warum er sich genau dieses Waldstück als Versteck ausgesucht hatte, war Marie erst spät aufgegangen: Ihr Haus, das auf einem dem Kalkstein vorgelagerten Hügel saß, war das einzige in weitem Umkreis. Und Tante Hella hielt jeden Tag um die Mittagszeit ein zweistündiges Schläfchen. Mit Marie hatte Youni nicht gerechnet.

Es war ein brütend heißer Tag gewesen, so anstrengend, dass man sich jede Bewegung zweimal überlegte. Sie hatte kurz nach dem Mittagessen an der Abwasch gestanden, um sich ein Glas Wasser vom Hahn zu lassen, als sich das Geräusch eines näherkommenden Mopeds in die Umgebungsklänge gemischt hatte. Wer konnte das sein? Ein Kunde, der nicht mitbekommen hatte, dass ihr Onkel vor Jahren gestorben war? Immer wieder war das vorgekommen. Immer wieder hatte Tante Hella ihr von Leuten erzählt, die zu den wildesten Tages- und Nachtzeiten mit einem ausblutenden Hirschbock oder einem eingeschläferten Hund vor der Tür standen und erst abmarschierten, wenn sie ihnen zurief: »Der alte Scheringer ist tot. Und i mag seine Witwe sein, aber i nehm höchstens ein Grillhendl aus!«

Tante Hella hatte sich zum Mittagsschlaf zurückgezogen, also ging Marie selbst hinaus, um nachzusehen. Sie trat vor die Haustür ins gleißende Mittagslicht, machte einen Satz zur Hecke hinüber, die den Vorgarten umkränzte, und duckte sich dahinter weg. Von hier aus konnte sie alles überblicken und doch, falls nötig, ungesehen verschwinden. Das Motorengeräusch schwoll weiter an, Maries Puls beschleunigte. Doch die Maschine verlangsamte nicht etwa, sondern bretterte am Haus vorbei Richtung Wald. Vom Fahrer sah Marie nur ein gelbes, vom Fahrtwind geblähtes T-Shirt und einen Schwall langer schwarzer Locken, die unter dem Helm hervorlugten. Und doch wusste sie sofort, wer da am Haus vorbeigefahren war. Sie erkannte die energische und zugleich lässige Art, mit der dieser Mann sich über den Lenker beugte, erkannte ihn an der Statur, am Tonus seiner gebräunten Arme. Und sie erkannte die schwarzen Chucks, die hier sonst niemand trug, der älter war als dreißig. Auf dem Gepäckträger des Mopeds thronte, grell wie ein Rufzeichen, eine olivgrüne Metallkiste. Marie schaute dem Gefährt nach, bis es in der Dunkelheit des Waldes verschwunden war. Youni war also noch immer in der Gegend. Was machte er auf diesem abgelegenen Feldweg? Der Wald oberhalb des Hauses gehörte dem Kalterer Schorsch, einem uralten, schnauzbärtigen Bauern, der eine große Landwirtschaft und eine eigene Sägerei besaß, jedoch – soweit Marie informiert war – keine Nachkommen. Arbeitete Youni für ihn? Was sonst hatte er dort oben zu suchen? Enttäuscht darüber, dass ihre Vorsicht eine Begegnung verhindert hatte, kehrte sie ins Haus zurück. An jenem Tag schob sie den Gedanken an Youni schnell beiseite, doch sie spürte, wie viel Zukunft in dieser flüchtigen Begegnung gelegen hatte. Der Faden, der sie mit Youni verband, reichte bis in die Kindheit zurück. Schon einmal hatte er ein gewundenes Muster im Teppich ihres Lebens hinterlassen. Wie würde sich dieses Muster fortspinnen? Keine halbe Stunde später hörte Marie das Moped wieder ins Tal hinunterrauschen. Der übrige Tag verging in der für die Besuche bei Tante Hella typischen bleiernen Abfolge: Kaffeejause, Gartenarbeit, Nachtmahl und anschließender Kontrollspaziergang ums Haus. Doch statt sich, wie sonst oft, bei ihrer Tante zu langweilen, war Marie aufgedreht wie nie. Mit geschärfter Aufmerksamkeit lauschte sie den Geschichten der alten Frau und erzählte Anekdoten aus ihrem Single-Leben in Wien, das ihr mit einem Mal spannend erschien.

Zwei Tage später um die Mittagszeit fuhr Youni erneut den Berg hinauf und ratterte kurz darauf wieder herunter. Wieder zwei Tage später sehnte Marie das Geräusch bereits herbei und freute sich, als sie es endlich hörte. Er kam also alle zwei Tage. Marie hätte ihm bei seiner nächsten Fahrt vor dem Haus auflauern können. Doch sie tat etwas anderes. Sie wartete, bis Tante Hella sich am nächsten Morgen verabschiedete, um für Einkäufe ins Dorf zu radeln. Kaum sah Marie ihren knochigen Rücken im weinroten Strick-Gilet, das sie ungeachtet der Wetterlage Jahr und Tag trug, den Hügel hinabrollen, packte sie ihr Frühstücksbrot ein und machte sich auf den Weg. Das Tal duftete nach den auf den Wiesen trocknenden Kräutern. Schon seit dem Morgengrauen erklang das vielstimmige Brummen der Erntemaschinen von den umliegenden Feldern. Es wurde gemäht und gekreiselt. Traktoren mit Zwillingsbereifung zogen ihre Bahnen, um das Heu zu dicken Zeilen zusammenzuschlagen. Bauersfrauen mit ausladenden Sonnenhüten und krummen Rücken bewegten ihre Rechen in Zeitlupe über die abfallenden Hänge. Und auch die Kinder waren im Einsatz. Sie rannten mit Feldflaschen und Bechern herum und versorgten die in der Sonne Schuftenden mit Getränken. Keine zehn Minuten war Marie den Kiesweg hinaufspaziert, den Geruch von Sommer und Bergheu in der Nase, als sie die Kühle des Waldes in Empfang nahm. Sofort änderten sich Licht und Luftfeuchtigkeit. Es fühlte sich an, als träte sie nicht in den Wald, sondern in den schattigen Flur eines ehrwürdigen Hauses, dessen Regeln ihr fremd waren und dessen Bewohner sie nicht kannte. Vorsichtig setzte sie einen Fuß vor den nächsten. Der Waldboden war mit rostfarbenen Tannennadeln übersät. Wurzeln hoben sich aus der Erde wie winzige Fallstricke. Überall kreuchte und werkelte das Leben. Ameisen zogen mit riesigen Eiern beladen als schwankende Karawanen durchs Unterholz. Trächtige Moosbeerbüsche säumten blaugepunktet ihren Weg. Im Kies sah Marie die Spuren, die das Moped hinterlassen hatte, und folgte ihnen, bis sie zu einer Lichtung gelangte, auf der einige duftende Festmeter Holz mit abgeschabten Rinden lagerten. Sie kam an die Stelle, an der Youni das Moped abgestellt hatte und zu Fuß weitergegangen war. Marie kannte den Wald aus Kindertagen. Damals war sie oft allein heraufgewandert, hatte sich auf ein sonnenbeschienenes Fleckchen gesetzt, hatte Melodien aus dem Radio gesummt und war in eine Trance verfallen, aus der sie erst wieder auftauchte, als die Kirchenglocken zur Abendmesse riefen und Marie wusste, dass ihre Tante bald das Nachtmahl auftischen würde. In der Nähe gab es den hoch aufragenden hohlen Stumpf einer Fichte, in die einst der Blitz eingeschlagen hatte. Als Kind war Marie dort hineingekrochen, wenn es ihr daheim zu viel geworden war. Über die Jahre hatte sie der tote Baum immer wieder angezogen. Er hatte in ihrer Fantasie Wurzeln geschlagen und bis in ihre Träume und Schulaufsätze gewirkt. Youni hatte sie einmal von dem Stumpf erzählt und sich auf einem Wandertag mit ihm abgesondert, um ihm ihr Versteck zu zeigen. Konnte es sein, dass ...? Auf der Höhe, auf der sie den hohlen Baum vermutete, verließ Marie den Weg und schlug sich durchs Dickicht. Der benadelte Erdboden ließ jeden ihrer Schritte federn. Bald, früher als erwartet, tauchte zwischen zottigen Stämmen und Latschenkiefern der Baumstumpf auf. Und tatsächlich, jemand hatte sich daran zu schaffen gemacht. Der Hohlraum war mit Zweigen abgedeckt. Darunter erkannte Marie etwas Längliches, Olivgrünes. Sie schaffte die Zweige beiseite, und zum Vorschein kam die Kiste, die sie auf Younis Moped gesehen hatte. Mit angehaltenem Atem hob sie den Deckel. Unzählige grün gefüllte Säckchen lagen wie winzige Polster darin. Vorsichtig nahm sie eines heraus, öffnete es, roch daran. Der süßliche Geruch des Harzes, von dem sie noch nicht wusste, dass es der Geruch des nächsten Jahres werden würde, strömte ihr direkt in den Kopf. Sie dachte an Youni auf seinem Moped und lachte laut auf. Ihr Jugendfreund war auch fünfzehn Jahre nach ihrer letzten Begegnung noch ganz der Alte. Sie wickelte ihr Brot aus der Serviette, aß es hastig auf und schrieb mit Kugelschreiber auf das zerknitterte Papier:

Wenn du deine Kiste wieder haben willst,
läute unten beim Haus, Marie.

Sie griff die metallenen Henkel, hievte die Kiste aus dem Stumpf und schleppte sie durch den Wald zu sich nach Hause.

Das Telefon klingelte und zerriss die Stille im Raum. Marie eilte zur Tür, doch da hörte sie schon Tante Hellas emsige Schritte, die sich dem Telefon näherten.

»Scheringer?«

...

»Ja, grüß Gott ...«

Marie öffnete die Tür einen Spalt, um sie besser zu verstehen.

»Ja freilich, Tierpräparate Scheringer. Das sind wir ... Mhmm ...«, sagte Tante Hella. Sie hörte eine Weile zu, dann

fiel sie dem Anrufer ins Wort: »Ja, das könnt gehen. Sicher ...
Ja, freilich!«

Am süßlichen Klang ihrer Stimme erkannte Marie, dass
es um etwas Geschäftliches ging. Ein besonderes Vibrato lag
darin, die Vorfreude auf Geld. Tante Hellas Satzenden flogen geradezu in die Höhe. Sie hatte schon für Onkel Franz
die Preisverhandlungen geführt. Und auch Marie ließ sie
machen, obwohl ihr die übergriffige Art der Tante oft auf
die Nerven ging. Hella gab dem Anrufer immer wieder Zeichen der Zustimmung, ließ ihn eine Weile im Glauben, das
Gespräch zu dominieren, um dann noch gnadenloser ihre
Schrauben anzuziehen. Unter dreihundert Euro ging bei
ihr gar nichts. Keinen Maulwurf gab's für das Geld. Marie
schaute hinüber zu den Schneehasen, die mit ihren aufgespannten Löffeln so aufmerksam zu lauschen schienen wie
sie selbst.

»Jo mei, was für ein Viecherl haben's denn?«, hörte sie
Tante Hella fragen.

»Na ja ... Da kann man locker um die fünfundzwanzig
Arbeitsstunden rechnen. Wenn das gescheit gemacht sein
soll. Wenn's langt. Heut is Freitag. Also bis nächste Woche
Donnerstag müsst's schon gehen.«

Wieder entstand eine Pause.

»Was? ... Bitte noch einmal. I versteh Sie so schlecht.«

Tante Hellas Stimme überschlug sich fast.

»Ein Geburtstag? ... Aha. Verstehe. Ja, ja, man muss die
Feste feiern, wie sie fallen, gell ... Und wann ist der?«

Tante Hella horchte, dann entfuhr ihr ein Schreckens-
laut.

»Na, na. So schnell geht's nit. Wir lassen die Felle ja nach
jedem Arbeitsschritt erst einmal an der Luft trocknen. Das

dauert Stunden. Außer ... Wie groß, haben Sie g'sagt, ist das Tier?«

Kurz war es still, ehe Tante Hella fortfuhr: »Na ja. Ob sich das ausgeht? Und selbst wenn: Das kostet natürlich. Extra, mein i ... Wie viel wär Ihnen die Sache denn wert?«

Bei der Antwort schnalzte sie mit der Zunge, doch schon mit dem nächsten Satz trieb sie den Preis weiter in die Höhe. An der Schmerzgrenze des Anrufers angekommen, sagte sie mit absolut glaubwürdigem Bedauern in der Stimme: »Oje, für den Preis schafft die Marie des heut nimmer. Die hat gerade so viel zu tun. Unglaublich viel. Wenn sie so einen Eilauftrag übernimmt, muss sie ja die ganzen anderen Sachen hintanstellen ... Da geht wertvolle Zeit verloren. Wertvolle. ... Na ja ... Jetzt legen's halt noch einen Hunderter drauf, und wir kommen ins Geschäft.«

Die Stille am anderen Ende der Leitung währte kurz. Marie konnte förmlich hören, wie der Anrufer einknickte. Ein triumphaler Schnaufer aus Tante Hellas Kehle besiegelte den Handel. Dann wurde sie wieder geschäftsmäßig: »Welche Haltung wär Ihnen recht? In so eiligen Fällen bietet sich die Schlafposition an. Da liegt er im Körberl, als würd er schlafen ... Ah ... Sie wollen offene Augen? Ist notiert. Und soll das Viech Männchen machen oder Sitz? ... *Aufrecht wie ein König* ... Okay. I schreib's ihr auf. ... Und der Sockel?«

Wieder entstand eine kurze Pause. Tante Hella seufzte und ratterte herunter: »Als Sockel bieten wir an: bei Haustieren gern das eigene Körberl. Weiters: Felsen aus Pappmaché oder Schaumstoff. Äste in verschiedener Dicke – das passt in unserem Fall natürlich gar nit. Besser wären die Holzvarianten. Eine Fichtenholzscheibe wär im Preis schon drinnen. Zirbe, Walnuss oder Teak kosten extra. Wir haben auch eine größere Auswahl an schönen Treibholzstücken vom Gardasee. Und es gäb noch die Möglichkeit, dass die Marie im Wald bei uns hinterm Haus ganz individuell ein passendes Trumm für das Tier aussucht, sobald es abgebalgt ist ... Und? Was wollen's jetzt? ...«

Der Anrufer schien kurz zu überlegen.

»Alles klar«, sagte Tante Hella endlich. »I schreib's auf. Mal schauen, ob die Marie was Passendes findet. Ist auf jeden Fall notiert. Wir bräuchten bitte noch zwei, drei Fotos vom Tier, wo man die Maske gut erkennen kann. ... Das Gesicht mein i! Und was die Bezahlung angeht: fünfzig Prozent bei Abholung in bar. Den Rest können's nach Erhalt des Tieres überweisen.«

Tante Hella notierte noch die Adresse und verabschiedete sich.

»Jessasmariaundjosef!«, entfuhr es ihr, kaum dass sie aufgelegt hatte. Schon kam sie mit hastigen Schritten näher. Marie zog die lederne Schürze aus, hängte sie an den Haken, öffnete die Zimmertür und hielt nach ihrer Tante Ausschau. Ein langes Leben in den Bergen hatte Tante Hellas Physiognomie derart geprägt, dass sie immer ein wenig so aussah, als würde sie einen Berg besteigen. Die kurzen Beine, stets hüftweit auseinander, holten bei jedem Schritt aus, als ginge es den Himalaya hinauf. Ihr rotgetöntes Haar stand dauergewellt nach allen Seiten ab und gab ihr das Aussehen eines knotigen, im Abblühen begriffenen Almrosenbuschs.

»Marantana, ha'm mir ein Glück! Zweitausendsechshundert Euro!«

Tante Hella strahlte wie ein faltiges Äpfelchen.

Marie stieß einen anerkennenden Pfiff aus.

»Nicht schlecht! Und was soll ich herrichten für das Geld?«

»Ein Hund soll's werden! Das Haustier von einer gewissen Therese Hassel, der Hotelerbin vom *Goldenen Hahn*. I hab gesagt, du kommst gleich.«

Marie verdrehte die Augen. Tante Hella kräuselte die leicht behaarte Oberlippe und sah sie forsch an. Sie wusste, was Marie von Haustierkunden hielt. Erst schwadronierten sie stundenlang von ihrem verstorbenen Liebling, zeigten Tausende Fotos und drückten auf die Tränendrüse. Also gab man sich unheimlich Mühe, das Wesen des geliebten Tieres genau so nach außen zu kehren, wie es einem aufgrund von Fotos und Schilderungen erschienen war. Sobald man dann aber mit dem fertigen Tier bei ihnen ankam, waren die allermeisten Haustierkunden vom Ergebnis entsetzt. Sie erkannten erst jetzt, dass das, was sie an ihrem Tier geliebt hatten, sich durch den Versuch seiner Fixierung nicht bewahren ließ. Andere wiederum hatten, wenn man ihnen das ausgestopfte Vieh nach wochenlanger Arbeit lieferte, längst ein neues Haustier. Den ausgestopften Liebling wollten sie nicht mehr haben. Und zahlen schon gar nicht. Haustierkunden machten fast immer Ärger. *Zweitausendsechshundert Euro.* ... Vielleicht war dieser Haustierkunde anders?

»Okay. Was genau? Wo? Wann?«

»Ein Eilauftrag. Holen müsstest du das Viech gleich um zehn beim Dienstboteneingang vom *Goldenen Hahn* im Stadel.«

»Beim *Goldenen Hahn*?«

»Der Kobel mit dem Schwimmbecken und der großen abschüssigen Liegewiese davor, wo sie im Sommer immer die goldenen Liegestühle aufstellen. Kurz vorm Schwarzsee links. Weißt, wo i mein?«

»Ich kenn doch den *Goldenen Hahn*«, sagte Marie und verzog den Mund. Dieses Monstrum von Hotel war auch ohne die goldenen Liegestühle kaum zu übersehen. Wieder kamen ihr Zweifel. Reiche, besonders diejenigen, die unter ihresgleichen im Stadel wohnten, waren oft schlechte Kunden. Sie kamen mit einem halb verwesten Suppenhuhn an, wedelten mit ihren Scheinchen und erwarteten, dass man es in einen Pfau verwandelte. Und wenn das nicht gelang, wurden sie unleidlich.

»I weiß, was du denkst.« Tante Hellas machte eine wegwerfende Bewegung. »Aber sieh's einmal so: Wenn'st die Schulden abziehst, die man bei solche Leut fast immer annehmen muss, kommt unterm Strich einer raus, dem seine Taschen nit tiefer sind als meine.«

Sie grinste und zeigte ihre dritten Zähne, die auch nach fünfzehn Jahren noch aussahen wie neu.

»Und bis wann soll der Hund fertig sein?«

»Tja, Marie. Deshalb ja das ganze Geld ...«

Tante Hella knetete schuldbewusst ihre faltigen Ohrläppchen, von denen silberne Trachtenohrringe baumelten. Marie sog den vertrauten Duft ihrer Tante ein. Nach Puder, Pfefferminz, eingelegten Zwiebeln, Fermentation und altem Schweiß, der sich in die Kunstfaser ihres Hauskittels gefressen hatte. Wohlgeruch war das keiner, und doch löste das Gemisch, kaum dass sie es wahrnahm, alle Anspannung in ihrem Körper auf.

»Du müsstest heut noch fertig werden«, zerschnitt Tante Hellas knarzende Stimme Maries Wohlgefühl. »Die Wirtstochter feiert in den Geburtstag hinein. Um Mitternacht gibt's die Geschenke, hat der Vater g'sagt. Und da bräucht er dann bittschön das Hunderl.«

Marie verkrampfte.

»Wie, heut um Mitternacht? Spinnen die?«

Tante Hella presste die Lippen aufeinander und wiegte entschuldigend den Kopf.

»Wie soll ich denn das schaffen?«, setzte Marie hinterher. Tante Hella warf ihr ein aufmunterndes Lächeln zu.

»I weiß, du nimmst es mit allem immer scheußlich genau, aber heute muss es einmal schneller gehen. Heute musst halt ein bisserl pfuschen. Kann doch keiner erwarten, dass du in der kurzen Zeit alles genau so machst, wie's im Lehrbuch steht.«

Empört presste Marie nun ihrerseits die Lippen aufeinander. Ihre Tante hatte recht. Sie arbeitete sorgfältig. Sie behandelte die abgebalgten Tiere jeweils mit nur einer Chemikalie und ließ das Fell über Nacht trocknen. Wenn sie den Balg mit Kemal Vier und den Instektiziden zugleich behandelte, wäre das eine riesige zeitliche Ersparnis. Ihre Methode, das offene Mäulchen eines Tieres mit Stecknadeln festzupinnen, damit es an der Luft über die Tage zum richtigen Gesichtsausdruck »erstarrte«, konnte sie bei so einer eiligen Arbeit ebenfalls vergessen. Wenn der Hund heute fertig werden sollte, musste er bis in alle Ewigkeit den Mund halten.

»Was für ein Hund ist es überhaupt? Für den Schäferhund vom Unterbichler hab ich damals fast zwei Wochen gebraucht.«

Tante Hella stemmte die Arme in die Seiten.

»Des weiß i doch! Das Viech, das du herrichten sollst, nennt sich Hund, aber eigentlich ist's mehr so ein Ratzl!«

»Ein Yorkshire Terrier?«

»So was in der Art. Dieser Hassel hat eine ganz komische Art zum Reden. Kaum verstanden hab i den. I mein, dass er *Schoßhündchen* gesagt hat.«

»Schoßhündchen ... Es gibt Leute, die nennen ihre Dogge *Schoßhündchen*. Du weißt doch, wie die Leute sind.«

Das Gespräch verebbte, es wurde seltsam still. Das Ticken der Küchenuhr schob sich in den Vordergrund. Falls Marie den Auftrag annehmen wollte, musste sie sich beeilen. Hella blickte sie erwartungsvoll an.

»Okay. I schau's mir an.«

Tante Hella schnalzte mit der Zunge.

»Geh di schnell brausen. Das Frühstück is ja scho fertig.«

*

Um halb zehn verließ Marie das Haus und ging zum Auto hinüber, das vor dem Holzstoß neben dem Schuppen parkte. Beim Blick in den Himmel schien es ihr, als wäre der Föhn abgeklungen, doch kaum war sie beim Auto angekommen, spürte sie einen warmen Lufthauch im Gesicht. Seit Wochen herrschte dieselbe Witterung. Trotzdem war heute etwas anders. Etwas lag in der Luft, frisch wie ein Auftakt. Marie trommelte mit den Fingern auf's Autodach, dann stieg sie ein. Den Geländewagen, ein weißes Modell von Suzuki, hatte sie vor Kurzem gebraucht gekauft. Eine alleinstehende Frau, die mit Eingeweiden hantierte und Tiere ausstopfte, war für die meisten Menschen in der Gegend schon gewöhnungsbedürftig genug. Da galt ein Auto, wie es hier jeder Zweite fuhr, als vertrauensbildende Maßnahme. Dass sie, die vor fünfzehn Jahren mit wehenden Fahnen davongeeilt war, ins Dorf zurückgekehrt war und die Werkstatt übernommen hatte, verstand hier keiner. Einer von Franz' alten Freunden, der selbst Jäger war, hatte es ihr auf den Kopf zugesagt: *Für ein Weibsbild gehört sich das Ausstopfen nicht.* Maries Erfahrung war eine andere. Frauen waren näher an der Monstrosität des Lebens, an den Eingeweiden, am Blut, an der Haut. Sie konnten fast umkommen vor Schmerz und kurz darauf einen Menschen gebären, blutverschmiert, winzig und zugleich absolut vollkommen. Überall auf der Welt machten Frauen Grenzerfahrungen, jeden Tag millionenfach. Es sprach nur nie jemand davon. In der Welt, wie die Männer sie erklärten, der Welt der Regeln und Gesetze, in der Geschäfte gemacht und Steuern gezahlt wurden, gab es schlichtweg keine Worte dafür. Doch hinter dieser Welt lag eine zweite. Eine Welt, in der Früchte wuchsen, reiften und verdarben. Eine stinkende, schleimige Welt. Eine alchemistische Welt, in der Lachen, Trauer, Schmerz, Zuneigung und Lust sich mit Blut, Sperma, Wasser und einem Funken Goldstaub zum Wunder des Lebens verbanden. Tanzende Sterne wurden geboren. Manche erloschen, ehe ihr Leben wirklich begann. Andere wiederum überdauerten ihr eigenes Ende und spukten lange in dieser Schattenwelt herum, in der die Frauen einander hinter vorgehaltener Hand Geheimnisse zuraunten: Fehlgeburten, Totgeburten, Stillgeburten. Periodisch wiederkehrende Erwartungen und die ihnen zugehörigen Enttäuschungen. Unzählige Tode pflasterten ein Frauenleben. Männer hatten ja keine Ahnung davon.

Marie klappte die Sonnenblende herunter. Ihr mageres Gesicht im Spiegel war weder alt noch jung, sondern in genau dem Alter, in dem ein Mensch noch kindliche Züge haben kann, ein anderer schon graue Schläfen. Sie hatte es im Grunde gut erwischt. Sorgenfalten, Krähenfüße und Tränensäcke zeigten sich erst, wenn sie traurig, müde oder wütend war. Wenn sie einen neutralen Gesichtsausdruck aufsetzte, war ihr Gesicht noch jugendlich glatt. Sie grimassierte ein wenig, schob die schlaff gewordene Haut im Gesicht herum und versuchte vergeblich, ein fernab des rechten Brauenbogens wachsendes Haar auszureißen. Anschließend griff sie nach dem goldenen Quader ihres Lippenstifts und trug eine rostrote Schicht auf. Sie bewegte auch die Pupillen ein paar Mal in jede Richtung und fixierte sich im Rückspiegel. Es passierte nur noch sehr selten, doch manchmal, besonders wenn sie aufgeregt war, blieb Maries linkes Auge mitten in der Bewegung stecken. Für Sekunden verdoppelte sich ihre Welt. Die Augen kreuzten einander. Die Ränder verschwammen. Dann war der Spuk wieder vorbei, und alles war wie zuvor. Zurück blieb nur der verstörte Ausdruck im Gesicht ihres Gegenübers. Heute bewegten sich Maries Gucker in völligem Gleichlauf. Trotzdem setzte sie sicherheitshalber ihre dunkle Sonnenbrille auf. Nichts konnte sie beim Besuch im Fünf-Sterne-Hotel weniger brauchen als ein schielendes Auge, das dem Gefühl der Unzulänglichkeit, das ihr allein der Anblick der prächtigen Hotelanlage abrang, einen physischen Ausdruck verlieh. Marie startete den Motor, schlug das Lenkrad ein und steuerte den Wagen energisch die geschotterte Auffahrt hinunter. Und sollte sie noch einmal ein Typ fragen, warum sie dieses brutale Geschäft übernommen hatte, würde sie von ihrem vergossenen Blut erzählen. Und vom vergossenen Blut seiner Frau.

Durch das heruntergelassene Autofenster wehte die Kühle des Waldstücks herein, das das Haus vom Talkessel trennte. Hier war der Herbst schon im Anmarsch. Der Geruch der Steinpilze erfüllte die Luft, dieses Gemisch aus feuchter Erde und Intimität. Am Fuß des Berges gurgelte ein Bach. Sein Rauschen begleitete Marie noch eine Weile auf der geschotterten Allee, die Richtung Dorf führte. Ein halbes Leben zuvor, mit achtzehn, hatten Onkel Franz und Tante Hella sie um diese Jahreszeit zum Bahnhof gebracht. Von hier aus war Marie, der Enge überdrüssig, voll Neugier und Lebenshunger in die Hauptstadt gezogen, wo sie fünfzehn Jahre lang gelebt hatte, ohne je wirklich Wurzeln zu schlagen. Immer wenn sie sich in ihrer Wiener Zeit einsam gefühlt hatte, hatte es genügt, sich an diese menschenleere Allee fernab des Dorfkerns zu erinnern. An die drückende Einsamkeit im Haus. An die Schnarchgeräusche des Onkels, die wie das verzweifelte Luftschnappen eines erstickenden Fisches geklungen hatten, wenn er, schon am Nachmittag abgefüllt mit selbstgebranntem Schnaps, vor dem Kachelofen eingeschlafen war. Und an die ewig im Scherz vorgetragene Frage ihrer Mitmenschen, wann immer Maries schmale schwarze Teenagergestalt an ihnen vorbeigehuscht war – *Bloody Mary, wer ist gestorben?* Eine Frage, deren ehrliche Antwort – *meine Eltern* – Marie niemals über die Lippen gekommen wäre. Sie war ein Säugling gewesen, als ihre Eltern bei einem Unfall umgekommen waren. Doch obwohl sie kein Jahr alt gewesen war, beschämte sie der Tod ihrer Eltern. Sie fühlte sich schuldig. *Eine gute Tochter wär nicht übrig geblieben,* hörte sie ihre innere Stimme sagen. *Eine gute Tochter wär mit ihren Eltern gestorben.* Deshalb hatte sie stets geschwiegen und sich, kaum, dass die im Dorf erhältlich waren, einen Walkman gekauft. Wenn sie allein unterwegs gewesen war, hatte sie fortan Kopfhörer im Ohr, hatte lautstark und wahllos Radio gehört und den rätselhaften Eindruck, den sie ohnehin machte, noch verstärkt. Bald waren die wildesten Geschichten kursiert. Man munkelte hinter vorgehaltener Hand über dieses seltsame Mädchen mit den Kopfhörern, das nie fröhlich war und fast immer allein. Dieses blasse Mädchen, das keine Anstalten machte, dazuzugehören, nie ein Dorffest besuchte, nicht einmal den Jungbauernball, der doch das Highlight der Ballsaison war. Dieses Mädchen, das immer, wirklich immer, schwarz trug. Die Erinnerung an ihre einsame Pubertät hatte Marie in der Stadt bleiben lassen und die Sehnsucht nach den Bergen, dem Wald und den Wiesen gedämpft. So hatte sie Jahr um Jahr die künstlichen Felsen der Stadt erduldet und weiter auf ein Glücksvogerl gehofft, das sich leider nie auf ihrer ausgestreckten Hand niedergelassen hatte. Nach dem Tod ihres Onkels hatte Marie jahrelang der Mut gefehlt für eine Rückkehr in dieses trügerische Idyll. Noch hatte sie gehofft, neue Wurzeln schlagen zu können. Noch hatte sie sich nicht entschieden, was besser war: Als *Bloody Marie* inmitten dieser wunderschönen Landschaft, doch zugleich eingezwängt im Schraubstock der dörflichen Sozialkontrolle zu leben oder frei von jeder Kontrolle, doch auch ungebunden, wurzellos und überflüssig in der Stadt. Anziehung und Abstoßung hatten sich fünfzehn Jahre lang die Waage gehalten, bis zu dem Tag, als sie Youni wieder begegnet war. Damals hatte sich mit einem Schlag eine mögliche Zukunft aufgetan, der Marie nicht hatte widerstehen können. Sie hatte den gemeinsamen Faden wieder aufgenommen.

Eine Ausbildung als Tierpräparatorin hatte Marie nicht, doch sie kannte seit der Kindheit jeden Arbeitsschritt, jede Tinktur, jedes Mittel und jedes winzige Detail, auf das beim Präparieren zu achten war. Schon als Siebenjährige hatte sie Onkel Franz beim Abbalgen von Hasen und Mardern geholfen. Wenn sie mit ihm an einem Hirschkopf gearbeitet oder ein Murmeltier ausgeweidet hatte, hatte ihr der sonst so wortkarge Griesgram oft Sagen und Geschichten aus der Region erzählt. In diesen Stunden im staubigen Licht der Nachmittagssonne, in denen es nichts gegeben hatte außer ihrer beiden Hände, dem säuerlichen Geruch nach rohem Fleisch und Onkel Franz' tiefer Stimme, hatte Marie ihn trotz allem geliebt. In den anderen Stunden war er für sie der Säufer gewesen. Der Im-Haus-Herumschreier. Einer, der seine Häme nicht verbergen konnte, wenn die hungrige Marie im Suppentopf die teigige Fratze eines toten Schweins erblickte. Einer, der sie angeschrien hatte: *Du hast gequiekt wie ein Schwein, jetz' friss eins!* Einer, der im Suff erst eisig wurde, dann weinerlich. Einer, dem man ab dem frühen Nachmittag besser aus dem Weg ging. Einer, der Marie, kaum dass sie in die Pubertät gekommen war, mit anzüglichen Blicken überzog wenn sein Pegel überschritten war. Tatsächlich körperlich bedrängt hatte Onkel Franz seine Nichte nie. Er war ein Maulheld gewesen, der gern an seinen Hosenträgern riss. Ein bellender Hund, weiter nichts. Doch allein sein Gerede hatte Marie zurückschrecken lassen, was Onkel Franz nur noch mehr angestachelt hatte. Er sprach dann mit Vorliebe vom Einreiten junger Pferde, davon, wie man ihren Willen am besten brach: *Du ziehst ihnen einfach einen Sack über den Kopf ...* Dafür und für einiges mehr hatte Marie ihren Onkel gehasst. Und sie hasste ihn noch immer. Doch spürte sie auch den Triumph, ihn überlebt zu haben. Ein Sieg, der teuer gewesen war. Fünfzehn Jahre im Exil hatte er sie gekostet ... Als sie auf die Umfahrungsstraße Richtung Stadel einbog, ging Marie auf, dass sie all die Jahre unbewusst gewartet hatte, dass seine Leiche am ungemütlichen Stückchen Flussufer vorbei treiben würde, an das sie sich gerettet hatte. Erst sein Tod hatte ihr dieses Leben ermöglicht. Und fortan schlug in dem riesigen Wartesaal namens Wien ein Mensch weniger die Sekunden tot, bis es endlich hieß: Du darfst wieder heim.

NEUN

Wenige Minuten nach zehn erreichte Marie die Bezirks-
hauptstadt, die von den Einheimischen nur das Stadel genannt wurde. Im Stadel kam das Geld zusammen, das alte
wie das neue. Immer schon. Im Frühmittelalter erstmals
urkundlich erwähnt, war das Alpenstädtchen zunächst
mit Bergbau reich geworden und später von einem Grafen
an den nächsten verschachert worden. Um die vorletzte
Jahrhundertwende hatte die alpine Skifahrt von hier aus
ihren Siegeszug um die Welt angetreten. Heute trafen sich
im Stadel die Reichsten und Schönsten aus ganz Europa
für *downhill* und *dolce vita*. Nirgendwo sonst im Land war
die Dichte an Nobelhotels im Vergleich zur Einwohnerzahl
höher. Die Menschen, die dieser Ort anzog, waren Marie
fremd. Trotzdem mochte sie das Stadel, seine bunten mit-
telalterlichen Häuschen, die sich in der Talsohle zwischen
Hahnenkamm und Kitzbühler Horn drängten wie zur Seite
gekehrte Bauklötze. Sie mochte die eng gewundenen Kopf-
steinpflastergässchen, die meterdicken Mauern der Bezirks-
hauptmannschaft und das winzige Kloster, in dem eine

Handvoll Franziskanermönche inmitten dieser vom Geld korrumpierten Stadt ein Leben in völliger Armut führten. Am liebsten aber hatte Marie den Schwarzsee, ein an der Ortsausfahrt gelegenes Moorgewässer, von dem aus man beste Sicht auf das Kaisergebirge und das Kitzbühler Horn hatte. Die Vegetation an seinen Ufern unterschied sich stark von der Flora der Umgebung. Moorbirken, seltene Farne und sogar der vom Aussterben bedrohte langblättrige Sonnentau wuchsen hier. Mehr als zwanzig verschiedene Libellenarten schwirrten über dieses Wasser. Überhaupt das Wasser. Es war trüb, roch angenehm faul und war niemals wirklich kalt. Wann immer Marie in diesem See badete, hatte sie das Gefühl, in die Erde selbst einzutauchen, in ihren modrig warmen Uterus. Wie gern wäre sie auch heute dort hineingesprungen, doch dafür blieb keine Zeit. Stattdessen fuhr sie die gewundene Bergstraße an der Ortseinfahrt hinauf, an einer ausladenden Parkanlage und mehreren kleineren Villen vorbei, bis die mächtige Silhouette des *Goldenen Hahns* vor ihr auftauchte. Vor dem Haupteingang war ein roter Teppich ausgerollt, den zu beiden Seiten ein halbes Dutzend in Töpfe gepflanzte Buchsbaumkugeln säumten.

Auf der Straße vor dem Hotel wartete ein Fiaker mit zwei eingespannten, weiß gezäumten Rappen. Marie wollte gerade aussteigen, als eine ausgelassene Damenrunde aus der Drehtür stolperte. High Heels, Föhnfrisuren, zierliche Fesseln, teure Kleider. Marie blieb im Auto sitzen, duckte sich hinter ein kugelförmiges Bäumchen und schielte hinüber. Die Frauen waren in ihrem Alter oder jünger. Besonders eine von ihnen kam Marie bekannt vor, eine Blonde, die sich ein mintfarbenes Wildlederjäckchen übergeworfen hatte. Im Blusenausschnitt darunter quetschten sich ihre

Brüste zusammen, als wollten sie bei nächster Gelegenheit flüchten und irgendwo jenseits des schlanken Körpers ihrer Besitzerin ein neues Leben beginnen. Die Frau entsprach dem Idealbild der jugendlichen Schönheit so vollkommen, dass sie als Person komplett dahinter verschwand. Marie musste an das Murmeltier denken, das sie vor wenigen Tagen präpariert hatte. Das Fell hatte die richtige Körnung, Konsistenz und Farbe gehabt. Die Äuglein lagen perfekt in den Höhlen und die Schneidezähne ragten – nicht zu gelb und nicht zu lang – im genau richtigen Winkel aus dem geöffneten Mund. Doch statt sich über die Sorgfalt zu freuen, mit der sie gearbeitet hatte, war Marie vom Anblick des Tieres enttäuscht. Es sah aus wie eine Zeichnung aus dem Lehrbuch. Auch an der jungen Frau war kein Makel, der ihre Schönheit strahlen ließ. Marie hätte sie bemitleiden können, wäre da nicht der Neid gewesen, den ihr so viel Perfektion und nach außen gekehrter Wohlstand bei aller Kritik abrang. Was hatten diese vier Frauen geleistet? Wessen Töchter waren sie? Wen hatten sie getötet, geheiratet, gefickt? Oder warum sonst war es ihnen möglich, hier so mondän abzusteigen? Feine Täschchen baumelten an ihren schlanken Armen. Marie hätte sich nie im Leben so ein belämmertes Täschchen ums Handgelenk gewickelt. Trotzdem spürte sie die Wirkung, die von der luxuriösen Aufmachung der Frauen ausging. Ohne ein einziges Wort an sie zu richten, verwies diese Runde Marie auf einen Platz in der Welt, von dem aus sie dem fröhlichen Treiben aus der Froschperspektive zuzusehen hatte. Die vier machten ein paar Schritte übers Pflaster und stiegen, eine nach der anderen, in die Kutsche. Der Fiaker, ein zerfurchter Kerl mit Flinserl, den Marie sich gut grölend und mit einer Schnapsflasche in der Hand vorstellen konnte, richtete sich auf und stieß einen dumpfen Schrei aus. Er schwang die Peitsche, und das Gefährt setzte sich in Bewegung. Marie schaute betreten auf die Beine ihrer löchrigen Jeans. Dann stieg sie aus, ging zum Dienstboteneingang hinüber und drückte den Klingelknopf. Umgehend sprang die Tür auf. Dahinter stand ein hochgewachsener Mittfünfziger mit kantigem Unterkiefer und Exzentrikertolle, der sie unwirsch anschaute. Eine Aura von Eleganz umgab ihn, wie man sie häufig bei den Eigentümern wertvoller Immobilien findet. Ohne Marie direkt anzusehen, nannte er seinen Namen und grummelte eine Begrüßung. Sie streckte ihm die Hand entgegen, doch da hatte Herr Hassel schon kehrtgemacht und war im Haus verschwunden. Marie trat über die Schwelle und folgte ihm einen niedrigen, dunklen Korridor entlang, der parallel zur Eingangshalle des Hotels zu verlaufen schien, sich aber bald hierhin, bald dorthin wand. Hassel schritt voran, so schnell, dass Marie Mühe hatte, ihre Sonnenbrille abzusetzen und in ihrer Brusttasche zu verstauen. Eine düstere Atmosphäre herrschte in diesem Schlauch von einem Gang. Fast schien es ihr, als bewegten sie sich im Inneren eines Darms. Zu beiden Seiten gingen in wenigen Metern Abstand immer neue Türen ab. Vereinzelt drangen Geräusche an ihr Ohr: Tellerklappern, Zurechtweisungen und das Zischen mehrerer Gasflammen. Als sie an der Küche vorbeikam, sah Marie durch die geöffnete Flügeltür ein glänzendes Pfannenkarussell von der Decke hängen. Auf den Herdplatten kochte und brodelte es. Schwitzende Leiber mit dunkler Haut, denen die Kochmützen in der Eile halb vom Kopf gerutscht waren, empfingen Befehle, schnippelten, brieten und werkten herum. Hätte sie bis zu diesem Tag jemand gefragt, wie viele Schwarze wohl in diesem Provinzstädtchen lebten, hätte sie auf ein knappes Dutzend getippt. Der Blick in diese Küche belehrte sie eines Besseren. Wahrscheinlich sah es in den Küchen der übrigen Fünf-Sterne-Hotels ähnlich aus. Wahrscheinlich schufteten in den Bäuchen all dieser auf Profit ausgerichteten Galeeren Menschen, die man nie auf der Straße zu Gesicht bekam, weil sie sich in ihrer Freizeit von ihrer hinter vergitterten Küchenfenstern geleisteten Schwerstarbeit erholen mussten. Und Schwerstarbeit war es zweifelsohne, all jene zu bekochen, die ebenso selten auf der Straße zu sehen waren, weil sie ihre Füße nur beim Lauftraining im Fitnesscenter benutzten oder beim Abschreiten eigens dafür angelegter Landschaften im Golfclub. Der Gang schien kein Ende zu nehmen. Marie beeilte sich, zu Hassel aufzuschließen, der immer weiter eilte, bis er endlich vor einer geschlossenen Eisentür stehen blieb. Er zauberte ein paar schwarze Latexhandschuhe hervor und streifte sie über. Auf einem Haken neben dem Türrahmen hing eine dunkle Daunenjacke, die er sich rasch umwarf. Er hatte die Klinke schon in der Hand, da fiel ihm etwas ein. Er hielt inne, fasste in seine Hemdtasche, zog einen gebrauchten Umschlag heraus und überreichte ihn Marie. Sie wog das Gewicht in der Hand, fühlte die Maserung des speckig gewordenen Büttenpapiers zwischen den Fingern. Dann lugte sie beiläufig hinein. Wie erwartet befanden sich darin mehrere Fünfhunderteuroscheine und zwei Fotos des verstorbenen Tieres. Marie hatte das Kuvert kaum eingesteckt, da riss Hassel auch schon die Tür auf und betrat den Raum. Ein Eishauch schlug ihr entgegen. Mit verschränkten Armen, auf denen sich eine Gänsehaut breitmachte, folgte sie Hassel. Der

Kühlraum war größer als ihr Wohnzimmer. Ganze Kälber-hälften hingen an Haken von der Decke, daneben gefrorene Würste und Fleisch in allen möglichen Formen und Farben. An der Wand befanden sich mit Frost überzogene Regale, auf denen sich Säcke und Kisten mit Lebensmitteln stapel-ten, vor allem gefrorene Teiglinge und Gemüse. Auf einem silbernen Tablett neben einer Kiste Erbsen lag ein Chihua-hua mit kurzem, hellem Fell und gebogener Rute. Das Tier war winzig. Marie blies eine Wolke der Erleichterung in die eisige Luft. Dieses Kerlchen bis zum Abend auszustopfen, lag tatsächlich im Bereich des Möglichen. Hassel griff nach dem Tablett, zog es aus dem Regal und überreichte es ihr. Dabei sagte er etwas, doch statt Worten und Sätzen kam ein Knirschen aus seinem Mund, das wie das Mahlwerk einer elektrischen Kaffeemühle klang. Nur ein Wort war deutlich zu verstehen: *King*.

»Hallo King«, wiederholte Marie, da glitt auch schon das eisige Tablett in ihre Hände. Der Hund lag unversehrt da, das Fell semmelblond, die fledermausartigen Ohren zur Seite geklappt. Man hätte meinen können, er schliefe, wären da nicht die Eiskristalle gewesen, die die dunklen Augenhöhlen überwuchert hatten und dem Tier ein ge-spenstisches Aussehen verliehen.

»Wie ist King denn gestorben?«, fragte Marie, während das gefrorene Tablett in ihren Händen zu brennen begann. Hassel schien ihren Schmerz nicht zu bemerken. Seelenru-hig zog er sich im Gang Finger für Finger die Handschuhe ab, schob sie wieder ein, zog die Jacke aus und hängte sie an den Haken zurück. Dann drehte er sich zu Marie und knirschte eine Antwort, doch die hörte ihm nicht mehr zu. Das Brennen in ihren Händen hatte alle anderen Sinne betäubt. Mit schmerzverzerrtem Gesicht drehte sie sich um und eilte mit dem Tablett Richtung Ausgang. Hassel stürzte hinter ihr her wie eine Mutter, die die wackligen Schritte ihres Kleinkindes mit vollem Körpereinsatz begleitet. Marie hörte seine Stimme in ihrem Rücken, die sich mit dem Geräusch der Lüftungsanlage verband. Wieder verstand sie nichts, nur das Wort *Mitternacht* war deutlich aus den Mahlgeräuschen herauszuhören.

»Ich kann nicht versprechen, dass ich das bis Mitternacht schaffe«, rief sie – schon leicht außer Atem – auf Höhe der Küche. Wieder ertönte das Mahlwerk von Hassels Stimme, diesmal beschwichtigend. Schnaufend erreichte Marie die Eingangstür, stieß sie auf, quetschte sich zwischen zwei Buchsbäumchen durch, rannte zum Auto, knallte das Tablett auf die Motorhaube und presste mit schmerzverzerrtem Gesicht die Handflächen aufeinander. In der Sekunde bevor die Tür ins Schloss fiel, hörte sie noch einmal Hassels Stimme, diesmal klar und deutlich: »Danke für Ihre Mühe.«

Schmerztaub blieb Marie vor dem Auto stehen und wartete darauf, dass sich ihre Hände wieder bewegen ließen. Der Hund lag auf seinem Tablett auf der Motorhaube, als hätte ihn mitten im Schlaf ein Eissturm überrascht. *King ...* Marie hatte diesen Namen deutlich aus Hassels Gemurmel herausgehört. Bevor sie selbst mit dem Ausstopfen angefangen hatte, waren ihr Tiere, die noch als Tote Eigennamen trugen, lächerlich erschienen. Wann immer Onkel Franz ein totes Tier beim Namen genannt hatte, hatte sie die Augen verdreht. Die Ebene hinter dem Konkreten hatte sie fasziniert, nicht das einzelne Exemplar. Ob ein Tier einmal King, Lolita oder Jean Luc geheißen hatte, war ihr unwichtig erschienen. Damals hatte Marie noch geglaubt, ein Wesen könne die zu Lebzeiten hervorgetretenen Eigenheiten ausziehen wie ein fadenscheinig gewordenes Hemd. Heute wusste sie es besser. Sie wusste, dass nur das ganz Konkrete wirklich zur Abstraktion taugte. Nur das Eigenwillige, Detaillierte, Besondere verwies auf ein größeres Ganzes. Es war nicht egal wie ein Tier geheißen hatte, wie es gelebt hatte und schon gar nicht, wie es gestorben war. Nur wenn man ein Tier in seiner Einzigartigkeit wirklich erfasst hatte, konnte es zu einem Kippbild werden, das das Individuelle wie das Allgemeine verkörpern konnte. Marie zwickte dem Hund in die gefrorene Seite. Wie lange er brauchen würde, um aufzutauen, konnte sie nur schätzen. Die Sonne war schon jetzt am Vormittag stark, doch in der kurzen Zeit, die sie zur Verfügung hatte, durfte sie nichts dem Zufall überlassen. Sie zog die Zipfel ihres Hemdes aus dem Hosenbund, schlang sich den Stoff um die Hände, griff nach dem Silbertablett, legte es auf den Rücksitz des Wagens. Dann setzte sie sich hinters Steuer und startete den Motor. Ehe sie auf die Landstraße einbog, hielt sie kurz an, drehte die Heizung auf dreißig Grad, zog sich das Hemd aus und fuhr im BH weiter.

Die Welt lag auf den ersten Blick unverändert da. Der sommerlich verwaiste Skilift, darüber die saftig grünen Wiesen, aus denen metallene Liftstützen ragten wie die Halterungen einer Zahnspange. Die zwei Hotelblöcke am Fuß des Skilifts, in denen es im Winter vor Leben, Sprachen und Körpern nur so wimmelte. Jetzt, da es nur wenige Wandertouristen in diese ländliche Gegend verschlug, wirkten sie schmerzhaft fehl am Platz. Der Bahnübergang am Rande des Ortskerns. Marie fuhr im Schritttempo über das Gleisbett, schaute im Vorbeifahren zur Fensterfront des Buchgeschäfts, wo eine junge Frau gerade die Auslage dekorierte. Es herrschte vormittägliche Betriebsamkeit. Ein Mann mit gebräuntem Oberkörper in Muskelshirt und Arbeitshandschuhen hing an einem Seil vom Dach eines Rohbaus. Die gebeugte Frau Melcher, die jahrzehntelang im Schwimmbad an der Kasse gesessen hatte, stand unten auf dem Gehsteig, schaute zu ihm hinauf und rief etwas in seine Richtung. Sie trug einen geflochtenen Korb in der Hand und war wohl auf dem Weg zum Supermarkt. Eine jüngere Frau, die Marie auch vom Sehen kannte, rollte einen Kinderwagen vorbei. Nichts deutete auf eine Tragödie hin, doch als sie rechts in den Hopfenweg einbog, versetzte es ihr einen Stich. Dann sah sie das Haus, in dem Youni bis vor nicht einmal zwei Monaten gelebt hatte. Einen Augenblick nur, gerade lang genug, um zu bemerken, dass der Rußfleck noch immer zu sehen war, der Rußfleck unter seinem Fenster. Schon lag das Haus in ihrem Rücken, und sie fuhr einfach weiter. Das Leben ging einfach weiter. Der Verkehr floss einfach weiter. Alles schien von alleine fortzustreben, einfach so, in eine ungeschriebene Zukunft hinein. Nur Youni hatten sie abgehängt. Er geisterte noch immer durch sein ausgebombtes Zimmer. Wenn Marie die Augen schloss oder auch nur blinzelte, sah sie den schwarzen Rußfleck, diesen Trauerflor, dieses stark geschminkte Auge, das alle, die nicht hinsehen wollten, umso schärfer ins Visier nahm. Diese Markierung, die ihr und allen Vorüberfahrenden entgegenschrie: Hier hat er gelebt.

Euer schwarzer Peter.

*

Natürlich war der Hund noch nicht aufgetaut, als Marie zwanzig Minuten später daheim ankam. Zwei der kurzen Beinchen und die fledermausartigen Ohren des Chihuahuas hatten ihre Beweglichkeit wieder, doch die Unterseite des Hundes war noch ans Tablett gefroren, und unter dem Rippenbogen ertastete sie einen eisigen Kern, der sich keinen Millimeter bewegen ließ. Das Tier sah komisch aus, als wäre es mitten im Hochsommer in einen Schneesturm geraten. *King* ... Marie seufzte, wischte sich mit dem zusammengeknüllten Hemd den Schweiß von der Stirn, zog es wieder an, stieg aus dem Wagen und trug den Hund auf seinem Tablett, das sich mittlerweile problemlos anfassen ließ, ins Haus. Marie liebte es, Tiere auszustopfen, doch das Anfangen fiel ihr schwer. Auch wenn sie fast immer Tiere vor sich hatte, die eines natürlichen Todes gestorben oder eingeschläfert worden waren, kostete es Überwindung, die Körperschranken eines fremden Wesens zu durchdringen. Als würde sie dabei eine verbotene Grenze übertreten. Dazu kam, dass es am Anfang fast immer sehr blutig wurde. Ehe sie sich der Rekonstruktion des Körpers und der Neumodellierung der Gesichtszüge eines Tieres widmen konnte, musste sie es abbalgen. Dabei wurde das Skalpell so sorgfältig entlang der Fettschicht im Unterhautgewebe geführt, dass der Organsack im besten Fall unbeschädigt blieb. Wenn sie ein Tier auf den Arbeitstisch bekam, galt es zuerst herauszufinden, wie widerspenstig Haut und Fettgewebe waren. Eine Faustregel lautete: Je dicker die Fettschicht, desto leichter ließ sich das Fell abziehen. Eine zweite Faustregel betraf das Alter. Je älter ein Tier zum Todeszeitpunkt war und je länger es ohne Kühlung geblieben war, desto delikater war sein Fell. Bei manch einem Vieh hinterließ jede Berührung eine kahle Stelle. Doch selbst wenn ein gut gekühltes Jungtier mit dicker Fettschicht vor Marie lag, war es nicht immer einfach. Mit Kraft allein kam man nicht weiter. Man musste ein Tier wirklich häuten *wollen,* musste sich mit ihm verbinden, es auf der Körperebene verstehen und, wenn man einmal angefangen hatte, zügig weiterarbeiten. Wer stur seine Arbeit tat, machte früher oder später einen Fehler. Und wenn der Organsack einmal verletzt war, war das Werkstück in vielen Fällen unbrauchbar. Mit der Zeit hatte Marie ein Gespür dafür entwickelt, wie es im Inneren eines Tieres aussah. Ihren Sehsinn brauchte sie dafür nicht, ja, er war sogar hinderlich. Stattdessen überließ sie den Händen das Sehen, die sich Zentimeter für Zentimeter über das Fell bewegten und jede noch so kleine Unebenheit unter der Haut ertasteten. Trotzdem passierten Marie noch immer Missgeschicke. In den kleinsten Wesen fanden sich mitunter tennisballgroße Krebsgeschwüre. Unter den glänzendsten Fellen lauerten Wucherungen, Deformationen, stillgeborene, mumifizierte oder – noch schlimmer – lebendige Föten, die verbluteten, kaum dass Maries Skalpell sie touchierte. Die Innereien mancher Tiere stanken so erbärmlich, dass sie die Arbeit immer wieder unterbrechen musste, um frische Luft zu schnappen. Und an der Größe allein ließ sich wenig ablesen. Auch kleine Tiere verursachten in regelmäßigen Abständen eine riesige, bluttriefende Sauerei. Kurzum: Das Abbalgen war immer auch ein Glücksspiel. Doch anders als viele Präparatoren legte Marie nie Hand an lebende Tiere. Sie tötete nicht selbst, sondern verhalf denjenigen zu neuem Leben, die ohnehin gestorben waren, schließlich gab es auch im Tierreich Dutzende Todesarten. Tod durch chemische Noxen. Tod durch physikalische Noxen. Tod durch Stürze, Quetschungen, Frakturen. Tod durch Hitze, Frost, steigende und fallende Temperaturen. Tod durch giftige Köder und Nahrungsentzug. Tod durch Völlerei, Brände und Funkenflug. Ganze Populationen verendeten zudem an viralen und bakteriellen Infekten oder aufgrund von Parasiten und Pilzen. Und natürlich machten die Tiere sich auch gegenseitig den Garaus, sie bissen sich die Hälse durch, verschuldeten letale Unfälle oder quälten einander zu Tode.

*

»Jetz' zeig einmal her, dein Viecherl«, hörte Marie schon von Weitem Tante Hellas Altweiberstimme. Sie sah ihre rotgefärbten Locken auf Schulterhöhe zur Tür hereinwippen, dann die von der Gicht verdickten Finger, die ihr vorauseilten wie Tarantelbeine. Hella sah schlecht, doch ihr Tastsinn war noch immer ausgezeichnet. Kein Bruch, kein Tumor, keine noch so winzige Unebenheit entging ihren knotigen Fingern. Genüsslich versenkte sie die Fingerspitzen im Fell und tastete mit gespitzten Lippen und der Konzentration einer Klavierspielerin darin herum.

»Ein weizenblonder Hund. Schon eine schöne Farbe. Chihuahua, gell?«

»Ja, ich glaub schon.«

»Herzinfarkt?«

»Könnte sein.«

»Sicher sogar. Diese verdammte Züchterei geht den Viechern aufs Herz. Die Leut vergessen, dass das Lebewesen sind. Die sollen in die Handtasche passen wie Spielzeuge.«

Sie griff sich ein Beinchen, streckte es und tastete es ab. Anschließend kam das zweite an die Reihe.

»Aber herzig ist er schon. Den haben's sicher oft baden müssen, bei der Farbe und den kurzen Haxerl«, sagte sie und kicherte wie ein junges Mädchen. »Und wie hat das Viecherl geheißen?«

»King.«

»King? Das nasse Zniachtl da? Einen Schuss haben die, diese Hassels.«

Sie schüttelte amüsiert den Kopf und murmelte mehr zu sich selbst, doch mit feierlichem Ernst: »Also für mi gibt's nur einen King. Den King of Country. Gott hab ihn selig.«

Johnny Cashs Tod war jetzt zwölf Jahre her, doch Tante Hella hielt ihm noch immer die Treue. Nach dem Tod des Sängers hatten tagelang sämtliche Kerzen im Hause Scheringer gebrannt, und Tante Hella hatte in Dauerschleife ihre Lieblingssongs gehört.

»Von der Größe her werd ich mit dem schon fertig, aber leider ist er innen noch ein einziger Eisblock«, sagte sie und pikste King in die gefrorene Seite. Tante Hella stemmte einen Arm in die Seite. Dann hob sie eine Braue und schaute Marie verwegen an.

»Mädel, du brauchst den Dampfgarer.«

Maries Stirn kräuselte sich.

»Ganz richtig gehört. Den Dampfgarer.«

»Na geh! Ich will den Hund ausstopfen, nicht in den Suppentopf schmeißen!«

»Das weiß i doch!«, sagte Tante Hella und stützte auch den anderen Arm in die Seite. »Mit dem Dampfgarer geht das! *Ratz fatz.* Das hab i schon früher ein paarmal so gemacht, wenn's eilig gewesen ist beim Franz. Im Einsatz für die Serviettenknödel taut das Viecherl locker in dreißig Minuten auf.«

Marie brauchte einen Moment, ehe sie verstand, dass Tante Hella es ernst meinte. Die Vorstellung, das wertvolle Tier in einen Kochtopf zu stecken, widerstrebte ihr. Doch die Zeit drängte, und ihre Tante schien zu wissen, was sie tat.

»Aber nur so lange, wie's unbedingt sein muss. Wenn der Hund innen gar wird, kann man den doch wegschmeißen, oder?«

»Das wird nit passieren. Nit in der kurzen Zeit. Das versprech i dir, Mariedl. Und falls doch, kriegen der Hassel und sein Dirndl statt dem ausgestopften Viech halt ein ganz besonderes Braterl!«

Lachend trug sie das Tablett zur Abwasch und ließ so lange warmes Wasser darüber laufen, bis sich der Hund vom Tablett zu lösen begann. Sie nahm ihn auf den Arm, streichelte sanft über den gefrorenen Körper und legte ihn auf der Anrichte ab. Der Dampfgarer, ein riesiges, unglaublich schweres Weltkriegsmodell, befand sich im untersten Regal des Küchenschranks. Gemeinsam hoben sie ihn heraus und wuchteten ihn auf die Anrichte. Tante Hella brauchte eine kurze Verschnaufpause, bevor sie sich erneut dem Hund zuwandte und mit Daumen und Zeigefinger der rechten Hand die bläulichen Lippen auseinandertrieb.

»Schau mal, wie weiß dem seine Zähne sind! Schad um das Buberl ... Aber i bin froh, dass der so klein ist. Ein größerer Hund würd gar nit reinpassen in meinen Dampfer.«

Sie steckte das Gerät ans Stromnetz an, füllte Wasser ins Innere und legte das Tier in einen metallenen Drahtkorb, den sie darin versenkte. Anschließend setzte sie den Deckel aufs Gerät und sagte, einen verwegenen Zug im Gesicht: »In dreißig Minuten geht's weiter!«

Sie zog die Eieruhr auf, wusch sich in der Abwasch die Hände und trocknete sie an der Kittelschürze ab.

»Okay. Ich richt in der Zwischenzeit alles her«, sagte Marie, schnappte sich die Eieruhr und entfernte sich tickend in Richtung Werkstatt.

»Ah, noch was! Da hat vorhin eine angerufen.«

Marie hielt in der offenen Küchentür inne.

»Wer denn?«

»Eine gewisse Ursula, eine Bekannte aus der Schulzeit, hat sie gesagt.«

»Ursula? In meiner Klasse war keine Ursula.«

»Mhmm. Sie hat jetzt auch nit geklungen wie eins von den Strebermädels, mit denen du in die Klasse gegangen bist. Mehr so eine polternde Stimme.«

Marie dachte nach, heftete dabei den Blick auf das geschnitzte Kruzifix, das neben der Kredenz an der Wand hing, als hätte der gekreuzigte Jesus die Antwort auf ihre Frage parat.

»Ich kann mich echt an keine Ursula aus der Schulzeit erinnern«, sagte Marie schließlich. »Was wollte sie denn?«

»Das hab i sie natürlich gleich gefragt, aber sie hat gemeint, sie sagt dir das lieber selber. I hab ihr gesagt, dass du später wieder daheim bist. Sie probiert's nochmal.«

»Soll sie machen«, sagte Marie achselzuckend und verließ die Küche.

In der Werkstatt stellte sie die Eieruhr auf der Arbeitsplatte ab, klappte ihren Laptop auf und öffnete den Browser, wo sie die Suchmaschine mit den Merkmalen des Hundes fütterte. In Sekundenbruchteilen füllte sich der Bildschirm mit Dutzenden Fotos von Chihuahuas mit allen möglichen Fellfarben, mit Föhnfrisuren und nassem Kopfhaar, mit erhobenen und gesenkten Ruten. Sie tollten über Wiesen, tanzten in Pfützen, machten Männchen oder streckten in Erwartung eines Leckerlis ihre Zungen heraus. Gründe für einen frühzeitigen Tod gab es bei Chihuahuas aufgrund jahrzehntelanger Überzüchtung viele. Die unnötig groß gezüchteten Augen, die überdimensionierten Schädel und das geringe Körpergewicht verursachten gesundheitliche Probleme. In mehreren Artikeln wurden Züchter kritisiert, die immer zartere Exemplare hervorbrachten. Von Tieren unter tausend Gramm und anderen Qualzüchtungen war die Rede. Eine Qualzüchtung war der Eisklumpen in Tante Hellas Dampfgarer zu Lebzeiten wohl nicht gewesen, aber viel mehr als zwei Kilo Lebendgewicht hatte auch King nicht auf die Waage gebracht. Marie stützte sich auf der Tischkante ab, stand auf und wollte gerade den Laptop zuklappen, da kam ihr die Anruferin in den Sinn. *Ursula.* Wer sollte das sein? Sie öffnete Facebook, wo sich viele der Menschen tummelten, die Maries Leben über die Jahre gestreift hatten. Unschlüssig scrollte sie in ihrer Timeline nach unten, reagierte auf den Eintrag einer befreundeten Hörspielautorin, die auf den Premierentermin ihres nächsten Stückes hinwies. Nachrichten wie diese hatten in Marie bis vor Kurzem eine zumindest sanfte Neidreaktion ausgelöst. Das abgeschnürte Gefühl in der Kehle und der enger werdende Brustkorb beim Blick auf die Erfolge von Kolleginnen und Kollegen waren ihr noch deutlich in Erinnerung. Doch jetzt war etwas anders. Sie spürte nichts, nur ein ungerichtetes Wohlwollen dieser Bekannten und allen anderen gegenüber, die ihrer Innenwelt künstlerischen Ausdruck verliehen. Die Not, die das Vergleichen mit sich brachte, hatte aufgehört. Die Triumphe der anderen gingen Marie nichts mehr an. Sie lächelte und wünschte ihnen von Herzen alles Gute. Dass ihre ausgestopften Tiere nicht als Kunstwerke wahrgenommen wurden, störte sie nicht. Im Gegenteil. Es war ihr recht. Die Arbeit mit Knochen, Fell und Fleisch, mit Mimik, Gestik und Körperhaltungen machte sie glücklich, auch und vielleicht gerade, weil sie fernab der strengen Kritikeraugen stattfand, die sie früher in Panik versetzt und blockiert hatten.

Sie tippte den Namen *Ursula* in die Suchleiste. Ein Menü mit Namen klappte auf. Mit jedem verband Marie eine verblasste Erinnerung. Eine Ursula Miller, die sie als Studentin vor vielen Jahren im Nachtzug nach Rom kennengelernt hatte. Ursula Klaaß war eine Kollegin vom Radio, eine schmale kleine Frau, grau wie ein Mäuschen, die Marie bei fast jedem Zusammentreffen von ihren sexuellen Abenteuern erzählt hatte. Ob in der Schlange vor dem Kaffeeautomaten oder beim Rauchen vor dem Funkhaus, kaum waren sie auch nur ein paar Augenblicke allein, hatte die Frau mit ihren Sexgeschichten angefangen. So emotionslos und beiläufig wie andere vom Einkaufsbummel oder von der Autowäsche erzählten, hatte Ursula von mehrstündigen Penetrationen erzählt, von flüchtigen Begegnungen und denkwürdigen One-Night-Stands. Sie war nicht besonders hübsch und nicht mehr jung. Sie pflegte sich nicht auffallend und wirkte schüchtern. Doch ihr schmaler Körper strahlte stets eine zuckende Unruhe aus, er sendete einen Morsecode, der anscheinend ankam bei den Männern, bei manchen zumindest. Ob die Geschichten alle stimmten, wusste Marie nicht. Aber auch sie hatte Ursulas aufgerauten Blick gespürt, diesen Hunger, mit dem sie jeden ansah, selbst Bettler, gebückte Greise und Familienväter, die ihre Kinder auf dem Arm vorbeitrugen. Dieser Hunger stand im krassen Gegensatz zu den intellektuellen Reportagen, die Ursula für den Kultursender produzierte. Und es war gerade dieser Widerspruch, der Marie an dieser Frau faszinierte. Ursula Primafeta wiederum war eine italienische Lyrikerin, die Marie vor Jahren – damals waren ihre grauen Haare noch schwarz gewesen – für den Kultursender interviewt hatte. Keine dieser Ursulas kam in Frage. Keine war mehr als eine Karteileiche in Maries virtueller Freundesliste.

Sie klappte den Rechner zu und schaute sich in der Werkstatt um. Außer den Tieren, an denen sie aktuell arbeitete, zierte den Raum nur eine Schleiereule, die mit weit ausgebreiteten Schwingen über der Tür hing. Nach ihrer Rückkehr aus der Stadt hatte Marie *tabula rasa* gemacht. Sie hatte die meisten von Onkel Franz' Werkstücken in sein altes Büro im Keller geschafft, weiße Laken darübergeworfen und die Tür verriegelt. Nichts von ihm sollte ihren Neuanfang überschatten. Doch dieses eine, von Onkel Franz ausgestopfte Tier hatte sie behalten. Die Schleiereule war ein Meisterwerk, bei dessen Präparation sie ihrem Onkel als Zwölfjährige assistiert hatte. Daneben war der holzvertäfelte Raum bis oben hin gefüllt mit Fellresten, Knochenstücken, Federn. So viele Lebewesen hatten ihre Spuren in diesem Raum hinterlassen und geisterten darin herum. Bis auf Marie waren alle tot. Und nun hing auch noch Younis Geist im Zimmer und ließ ihr keine Ruhe. Was für einen schrecklichen Tod er gestorben war ... Wie ging ein solcher Tod zusammen mit der Zärtlichkeit, mit der sie einander begegnet waren, mit seinem stets strahlenden Lächeln?

Youni war Optimist gewesen, *ein pragmatischer Optimist.*
Wie oft hatte er diese Formulierung benutzt, wenn er wieder einmal gelacht hatte an einer Stelle, die andere zum Weinen gebracht hätte. Youni hatte die Gabe gehabt, alles positiv umzudeuten, jede Zurückweisung, jeden Misserfolg, selbst die eigene Flucht. *Ohne den Krieg wären wir einander nie begegnet.* Die Erinnerung an seine unverwüstliche Fröhlichkeit vertrieb die dunklen Nebel. Auch wenn sie vieles nicht verstand, Youni hatte ihr Leben auf links gedreht. Für ihn hatte sie ihre alte Existenz mit ihrer selbstgebauten Sicherheit verlassen und war nach Tirol zurückgekehrt.

Das Ticken der Eieruhr erinnerte Marie an den Hund im Dampfgarer. *Zweitausendsechshundert Euro.* Wie gut, dass endlich etwas Geld in die Kasse kam. Bisher hatte ihr die Taxidermie wenig eingebracht. So wenig, dass sie fast ihre gesamten Ersparnisse aus den zehn Jahren beim Radio aufgebraucht hatte. Auch das Zusammensein mit Youni hatte sie teuer bezahlt. Immer schon. Trotzdem hatte es sich gelohnt. Jetzt. Und auch in Maries Jugend. Sie dachte an ihre erste Begegnung zurück. Marie war ein einsames Kind gewesen, der schwarze Fleck im bunten Haufen fröhlicher Gesichter, das Huhn, auf das die anderen einpickten. Ein Mädchen, das keine echten Eltern hatte, sondern nur eine *Tante und einen Onkel.* Ein bleiches Mädchen, das immer schwarz trug. Eine, deren linkes Auge immer wieder und ohne Vorankündigung stecken geblieben war und die rot anlief, wenn man sie darauf ansprach. Die Nichte des im Dorf als Grobian und Säufer verschrienen Tierpräparators Scheringer, die nur im Biologieunterricht aufzeigte und in ihrem bunkerartigen Haus weitab vom Dorf Tote zum Leben erweckte. Die *Bloody Mary.* Marie hatte sich längst mit ihrem Spitznamen abgefunden und damit, das seltsamste Mädchen im Dorf zu sein. Ein anderes Leben kannte sie nicht. Und so hatte sie sich am ersten Tag ihres zehnten Schuljahrs, die Kopfhörer am Kopf wie Ohrenschützer, in die letzte Reihe gesetzt, wie immer allein. Beim Klingeln der ersten Pausenglocke des Jahres hatte sich alles in Marie zusammengezogen, als würde die erste Runde eines Boxkampfes eingeläutet, bei dem sie haushoch unterlegen war. Die Glocke dämpfte das aufgeregte Geschnatter der Teenager, die sich nach zwei Monaten Ferien endlich wiederhatten. Dann ging die Tür auf, und die Klasse verstummte. Doch statt des blonden Pagenkopfs von Frau Wachtl, ihres Klassenvorstands, tauchte ein fremder Bub im Türrahmen auf. Mager. Braune Locken. Riesige dunkle Augen. Blassbrauner Teint und dieses Lächeln. Wie ein Sonnenaufgang. Neugierig schaute er sich im Klassenzimmer um. Völlig ohne Angst. Nie zuvor hatte Marie jemanden gesehen, der sich in seiner Haut so wohlzufühlen schien. Der Bub hob seine Hand, begrüßte alle gleichzeitig. Dann trat er mit traumwandlerischer Sicherheit an den einzigen Tisch, an dem ein Platz frei war, und setzte sich. Zu ihr. Um die Mädchen, die ungewaschene, schlaue Bauernburschen und oft nicht ganz so kluge Notarssöhne gewöhnt waren, war es augenblicklich geschehen. Und auch Marie hätte sich sofort in Youni verliebt, wenn sich in den ersten Tagen ihrer Bekanntschaft nicht etwas viel Wertvolleres zwischen ihnen entwickelt hätte: Freundschaft. Dass ihre Eltern kurz nach ihrer Geburt verunglückt waren und sie stattdessen bei Onkel Franz und Tante Hella aufwuchs, war Marie stets als ihr größter Makel erschienen. Jetzt war da dieser zauberhafte Junge, der grinste, obwohl er aus dem Krieg kam, der grinste, obwohl er ganz allein auf der Welt war. Eine kleine Sonne war an diesem Tag in Maries Leben aufgegangen. Die dunklen Tage waren vorerst vorbei.

*

Die Eieruhr schrillte. Marie sprang auf, klappte den Laptop zu und eilte in die Küche. Tante Hella war ihr wie so oft zuvorgekommen. Sie stand schon vor der Anrichte, den gezogenen Stecker des Geräts in der Hand. Marie, die ihre Tante um einen Kopf überragte, stellte sich hinter sie, um einen Blick in den Topf zu werfen, doch Hella drehte sich zu ihr um, streckte ihr die erhobene Handfläche entgegen und rief: »Vorsicht heiß!«

Widerwillig machte Marie einen Schritt zur Seite. Tante Hella hob den Deckel des Garers ab. Eine Dampfwolke entwich und breitete sich im Raum aus. Es roch nach nassem Fell, geronnenem Blut, gedünstetem Fleisch und Erde. Neugierig drängte Marie wieder näher, um das dampfende Knäuel im Inneren des Drahtkorbs zu sehen, doch Hella stand wie ein eins-sechzig-großer Felsblock davor und beugte sich konzentriert über den Topf.

»Ich würde gern auch gern mal schauen.«

Grummelnd überließ Tante Hella Marie den Platz vor dem Kochtopf. Sie ging zum Küchenschrank hinüber, zog den Henkel des Dampfgarers aus der Lade. Das Wischen ihrer Bügeleisenfüße kam wieder näher. Sie fuchtelte mit dem Henkel vor Maries Gesicht herum und sagte: »Geh *Mariedl*, jetzt lass mi das halt schnell fertig machen. Kommst ja gleich dran.«

Marie gab sich geschlagen. Sie trat zur Seite und sah zu, wie Tante Hella den Henkel in die dafür vorgesehene Öffnung im Dampfgarer klemmte und den Hund im Drahtkorb aus dem siedenden Wasser hob. Eine neuerliche Dampfwolke stieg auf und vernebelte den Raum. Der Gestank nach nassem heißem Hund steigerte sich ins Unerträgliche. King lag in sich zusammengerollt im Korb wie ein feuchtes, beiges Frotteehandtuch. Kein Zweifel: aufgetaut war das Tier. Tante Hella trug den Korb zum Waschbecken, hob ihn hinein, drehte den Hahn auf und ließ einen Schwall kalten Wassers über den Chihuahua laufen.

»Schaut gut aus, dein Hunderl!«, sagte sie zufrieden. Dann lächelte sie in Maries Richtung, und alle Spannung war verflogen. Marie kam näher, berührte mit dem Zeigefinger das heiße Fell. Als sie den Hundekopf in ihre Richtung drehte, sah sie, dass sich der durchsichtige Teil der Augäpfel durch die Hitze gebläht und verfärbt hatte. Weißliche Halbkreise wölbten sich aus den Höhlen.

»Was ist denn mit den Augen los?«, fragte Marie.

Tante Hella grinste: »Willst eine gestandene Tierpräparatorin sein und graust dich vor zwei aufgeplatzten Augapferl? Du bist mir eine. Bist ja fast so empfindlich wie der Franz …«

Sie zog ein Fondue-Spießchen aus der Küchenschublade.

»Das haben wir gleich«, sagte sie mit grimmiger Miene und stach zu. Kurz darauf ergoss sich eine milchige Masse in die Abwasch. Marie wandte den Blick ab und atmete erst wieder ein, als sie das Wasser plätschern hörte, mit dem Tante Hella die Reste in den Abfluss spülte.

»Ein paar Minuten muss der jetzt noch ausdampfen. Magst in der Zwischenzeit noch was Herrichten fürs Ausstopfen?«

»Ja, mach ich«, würgte Marie hervor und wankte los.

Kaum hatte sie die Werkstatttür hinter sich zugezogen,

hastete sie ans offene Fenster. Gierig sog sie die warme Bergluft ein, eine Luft, die nach Heu schmeckte, nach Kräutern und den Abgasen des Wochenendverkehrs taleinwärts, der sich jeden Freitagnachmittag für ein, zwei Stunden zum Stau auswuchs. Maries Augen sprangen von einem der Bauernhöfe auf dem gegenüberliegenden Hang zum nächsten und über die Bergstation der Gondelbahn bis hinauf zum Gipfel des Horns, von wo sie den Blick über die felsigen Zacken wandern ließ. Kurz darauf war der Boden unter ihren Füßen wieder fest. Die Übelkeit legte sich. Normalerweise schämte Marie sich für ihre feine Nase und den sensiblen Magen. Heute spürte sie nur einen Groll gegen ihre Tante. Was musste geschehen, damit die alte Frau endlich aufhörte, sie bei allem, was sie tat, zu bevormunden wie ein Kind? Sie betrachtete die Spiegelung ihres Gesichts im geöffneten Fenster, ihre vormals zarten Züge, in die sich unmerklich das Alter geschlichen und ein paar tiefe Linien gekritzelt hatte. *Ein Kind.* Marie hätte sich eine Familie vorstellen können mit Youni. Doch er war vorsichtig geblieben, bis zuletzt. *Ich will ein cleaner Vater sein.* Jetzt war es zu spät. Er war der erste Mann gewesen, mit dem sie überhaupt an Kinder gedacht hatte. Kleine Buben und Mädchen mit dunklen Korkenzieherlocken, einem frechen Lächeln und pfiffigen Zahnlücken. Beim Gedanken an diese Kinder, die nie zur Welt kommen würden, wurden ihre Augen feucht. Sie ließ sich in den vertrauten Schmerz fallen wie in dunkelgraue Daunen, dann fuhr sie sich umso energischer mit dem Handrücken über die Wangen und räusperte sich. Vor dem Fenster Grau, Grün, Blau und Weiß. Die letzten Hundstage des Jahres lockten Einheimische wie Gäste auf die Berge und in die Schwimmbäder. Mehrere bunte

Fallschirme mit kleinen Menschlein daran schwebten vom Horn in Richtung Tal. Die Leute hatten Spaß. Das Leben ging weiter. Alles strebte der Zukunft entgegen. Und manch einer in diesem Kessel war sogar glücklich. Marie konnte sich nicht vorstellen, wie die Zukunft ohne Youni aussehen würde. Aber sie wusste, dass die Welt sich immer weiterdrehte. Die Spitzen des Wilden Kaisers hatten viel gesehen. In ihnen pressten sich Erinnerungen aus Jahrmillionen zusammen. An das Meer, aus dem alles kam. An die Tiere und Pflanzen, die hier gelebt hatten. Und an die Menschen und die kurze, doch verheerende Spanne ihrer Existenz auf dem Planeten. Der Berg trug unzählige Geschichten in sich, von Wut, Trauer, Schmerz, Leichtigkeit und Liebe. Was war der Stein denn anderes als Milliarden Erinnerungen, Milliarden Gefühle, verdichtet auf allerengstem Raum? Marie wurde schwindlig bei dem Gedanken. Sie wischte sich eine letzte Träne aus dem Gesicht, wandte sich dem Zimmer zu und begann, kaum dass sich die Augen an die Dunkelheit im Raum gewöhnt hatten, mit den Vorbereitungen. Dafür schnitt sie mit der Zange Drähte zurecht, holte ihren Skizzenblock aus der Schublade und spitzte ihre Bleistifte. Sie stellte die Kiste mit der Holzwolle eine Armlänge entfernt auf dem Arbeitstisch ab. Als Nächstes nahm sie Borax, Kartoffelmehl, Drahtbürsten und Gummihandschuhe aus dem Schrank und überprüfte die Schneiden der Skalpelle. Zuletzt trat sie noch einmal ans Fenster, sog einen Schwall frischer Luft ein. Dann schloss sie es und ging in die Küche zurück, um den Hund zu holen.

*

Als Marie in die Küche kam, flutete die Sonne den kleinen Raum und tauchte ihn in ein strahlendes Licht. Sie ging zur Anrichte, zog sich die Gummihandschuhe an und nahm das nasse Hündchen auf den Arm. Warm und biegsam lag es da. Tante Hella hatte recht, der Hund sah wirklich ein wenig aus wie eine Ratte. Sorgfältig spülte sie sein Fell und den Rachenraum noch einmal mit warmem Wasser aus, platzierte ihn auf dem Handtuch, das sie bereitgelegt hatte, und trocknete vorsichtig sein Fell. Zurück in der Werkstatt, legte sie ihn auf dem Arbeitstisch ab. Sie setzte sich, positionierte die Hände auf dem warmen Hundekörper und prüfte die Beweglichkeit der Haut. Das Fettgewebe des Chihuahuas war dünn, doch erstaunlich beweglich. Marie atmete auf. Das Abbalgen würde schnell vonstattengehen. Doch zuerst musste sie entscheiden, welche Position das Tier auf seinem Sockel einnehmen sollte. *Aufrecht wie ein König* hatte Tante Hella auf ihrem Zettel notiert. Das sollten die Hassels bekommen. Marie schob die Hände unter den schmalen Torso und drückte den knochigen Körper vorsichtig in alle möglichen Positionen. Auf die Hinterbeine gestellt, ließ sich King in seiner ganzen Schönheit zeigen, doch sah er dabei aus wie ein winziges, sich aufbäumendes Zirkuspferd. Ob er zu Lebzeiten gern Männchen gemacht hatte? Seine leeren Augenhöhlen verrieten es nicht. Marie würde ihn in der Bewegung zeigen, mit hoch erhobenem Köpfchen und leicht versetzten Läufen. Sie griff sich den Skizzenbogen, legte den warmen Hundekörper darauf, kämmte das Fell glatt und begann, die Umrisse der Beinchen, Oberschenkel und des Kopfes auf das Blatt zu skizzieren. Anschließend nahm sie mit dem Maßband den Bauch- und Kopfumfang und maß noch einmal die Länge nach. Normalerweise fertigte sie auf Basis dieser Skizzen ein Schaumstoffmodell des Torsos, dem sie die mit verschiedenen Tinkturen bearbeitete Tierhaut überstülpen konnte wie einen Handschuh. Das dauerte allerdings mehrere Tage, Marie blieben zwölf Stunden. Sie musste das Tier mit Holzwolle und Drähten ausstopfen, wie es bis Mitte des neunzehnten Jahrhunderts üblich war. Dort, wo das linke Vorderbein im Körper verschwand, machte sie mit Daumen und Zeigefinger die Zupfprobe. Wenn ein Kadaver zu lange ohne Kühlung geblieben war, verströmte er einen leichten Aasgeruch und verlor bei jeder Berührung des Fells einzelne Haare. Die Hassels hatten nach dem Tod des Kleinen anscheinend sofort reagiert. Auch nach mehrmaligem Zupfen löste sich kein Haar.

Marie scheitelte das goldblonde Fell auf Höhe des Nabels, griff nach dem Skalpell und hielt den Atem an. Dann stieß sie die Spitze des Skalpells ins Fell, zog die feine Klinge in einer einzigen fließenden Bewegung bis zum After hinunter. Und atmete auf. Kein Blut. Stattdessen blitzte unter dem Schnitt der Organsack auf wie das Fruchtfleisch einer saftigen pinken Grapefruit. Zufrieden schob Marie den Fingernagel des rechten Zeigefingers in den aufgeritzten Spalt, setzte wieder das Skalpell an und begann behutsam im Unterhautfettgewebe zu schneiden. Nachdem sie ein paar Schnitte gemacht hatte und ein Gefühl für das Fettgewebe des kleinen Körpers hatte, schaltete sie das Radio an. Seit ihrer Kündigung beim Kultursender hörte Marie wieder FM4, den Sender ihrer Jugend. Und kaum war der Moderator verstummt, fühlte sie sich genau dorthin zurückversetzt. Ein altbekannter, getragener Rhythmus schepperte ihr entgegen, Tamburin, Drums, die Grabesstimme der sagenumwobenen Nico und immer wieder die gleichen Worte, die Marie im Schlaf hätte mitsingen können: *What costume shall the poor girl wear to all tomorrow's parties.* Youni hatte *Velvet Underground* geliebt, die getragenen Melodien, Lou Reeds durchdringende Coolness und Nicos Morphiumschwere, die so gut zu den grünen Schwaden passte, die er mit Vorliebe in den Abendhimmel geblasen hatte. Marie sah das löchrige T-Shirt mit der Banane vor sich, Younis liebstes Kleidungsstück, das er sommers wie winters getragen hatte, bis die Löcher unter den Armen sich nicht mehr hatten stopfen lassen. Das T-Shirt war das Erkennungszeichen gewesen, mit dem Youni in dieser von Volksmusik und Katholizismus geprägten Welt Gleichgesinnte gefunden hatte. Auch wenn Marie lange nicht gewusst hatte, was es mit der Banane auf sich hatte, wurde auch sie angezogen von dieser gelben Rettungsboje im steinernen Meer. Marie und Youni hatten den Song in dem Jahr, in dem sie als Teenager Freunde gewesen waren, bestimmt hundertmal gehört. Sie zwang ihre Hände, am Körper des Tieres zu bleiben und das Fell mit langsamen, fein säuberlichen Schnitten abzutrennen. Die Hände gehorchten, doch ihre Gedanken ließen sich nicht so leicht einfangen. Im Rhythmus der Soundwellen flohen sie zurück zur Wiederbegegnung mit Youni vor fast eineinhalb Jahren, der sie es zu verdanken hatte, dass sie nun, statt im Radiostudio Interviews zu führen, Musik zu sichten und Beiträge zu schneiden, Tieren den Bauch aufschlitzte. Kaum zu glauben, dass auch ihre zweite gemeinsame Zeit nur zwölf Monate umfasst hatte. Mit der olivgrünen Kiste hatte alles begonnen. Marie hatte sie, ohne sich groß Gedanken zu machen, durch den Wald nach Hause geschleppt. Dort erst hatten sie Zweifel gepackt. Was war nur in sie gefahren? Bald würde es an der Tür klopfen und Youni würde kommen, um sich seinen fragwürdigen Besitz zurückzuholen. Was, wenn er nicht mehr der freundlich verpeilte Bub von früher war? Was, wenn ihm die Drogen zwischenzeitlich das Hirn zerfressen hatten? Mit Schaudern hatte Marie an ihre letzte Begegnung mit Youni in der Teenagerzeit gedacht und den Gedanken gleich wieder verdrängt. Was, wenn er in ihr keine alte Freundin sah, sondern jemanden, der ihn verpfeifen wollte? In drei Tagen musste Marie in die Stadt zurück. Was, wenn er seine Ware bis dahin nicht abholen kam, aus Angst, dass sie ihm eine Falle stellen wollte? Sollte sie die Kiste zurückbringen? Oder zur Polizei gehen? Der Gedanke erschien ihr so absurd, dass sie laut auflachte. In der Nacht bekam Marie kein Auge zu. Immer wieder wachte sie auf, Halbsätze im Kopf und auf der schlafmüden Zunge. Tante Hella bekam zum Glück nichts mit von ihrer Panik. Kaum war sie vom Arzt zurückgekehrt, begann sie im Garten zu graben, Blumen zu gießen und Gemüse zu ernten. Tags darauf aß Marie mit ihr sogar noch zu Mittag, wobei es ihr schwerfiel, mehr als drei Bissen hinunterzuwürgen und sich am Gespräch zu beteiligen. Danach zog Hella sich, wie immer, zum Mittagsschlaf zurück. Als Marie Younis Moped am Haus vorbeirauschen hörte, schnellte ihr Puls in die Höhe. Sie stellte sich alles minutiös vor: Wie er oben im Wald sein Moped abstellte. Wie er zu Fuß weiterging und kurz darauf den Baumstumpf erreichte. Wie er statt seiner Kiste ihren Zettel fand. Was dann? Marie marschierte in der Küche auf und ab, wo sie halbherzig den Geschirrspüler einräumte, in Wahrheit aber vor allem die Ohren aus dem Fenster hängte in der Hoffnung, dass Youni seinen Weg zu ihr finden würde. Eine Tasse ging zu Bruch und kurz darauf ein Teller. So aufgeregt war sie, so beschäftigt damit, den Geräuschen vor dem Haus zu lauschen, dass sie das Moped, als es nach fast einer Stunde tatsächlich auf ihr Haus zurollte, nicht einmal hörte. Erst das Klingeln der Türglocke riss sie aus ihren Gedanken. Ihr stieg die Hitze in den Kopf. Sie wischte sich die Hände an ihrer Jeans ab, ging auf den Gang hinaus, holte tief Luft und öffnete die Haustür.

Das Gesicht vor ihr in Großaufnahme: blass, teigig, verlegen. Youni sah älter aus, als Marie erwartet hatte, verlebt. Etwas Abgewetztes lag in seinem Blick. Quer über die Stirn und entlang der Mundwinkel hatten sich Falten eingegraben. Das Wache, Schnelle, das Marie seit jeher mit ihm verbunden hatte, war einer Müdigkeit gewichen, die sie zurückschrecken ließ. Marie suchte dieses Gesicht nach Anhaltspunkten ab, nach etwas, das ihr erklären konnte, was in den letzten fünfzehn Jahren mit ihm geschehen war. Wie in Zeitlupe, als müsste er es mühsam aus den Tiefen der Erinnerung an die Oberfläche holen, erschien das altbekannte Lächeln, dieses spöttische und zugleich lebensbejahende Grinsen, das Marie so gut an ihm gefiel. Kurz schauten sie einander in die Augen. Dann prusteten sie los, lachten wie die Teenager von damals darüber, dass das Leben sie einander erneut vor die Füße gespült hatte. Kaum war die Heiterkeit verebbt, fielen sie ins Starren zurück. Marie spürte die Mühe, die es Youni kostete, die fröhliche Fassade aufrechtzuerhalten. Eine Bruchstelle schimmerte durch, etwas, das nicht mehr heil geworden war. Die Enttäuschung, die er in ihr auslöste, überraschte sie. Gleichzeitig witterte sie eine Chance. Mit einem Mal schien Youni, der Mädchenschwarm ihrer Jugend, erreichbar. Wie ein Designerkleid, das sie sich im Schlussverkauf endlich leisten konnte, nun da es nicht mehr in Mode war. *To all tomorrow's parties.* Marie spürte, wie sehr sie Youni noch immer wollte. Auch das Kaputte in ihm zog sie an. Es war offensichtlich, dass es da etwas zu reparieren gab. Und der Gedanke, dass gerade sie es sein könnte, die ihn würde heilen können, verschaffte ihr eine verbotene Befriedigung. Marie konnte nicht damit aufhören, ihn zu taxieren. Er war ein schöner Mann, trotz der Resignation, die ihn umwehte. Die Druffies vom Karlsplatz fielen ihr ein, denen sie jahrelang auf dem Weg ins Funkhaus begegnet war. Sie alle hatten diesen zukunftslosen Blick gehabt. Auch Youni trug die Endgültigkeit in den Augen, obwohl er sich Mühe gab, sie zu verstecken. Marie spürte, wie er vor ihrem Blick zurückwich, sich in sich zurückzog und sammelte, um kurz darauf ein Lächeln aufzusetzen, so gleißend, dass es jeden weiteren Gedanken überstrahlte. Dieses Lächeln tat noch immer seine Wirkung, überwältigte sie regelrecht und trieb sie in seine Arme. Er roch noch immer nach Freiheit, Tabak und Zedernholz. Sie hätte ihn küssen mögen, für immer in dieser Umarmung versinken. Doch da war noch etwas anderes. Der fliehende Aschehauch eines angekokelten Lebens. Kaum hatte Marie sich aus der Umarmung gelöst, schämte sie sich. Was hatte sie erwartet? Hatte sie diesen Geist aus der Vergangenheit nicht selbst gerufen? Über ihn zu urteilen, stand ihr nicht zu. Youni war der Erste, der zur Sprache zurückfand.

»Was machst du hier? Ich dachte, du bist in Wien?«

Marie brauchte ein paar Sekunden, um das Dunkle loszuwerden, das noch zwischen ihnen hing.

»Ich bin auf Besuch«, sagte sie, so beiläufig sie konnte.

Youni schien sich darüber zu freuen.

»Mit deiner Familie?«

»Eigene Familie hab ich noch keine. Ich bin allein. Und meine Tante auch.«

Youni stieß einen Pfiff aus.

»Da schau her!«

Er schien zu überlegen. Dann warf er Marie einen auffordernden Blick zu, der sämtliche Schranken in ihr passierte und direkt bis zum Herzen vordrang.

»Dass ich allein bin«, fing er wieder an und grinste, »ist nicht überraschend, oder? Aber dass du übrig bleibst, hätt ich nicht gedacht. So eine Verschwendung!«

Sein Lächeln leuchtete bei diesen Worten bis in den hintersten Winkel. *Übrig bleiben* hatte er gesagt, doch Marie war ihm nicht böse.

»Und wie schaust du überhaupt aus? Ein buntes Sommerkleid? Was soll das? Wo sind deine schwarzen Sachen? So erkennt dich ja keiner.«

»Nur dass das klar ist. Ich zieh an, was ich will. Und wenn's ein gepunktetes Sommerkleid ist«, sagte Marie mit einem Trotz in der Stimme, aus dem doch die Zuneigung sprach. Youni trat einen Schritt zurück, musterte sie von oben bis unten, verzog das Gesicht.

»Schwarz ist wirklich deine Farbe. Steht dir besser als so ein nullachtfünfzehn Sommerkleid, wenn du meinen Rat als Hobby-Stylist hören willst.«

»Hobby-Stylist? Du? Aha«, sagte Marie und lachte auf.

Youni grinste, dann wurde er ernst.

»Warum hast du meine Kiste geklaut?«, fragte er und hob eine Augenbraue.

»Ich hab sie doch nicht geklaut! In Sicherheit gebracht,

hab ich sie. Und ich wollt dich wiedersehen«, sagte Marie verlegen.

»Das hat funktioniert. Hier bin ich«, sagte Youni und ließ sie nicht aus den Augen. Marie stieg die Röte ins Gesicht.

»Und? Wo ist sie jetzt?«

»Die Kiste? Bei mir in der Werkstatt. Aber ... Magst nicht schnell reinkommen auf einen Kaffee?«

»Wer ist noch bei dir im Haus?«, fragte Youni, eine plötzliche Härte in der Stimme.

»Nur meine Tante, aber die schläft. Bis drei sind wir allein.«

»Okay, ich komm ganz kurz rein«, sagte Youni und trat mit ungelenken Schritten zum zweiten Mal in Maries Leben.

Es klopfte. Das Skalpell in Maries Händen rutschte ab, und eine braunrote Flüssigkeit ergoss sich über ihre Finger. Schon war der Raum erfüllt vom bestialischen Gestank, den alles Leben im Kern verströmt. Bläuliche, rote und violette Schlingen drängten kraftlos und doch unaufhaltsam aus dem Hundebauch. Marie hatte solche Mühe, Blut und Innereien zurück in den Organsack zu pressen, dass sie zunächst keinen Ton herausbrachte. Erst als sie das Leck mit dem Daumen notdürftig verschlossen hatte, schrie sie: »Was sollte das?«

»I wollt dich doch nur zum Essen ...«

Tante Hella hielt mitten im Satz inne, als sie die Eingeweide sah, die am Daumen vorbei aus dem Hündchen drängten.

»Schau dir die Sauerei doch an!«, schleuderte Marie ihr entgegen.

Sie sprang auf, das Vieh in der blutüberströmten Linken haltend, und griff mit der anderen Hand nach der Dose mit dem Borax. In der Eile übertrieb sie es, bestäubte das herabhängende Bündel so großzügig mit dem weißen Pulver, dass der Hund aussah, als wäre er unter eine Lawine geraten. In Sekundenschnelle fraß sich die rote Flüssigkeit durch das weiße Pulver und färbte es pink. Die Blutung verebbte. Trotzdem war die Sauerei perfekt: Unter den hervorgequollenen Innereien und Boraxklumpen war das Fell des Tieres kaum noch zu erkennen.

»Oje! Das tut mir leid! I wollt dich wirklich nit erschrecken!«

Marie sagte nichts. Ihr Seufzen war Vorwurf genug.

»Wart nur! Das krieg i hin«, versicherte Tante Hella und nickte ihr tatkräftigstes Lächeln. Wie immer, wenn sie Marie beim Ausstopfen half, streifte sie statt der schwarzen Einweghandschuhe aus der Pappschachtel das geblümte Paar über, das sie sonst bei der Gartenarbeit trug. Sie eilte in die Waschküche und kam wenig später mit der Wanne für die Fleischabfälle zurück. Tante Hella war ein Profi. Jeder ihrer Handgriffe saß. Sie griff nach dem Tier und umfasste den Organsack so, dass Marie in Ruhe und ohne weiteren Blutverlust auf Hüfthöhe die Geflügelschere ansetzen konnte. Es knackte, als sie die Knorpel der Vorder- und Hinterbeine des Hundes abzwickte. Als Nächstes löste sie mit dem Skalpell das Fell an der kleinen Stelle, die noch am Körper klebte. Jetzt waren Körper und Balg des Tieres nur noch am Hals verbunden. Wie so oft, wenn Marie an diesem Punkt der Arbeit angelangt war, kam ihr die körperliche Unterlegenheit der Menschen in den Sinn. Ohne ihre überdimensionierten Gehirne, die Kleider produzieren, die Zahl Pi berechnen und Kriege ausrufen konnten, waren Menschen doch nichts weiter als gleichwarme Lebewesen ohne wärmende Fellschicht: zum Tod durch Erfrieren, Verbrennen, Hitze oder Kälte verdammt.

»Den Schädel lass ich drin, oder würdest du den nachmodellieren?«, fragte sie ihre Tante mit Blick auf den Hund.

Die fasste sich mit dem blutigen Handschuh ans Kinn und schien zu überlegen: »Fürs Modellieren hast du doch gar keine Zeit. I würd den Schädel drin lassen, so schön wie der außerdem ist. Aber schau drauf, dass das Kemal Vier und die Reinigungsmittel in jede Ritze kommen und du alles gut einstreichst, damit sich die Eiweiße auch wirklich alle umwandeln und nix Verrottbares zurückbleibt. Sonst wimmelt's da in drei Wochen vor Maden.«

Marie nickte, öffnete den Schnabel der Geflügelschere, umschloss damit den Hals des Hundes und drückte mit aller Kraft zu. Ein seltsames Quietschen erklang, das Gewebe gab dem Druck der Hände nach und der Organsack platschte in die bereitgestellte Wanne. Marie atmete erleichtert aus. Der blutigste Teil der Arbeit war erledigt. Jetzt konnte sie sich in Ruhe der Schadensbegrenzung widmen. Dafür legte sie den Balg samt seinen umgestülpten Läufen auf ein ausgefaltetes Exemplar des Wochenanzeigers und gab zum Binden der Feuchtigkeit Kartoffelmehl darauf.

»Was wolltest du mir eigentlich sagen vorhin?«

»Ach, nur dass das Essen fertig ist. Aber jetzt müssen wir eh erst einmal die Sauerei da beseitigen«, entgegnete Tante Hella, packte die Wanne mit den Innereien und trug sie hinaus in die Waschküche.

»Was gibt's denn?«, fragte Marie, kaum dass sie wieder bei der Tür hereingekommen war. Tante Hella rückte ihre

Brille zurecht. Sie griff nach der Drahtbürste, warf Marie über die Brille hinweg einen aufmunternden Blick zu und sagte: »Dein Lieblingsessen. Zur Versöhnung.«

*

Die Küche war erfüllt vom Duft der Palatschinken, die Tante Hella zum Warmhalten ins Backrohr geschoben hatte. Marie wusch sich die Hände, holte die Milchpackung aus dem Kühlschrank und setzte sich an den gedeckten Tisch, während ihre Tante das Essen auftrug. Mehlspeisen zum Mittagessen waren für Marie seit jeher der Inbegriff häuslicher Geborgenheit. Selig sog sie den Duft in sich ein. Tante Hella konnte ein Quälgeist sein, doch als Köchin war sie grandios. Und dank ihrer Hilfe hatte sie das Fell tatsächlich retten können. Marie füllte die Gläser mit Milch. Eine Weile saßen sie beide da und aßen. Dann verstummte das Geklacker auf Tante Hellas Teller. Sie suchte nach passenden Formulierungen, ehe sie das Gespräch eröffnete: »Bist eh nimmer bös, dass i so oft die besserwisserische Alte raushängen lass? I reiß mi in Zukunft zusammen.«

»Schon gut. Du bist ein alter Gschaftlhuber, aber du hast ja leider fast immer recht.«

Marie hob sich eine zweite Palatschinke auf ihr Teller, ehe sie weitersprach: »Aber eine Sache wär mir recht.«

»Was denn?« Tante Hella schaute überrascht auf.

»Bitte weck mich nicht immer in aller Herrgottsfrüh. Du weißt doch, wie selten ich vor Mitternacht ins Bett geh.«

Hella atmete tief durch. Nach kurzem Schweigen gab sie zurück: »Okay. I probier's. Aber, weißt was? I mach mir Sorgen um dich. Oder sagen wir so: I find, du solltest nit erst

73

am späten Vormittag aufstehen und dich den ganzen Tag daheim verstecken. So a fesche Frau gehört doch unter die Leut!«

Sie zog die buschigen Brauen hoch.

»Neue Leut kennenlernen, wär das nix?«

Es sollte beiläufig klingen, doch das tat es nicht. Marie seufzte.

»Na ja, heut in der Früh war ich im Stadel und hab Leute kennengelernt. Einen Hotelier sogar, einen depperten, der kein klares Wort rausbringt!«

Marie entwich ein sarkastisches Lachen.

»Und wenn mit dem Hund alles glatt geht, muss ich kurz vor Mitternacht noch einmal dorthin zurück. Da gibt's bestimmt schon die nächste Gelegenheit, ein paar neue Leut kennenzulernen«, fügte sie betont fröhlich hinzu und spülte mit einem Schluck Milch hinterher.

Auf Hellas Gesicht erschien ein ärgerlicher Zug.

»Jetzt stell dich nit blöd. Du solltest auch einmal wieder wohin gehen, wo Männer sind, junge Männer mein i. Du hättest bestimmt noch einen guten Riss ...«, setzte sie hinterher.

»Einen guten Riss meinst? *Noch*? Und warum überhaupt *junge* Männer? Es dauert nimmer lang, und ich bin vierzig!«

»Na und? Zu meiner Zeit waren viele mit vierzig schon Omas! Aber heut ist eine ganz andere Zeit! Heut ist das nimmer so eng. Außerdem hast eh noch vier gute Jahr bis zum Vierziger!«

»Vier gute Jahr? Und was dann?« Marie schnappte nach Luft. »Soll mein Leben dann vorbei sein?«

»Geh, so mein i das doch nit!«, ruderte Tante Hella zurück. »Aber du weißt genauso wie i, dass man nit ewig Kinder kriegen kann. I hab selber keine leiblichen gehabt. Und des bereu i manchmal.«

»Du hast immerhin mich«, sagte Marie, schrie es fast.

»Eh! Und das ist wunderbar! Und i bin ehrlich froh drüber. Auch über unsere kleine Wohngemeinschaft! Aber wen hast du, wenn i nimmer bin?«

»Meine Ruh! Und mehr will ich gar nicht!«

Marie verschränkte die Arme, schnaubte und kaute zornig auf der Palatschinke herum. Der saure Nachgeschmack des Gesprächs vergällte ihr jeden Bissen.

»Und weißt, du kannst auch nit ewig traurig sein ... Wegen deinem *Freund*.«

Tante Hella hatte das Wort ausgespuckt wie eine Gräte, die sich zwischen ihren Zähnen verfangen hatte.

»Von wem genau redest du?«, stieß Marie aus, wobei sie jedes Wort betonte. Die Kälte in ihrer Stimme erschreckte sie selbst.

»Herrschaftszeiten! Du weißt genau, von wem i red! Von dem Buben, der im Hopfenweg umgekommen ist!«

Marie säbelte ein weiteres Stück aus ihrer Palatschinke, doch sie war so wütend, dass sie mit der beladenen Gabel, statt sie in den Mund zu stecken, vor Tante Hellas Gesicht herumfuchtelte.

»Der *Bub* hat Youni geheißen, Tante! *Youni*! So schnell sollt nicht einmal ein altes Weib wie du den Namen des Menschen vergessen, der über ein Jahr lang jeden Tag bei uns ein und aus gegangen ist!«

»Ja, is ja gut. Den Youni. I mein ja nur. Wie lang hängst jetzt schon durch wie ein nasser Sack wegen dem?«

»Seit sechs Wochen! Vor sechs Wochen ist er erst gestorben«, unterbrach Marie sie, »aber alle tun so, als wär's ewig her! So lang, dass man nimmer drüber reden muss. Dabei hast du damals selber über ein Jahr lang schwarz getragen nach dem Tod vom Onkel Franz!«

»Ja, eh. Aber das war was ganz anderes.«

»Sag bloß! Warum denn?«

Tante Hella kniff die Lippen zusammen. Eine Stille entstand, scharf wie die Klinge der Skalpelle in Maries Werkstatt. Hilfesuchend schaute Tante Hella im Zimmer umher. Irgendwann sagte sie: »Ach, Marie. Dann sind's halt *erst* sechs Wochen, seit der Youni gestorben ist, aber trotzdem: Irgendwann kannst es auch mal wieder gut sein lassen mit dem langen Gesicht. Der Youni war ein netter Bursch, aber richtig gut gegangen wär das mit euch zwei nit.«

»Warum denn nicht?«

»Na ja ...«

Auf Tante Hellas grauen Wangen machte sich die Röte breit. Wenn Marie nicht so zornig auf sie gewesen wäre, sie hätte sie schön gefunden.

»Natürlich war der nett, der Youni. Ein freundlicher, hilfsbereiter Bursch. Aber er war halt auch ein Sonntagsmann, oder wie nennt ihr das heut?«

Statt zu antworten, runzelte Marie die Stirn.

»Der Youni war ein Sonntagsmann. Das weißt du genau. Aber wer Familie will, der braucht einen Mann für jeden Tag ...«

Marie versuchte sich zu beruhigen. Sie wusste, Tante Hella meinte es im Grunde gut. Sie wusste aber auch, was sich ihre Tante für sie wünschte: einen Mann, der sie vor den Einheimischen legitimierte. Einen, dessen Liebe zu ihr die Fragezeichen der Leute im Dorf zu Punkten zusammenziehen würde. Einen, der dazugehörte. Mit Youni hatte

Marie da schlechte Karten gehabt. Zwei Fremde waren sie im Dorf gewesen. Doch für ihn hatte sie sich entschieden, mit aller Konsequenz.

»Wer sagt denn überhaupt, dass ich eine Familie will?«, erwiderte sie nach einer Weile. Tante Hella rieb sich die Stirn, ehe sie mit gedämpfter Stimme wieder anfing: »I will einfach, dass du glücklich bist. Wie, ist mir ganz wurscht! Aber was mich am Youni gestört hat, war, dass er so unverbindlich war. Und mit dem Gesetz hat er's auch nit so gehabt, gell?«

»Was soll denn das schon wieder heißen?«

»Der hat mit Drogen herumgetan, Marie. Das ganze Dorf hat das gewusst. Und du auch. Glaubst du, i hab's nit gerochen, die komischen Zigaretten, die der immer geraucht hat? Und das ganze angeschmorte Silberpapier? Immer, wenn der auf Besuch kommen ist, hat er gestunken wie ein Räuchermandl. So einer passt nit in unsre Familie. Dass er ein Jugo gewesen ist, spielt dabei überhaupt keine Rolle!«

»Warum sagst du es dann?«, rief Marie.

Tante Hella ignorierte die Frage, schluckte stattdessen und holte tief Luft, ehe sie weitersprach: »Mir tut's wirklich leid, dass das mit ihm so ein grausliches Ende genommen hat. Aber der wär langfristig nix gewesen für dich! I hab in meinem Leben so viele Männer getroffen. Gute und weniger gute. I kenn den Schlag! I mein nur ...«

»Du meinst nur! Du meinst nur!«

Maries Stimme überschlug sich fast.

»Meinst nicht, dass jetzt einmal genug ist mit den guten Ratschlägen? Immerhin hast dir selber auch nicht grad den feinsten Pinkel im Tiroler Unterland ausgesucht!«

Tante Hella riss die Augen auf.

»Sag einmal, wie redest denn du vom Onkel Franz? Der hat dich immerhin aufgezogen und ernährt! So sollt ma nit reden von seinen Eltern!«

»Von seinen Eltern? Wenn ihr gewollt hättet, dass ihr für mich wie Eltern seid, warum hab ich nie Mama und Papa sagen dürfen? Warum das elende Gequatsche von *Onkel* und *Tante*? Damit habt ihr mich jeden Tag am langen Arm spüren lassen, dass ich nicht dazu gehör und eben nicht euer Kind bin!«

Die Gabel mit dem aufgespießten Palatschinkenstück landete klirrend auf dem Teller. Maries Stuhlbeine quietschten über den Küchenboden. Sie sprang auf und warf ihrer Tante einen scharfen Blick zu. Da läutete es an der Tür.

»Kriegst du Besuch?«, fragte Hella.

»Nein!«, schoss es aus Marie heraus. »Seit wann läutet da jemand unten an der Bürotür? Der Eingang ist doch nimmer in Betrieb, seit ich aus Wien zurück bin.«

Tante Hella zog die Brauen hoch wie ein aufgescheuchter Uhu.

»Am End sind's die Zeugen Jehovas, die waren nimmer da, seit der Franz sie vor Jahren rausgeschmissen hat«, sagte sie.

»Denen mach ich nicht auf. Für so einen Schmarrn hab ich keine Zeit.«

Die Glocke schrillte erneut. Marie rührte sich nicht.

»Jetzt geh halt nachschauen«, drängte Tante Hella.

Als Marie sich noch immer nicht bewegte, riss ihr der Geduldsfaden: »Oder muss i fußmarode, alte Frau selber durch den Saustall humpeln, den du im Keller verursacht hast, und nachschauen gehen?«

Marie setzte sich knurrend in Bewegung. Sie verließ die

Küche, ging über den Flur Richtung Treppenabsatz. Der *Saustall*, von dem Tante Hellas sprach, war Onkel Franz' altes Büro. Dort hatte Marie all seine Präparate eingelagert, die vorher das Haus bevölkert hatten. Die Tür, die vom Büro direkt auf den tiefergelegenen Parkplatz führte und durch die Onkel Franz' Kunden getreten waren, hatte sie verriegelt. Sie wollte es anders machen als er.

Schon auf der ersten Stufe schlug ihr der Muff des Kellers entgegen. Staub, rostende Wasserleitungen und die süßliche Fäule der jahrzehntealten Gefrierflüssigkeit in den Kühltruhen, in denen noch immer viele Dutzend gefrorener Tiere, Fellstücke und Körperteile schlummerten. Im Treppenhaus hingen goldgerahmte Fotos, eine sepiafarbene Galerie der Lebenserinnerungen dieser windschiefen Kleinfamilie. Alle drei Stufen ein Bild. Ganz oben Tante Hella und Onkel Franz Ende der siebziger Jahre, als junge Eheleute beim Richtfest vor dem neugebauten Haus. Auf dem zweiten Tante Hella, die Marie kurz nach ihrer Adoption als haarloses dickes Baby auf dem Arm hielt. Auf dem letzten Bild saß Franz lächelnd im Wohnzimmer vor dem geschmückten Christbaum, Marie als Kleinkind, vielleicht vier, vielleicht fünf, auf seinem Schoß. Diesen Ernst, der ihre Aufregung begleitete, trug sie auch jetzt im Gesicht. Die Türglocke schrillte noch einmal. Hektisch tastete Marie nach dem Lichtschalter. Immer noch derselbe Drehknauf wie vor dreißig Jahren. Damals hatten ihre Finger ihn kaum zu greifen vermocht, jetzt saß er da wie eine einzelne schwarze Brustwarze. Die Deckenlampe sprang an, ein surrender, grauer Mond, der schon über ihrer Kindheit geleuchtet hatte. Marie holte tief Luft und stieß die Tür zum Büro auf. Der Geruch nach Staub und Mäusekot drehte ihr den Magen um. Durch die Ritzen der zugezogenen Jalousien der Erkerfenster fielen dünne Lichtstrahlen auf den von Wollmäusen und Lurch bedeckten Boden. Im Halbdunkel durchquerte sie das Zimmer. Sie schlängelte sich vorbei an den mit eingestaubten Leintüchern abgedeckten Gämsen, Hirschen und Rehen, umrundete den Schreibtisch ihres Onkels und trat auf die verschlossene Tür zu.

»Ich bin gleich da«, rief sie und mühte sich mit den hölzernen Riegeln ab. Jede ihrer Bewegungen wirbelte Staub auf. Einen Moment lang sah sie sich selbst als Miniaturversion in einer jener Schneekugeln stehen, die sie als Kind in verschiedenen Ausführungen besessen hatte. Winzige Partikel lagerten sich in ihrer Lunge ab, während sie mit aller Gewalt an der Tür rüttelte. Kurz klemmten die Scharniere noch, ehe das Holz nach innen nachgab und Marie auf den Parkplatz hinaus ins Mittagslicht stolperte.

Das Erste, was Marie wahrnahm, war der riesige Schattenriss eines Körpers im Gegenlicht. Als Nächstes sah sie einen glimmenden Zigarettenstummel, der auf den Kiesboden fiel. Ein Fuß in einem schwarzen Lederpumps fuhr aus und trat den Stummel mit einer derart harschen Bewegung aus, dass Marie unwillkürlich einen Schritt zurück machte. Sie schaute an mächtigen Beinen hinauf, die aus erstaunlich kleinen Schuhen wuchsen. Trotz der Hitze waren sie von schwarzen Seidenstrumpfhosen bedeckt. Darüber befand sich ein geschlitzter Rock, in dem ein weißes Polohemd steckte, gefüllt mit schweren Brüsten und einem Bauch, breit wie ein Stamm. Marie erkannte das Logo der österreichischen Bundesbahnen auf dem Schildchen am Revers. Der Name darauf, *Ursula Meyer*, klang seltsam vertraut. Eine rote Krawatte hing der Frau um den Hals wie das neckisch ausgestreckte Zünglein einer Katze. Der Kopf darüber war gedrungen und klein, zu klein für einen so massiven Körper. Wie das Köpfchen einer Stecknadel saß er auf diesem Berg von einer Frau, die sonst nichts Zartes an sich hatte. Ein geflochtener schwarzer Zopf, durch den sich eine blonde Strähne wand, lag schwer auf ihrer Brust. Diese Masse. *Ursula Meyer.* Dieses Gesicht. Marie sah alles gleichzeitig. Die blasse Haut, das mit einem dicken Kajalstrich umrandete Wasserblau der Äuglein, in denen etwas Kaltes glänzte. Sommersprossige hohe Wangen im flächigen Gesicht. Eine winzige Nase. Fleischig rote Lippen. Das Harte und das Niedliche koexistierten auf seltsame Art in diesem Gesicht. Marie kannte die Proportionen, sie musterte diese Erscheinung nicht zum ersten Mal. Eine Geruchsmischung schob sich in ihr Bewusstsein: Chlorwasser, Sonnenmilch, Bratöl. Ursula Meyer hob die sommerbesprossten Arme, warf ihre groben Hände in die Luft, bewegte die blau lackierten Nägel wie Krabbenscheren, öffnete den Mund, entblößte die windschiefen Zähne und ließ ihre dunkle Stimme ertönen: »Überraschung.«

Wortwechsel fluteten Maries Gehirn. Gesprächsfetzen. Sie kannte diese rauchige Stimme, erinnerte das Gewicht handwarmer Münzen, die sie ihr an heißen Tagen in diese riesige weiche Babyhand gezählt hatte.

»Ich wär echt gern früher gekommen«, hörte Marie die Frau schnaufen. »Aber die haben mir nach der Sache den Streckenplan geändert. Jetzt komm ich nur noch alle paar Wochen hier vorbei. Wenn ich Glück hab!«

Sie zog eine Dose *tic tac* aus der Rocktasche, öffnete den Mund und schüttelte sich mit grimmiger Miene einige kleine weiße Lutschdragees aus der Packung direkt in den Mund. Marie suchte das Gesicht der Frau, die nun damit beschäftigt war, die Bonbons mit der Zunge im Mund herumzuschieben, nach Anhaltspunkten ab. Sie war einen Kopf größer als Marie, schätzungsweise fünf, sechs Jahre älter und auf eine eigene Art schön. Ihre Blicke trafen sich. Ursula Meyers Augen waren klein und blau und zugleich von einer seltsamen Farblosigkeit, die durch das Schwarz des Kajals noch unterstrichen wurde. *Ursula Meyer.* Marie kannte diese Skepsis, diese Coolness, aber auch das Hasserfüllte, Zusammengezwickte. Es hatte Zeiten gegeben, da hatte sie ihre Aufmerksamkeit um jeden Preis erhaschen wollen. Und wenn sie diese Augen tatsächlich einen kurzen Moment lang ungeduldig fragend angeblickt hatten, hatte sie innerlich triumphiert.

»Erkennst du mich überhaupt?«, fragte Ursula Meyer und rümpfte ihr Näschen. Die seltsam tierische Bewegung ließ den Knoten in Marie platzen.

»Logisch!«, rief Marie mit einer von Staub und Überraschung belegten Zunge. Sie räusperte sich, schob hinterher: »Hallo Butz. Wir haben uns ewig nicht gesehen!«

»Gesehen nit, aber man hört doch so einiges«, sagte die Butz beiläufig, warf ihren blauen Krallen einen prüfenden Blick zu und grinste Marie darüber hinweg mit schiefen Zähnen an. Dann wurde sie ernst.

»Du schaust bunter aus als beim letzten Mal, wo ich dich gesehen hab.«

Marie schaute ihre jeansblauen Hosenbeine hinunter, ehe sie sagte, was sie seit ihrer Rückkehr ins Dorf schon Dutzende Male gesagt hatte: »Die schwarze Phase ist vorbei. Also kleidungstechnisch.«

»Steht dir gut. Nimmer so bleich. Aber trotzdem. Du ... Also. Mein Beileid.«

Diese Worte versetzten Marie einen Stich. Doch nicht der Schmerz über Younis Tod war der Grund für diesen Stich. Er begleitete Marie Tag und Nacht, ein chronisches Leiden, das sich höchstens für Momente verdrängen ließ. Nein. Es tat weh, dass erst jetzt jemand diesen Schmerz benannte. Und ihr kondolierte. Zum ersten Mal. Youni war seit sechs Wochen tot.

»Schon gut«, gab Marie nach einem Augenblick der Stille zurück und schaute zu Boden, um sich zu sammeln. In ihr begann es zu rattern. Woher wusste die Butz von ihr und Youni? Warum war sie gekommen? Was wollte die Riesin, die Marie seit ihrer Teenagerzeit nicht mehr gesehen hatte?

»Hat dir deine Tante nicht gesagt, dass ich heut nach der Arbeit vorbeischau?«, fragte die Butz und stemmte einen mächtigen Arm in die Seite.

»Doch, doch, irgendwie schon«, sagte Marie verlegen und schob hinterher: »Aber weißt du. Ausgerechnet heut bin ich total eingespannt. Das mit deinem Anruf hab ich nur halb registriert.«

»Du willst mich doch jetzt nicht wieder wegschicken?« Die Augen der Butz weiteten sich. »Ich bin extra mit meiner Kutsche ausgerückt, damit ich nach meiner Schicht am Servierwagen zu dir kommen kann!«

Sie zeigte auf den roten Fiat Panda, für eine so stattliche Frau ein lächerlich kleines Auto, das hinter ihr auf dem Kies parkte.

»Blödsinn!«, sagte Marie schnell. *Kutsche* hallte es in ihr nach. *Ausgerückt.* Sie warf dem Gefährt einen besorgten Blick zu und sagte: »*Servierwagen?*«

»Bordbistro. ÖBB. Oder glaubst, ich hab diese depperte Kluft zum Spaß an?«

Sie riss mit der Linken an der Krawatte, löste sie ein wenig und entblößte dabei den gefiederten Hals eines tätowierten Straußenvogels. Vom Köpfchen sah Marie nur die Spitze des Schnabels, die unter dem kurzen weißen Ärmel ihres Polo-Shirts hervorlugte. Sie wollte der Butz gerade ein Kompliment dafür aussprechen, als ihr Blick auf einen länglichen Schweißfleck fiel, der sich vom Stoff unter der Achsel die Flanken hinunter zum Rockbund dehnte. Die Butz kam einen Schritt auf sie zu, reckte das Gesicht zu ihr hinunter und blickte sie forsch an: »Auf einen Sprung darf ich doch bestimmt reinkommen, oder?«

Es klang nicht wie eine Frage.

»Auf einen Sprung?«

»Mittagspause. Also quasi. Ein Stünderl können sich deine toten Viecher schon gedulden, oder?«

Es hatte keinen Sinn, der Butz in ihre Pläne zu fahren, außerdem schwoll die Neugier in Marie an wie ein sommerliches Hochwasser.

»Okay, eine Stunde geht sich schon aus, bevor ich weitermachen muss«, gab sich Marie geschlagen.

»Super! Einen Arsch voll sitzen. Und dazu ein Kaffee?«

»Kaffee hat meine Tante immer«, sagte Marie und wollte sich schon zum Gehen umwenden, als sich ein paar Staubflusen aus ihrem Haar lösten. Auf Butz' fragenden Blick hin sagte sie: »Unsere Eingangstür ist eigentlich einen Stock höher auf der Hangseite. Die Bürotür benutzen wir schon lange nimmer.«

»Oje, da hab ich ja sauber eure Ordnung gestört, oder eigentlich eure Unordnung!«

»Halb so wild«, sagte Marie. »Bei nächster Gelegenheit muss ich das alte Büro echt einmal ausmisten.«

»Alle sind immer so beschäftigt«, sagte die Butz. »Also! Gehen wir rein?«

Ohne eine Antwort abzuwarten, machte sie einen Schritt auf Marie zu, doch die stellte sich ihr in den Weg.

»Lass uns lieber außen herum gehen, sonst wirst du auch noch staubig.«

»Ja, bitte. Mir wär's ja wurscht, aber das ist mein Arbeitsgewand. Da muss ich jeden Fleck chemisch reinigen lassen. Auf eigene Kasse.«

Mit einer flinken Bewegung warf die Butz noch ein paar *tic tac* ein. Dann folgte sie Marie mit den eckigen Schritten eines Menschen, der es gewohnt ist, schwere Dinge vor sich herzuschieben, an der Hauswand entlang Richtung Vordereingang. Ihre Äuglein suchten im Vorbeigehen alles ab. Sie streiften den Spalierobstbaum, eine Williams-Christ-Birne, die trotz des weit fortgeschrittenen Sommers noch immer reichlich Früchte trug, die abgeernteten Ribiselsträucher, das Kräuterbeet und das aus Bachsteinen aufgereihte Mäuerchen, das die Vorderseite des Gartens einzäunte. Alles registrierte sie, fast so, als besichtigte sie ein Haus, in das sie selbst zu ziehen gedachte. Marie fühlte sich schmächtig neben ihr, wie ein Kind. Die Butz ... Marie dachte an die Sommer ihrer Kindheit, in denen die Butz in den Ferien im Schwimmbadkiosk gearbeitet hatte. Auch damals schon war sie eine Riesin gewesen, eine, vor der man sich in Acht nahm. Sie hatte die Luke des kleinen Kiosks vollständig ausgefüllt, mit einer winzigen Zange Zuckerschlangen herausgezählt und ihre Umgebung abgetastet mit diesen Augen, die allem einen Platz zuwiesen.

Was will die hier, dachte Marie, als sie um die Hausecke bog. *Was soll das?*

Tante Hella stand, einen Arm in die Seite gestützt, in der offenen Haustür. In ihrem Blick lag Ungeduld. Als sie die hünenhafte Gestalt der Butz neben Marie hergehen sah, zogen sich ihre Augenbrauen zu spitzwinkeligen Dreiecken zusammen. Die Butz lächelte ihr zu und streckte ihr schon von Weitem den langen Arm entgegen.

»Hallo, ich bin die Ursula. Mir haben heute Vormittag telefoniert«, sagte sie mit einer Weltläufigkeit, die Marie überraschte.

»I bin die Hella. Servus«, entgegnete Tante Hella und musterte sie erst argwöhnisch von Kopf bis Fuß, ehe sie endlich den Handschlag erwiderte. Marie schämte sich für ihre Tante, doch die Butz lächelte ungerührt.

»Bist du nit eine Tochter vom Esel-Meyer?«, fragte Hella mit noch immer zusammengezwickten Augen.

»Ganz genau!«, gab die Butz zurück und grinste.

»Ja, Wahnsinn. Wie rausgeschnitten aus dem Esel-Meyer seinem Gesicht. Dabei hab i glaubt, dass der Esel-Meyer nur Buben gehabt hat?«

»Also, Brüder hab ich einige. Ich bin die Jüngste und zugleich die Größte«, sagte die Butz und schob hinterher: »Ich war immer schon der gleiche Riegel wie mein Vater.«

Tante Hella, die noch klappriger und kleiner wirkte neben dieser großen Frau, sah die Butz und Marie nacheinander an und sagte: »Als Frau ein Riegel sein? Was Besseres kann dir gar nit passieren bei uns in der Gegend! Stark sein ist wichtig, nit nur für euch Bäuerinnen. Aber i weiß, was du meinst. Die Männer kriegen so schnell Angst. Bei mir war's das Gegenteil, was um nix besser ist. I war ein richtiges Zniachtl. Ein Scheißerle. Umgeben von Männer wachsen einem Dirndl da schnell Haar auf die Zähn. Das einzige andere Mädel in meiner Familie war die Melanie, meine fesche Cousine. Immer hat's geheißen: Schau, wie die Melli heut schön ist in ihrem Kleiderl. Wie toll sich die Melli bewegt! Was die für goldene Haar-Wellen hat. Und i mit meine braunen Schnittlauchlocken und der langen Nasen hab mich hundsmiserabel gefühlt neben der. Aber wie wir einmal bei denen über Nacht geblieben sind«, auf Tante Hellas Gesicht erschien ein Grinsen, so höhnisch und zufrieden, dass sie aussah wie eine alte satte Katze, »da bin i hin und hab der Melli mit der Schneiderschere aus dem Necessaire von der Tante Gretti die Zöpfe abgeschnitten. Danach war eine Zeitlang Ruh mit dem Gequatsche von der schönen Melli.«

Tante Hellas Augen blitzten vor bösartiger Freude.

»Kinder können so grausam sein«, sagte die Butz in feinstem Hochdeutsch und grinste. Marie schaute ungläubig zwischen ihr und Tante Hella hin und her. Die beiden schienen sich bestens zu verstehen. Und auf eine seltsam antipodische Art glichen sie einander. Während die Butz aussah wie ein Hüne in Frauenkleidern, wirkte Tante Hella wie ein winziger, in einen Hauskittel gesteckter Großvater. Ein ungleiches Paar, doch, ganz eindeutig, ein Paar.

»Du kommst halt nach deinem Vater. Und der Esel-Meyer – Gott hab ihn selig –, ist ein großer Mann gewesen. Die Haustür da«, Hella zeigte auf die schwere Eichentür hinter sich, »hat ausgeschaut wie ein Mauseloch, wenn er zu uns auf Besuch kommen ist. Aber er hat ein gutes Herz gehabt. Der war früher oft heroben bei uns. Der Franz und dein Vater haben immer viel zum Reden gehabt.«

»Und zum Saufen bestimmt auch«, ätzte die Butz.

»Des hast jetzt du g'sagt!« Tante Hella schüttelte grinsend den Kopf und setzte hinterher: »Magst einen Kaffee?«

»Ich hab mich eh schon eingeladen, danke!«, sagte die Butz und bleckte wieder ihre Zähne, die aussahen wie nach einem Sturm liegengebliebene Zaunstempel.

»Mach du ruhig deinen Mittagsschlaf, Tanti. Ich kümmer mich um unseren Besuch!«, sagte Marie.

»Sehr gut. Aber weißt, was? Damit du's gleich nit so stressig hast, geh i g'schwind rein und putz das Hunderl schon einmal ein bisserl für dich vor. Ihr trinkt's in Ruhe einen Kaffee. Und wenn du fertig bist, übernimmst du und i hau mich auf's Ohr, okay?«

»Guter Plan! Danke.«

Tante Hella nickte. »Passt. So machen wir's. Und für dich«, sie wandte sich an die Butz, »gäb's noch ein paar Palatschinken. Die Marie und i wir waren heut Mittag nämlich nit besonders hungrig.«

»Da sag ich nit nein«, entgegnete die Butz und zog den Kopf ein, als sie hinter den beiden ins Haus trat. »Ich sag nie nein.«

ACHT

»Einen Hund sollst du ausstopfen bis Mitternacht?«

Die Skepsis in der Stimme der Butz war unüberhörbar.

»Klingt komisch, ich weiß, aber das ist mein erster Auftrag seit Wochen. Da kann ich nicht wählerisch sein«, sagte Marie und trug das benutzte Geschirr zur Abwasch. »Außerdem ist das Viech echt klein. So ein Schoßhündchen.«

»Schoßhündchen«, wiederholte die Butz und rümpfte die Nase.

Marie öffnete den Geschirrschrank und zog ein frisches Teller heraus.

»Und warum ausgerechnet bis Mitternacht?«

»Morgen hat die Frau Geburtstag, der der Hund gehört, und sie feiert hinein«, sagte Marie und stellte Teller und Besteck vor der Butz ab.

Die Butz schüttelte den Kopf.

»Manch eine setzt Himmel und Hölle in Bewegung am Geburtstag, als wär's weiß Gott was, dass man älter wird. Und meine größte Freude ist der Geburtstagsrabatt beim H&M.« Sie lachte heiser auf.

»Die sind leider schon kalt«, sagte Marie und deutete auf die Palatschinken.

»Macht nix«, sagte die Butz, griff zum Besteck, hob sich eine Palatschinke nach der anderen aufs Teller und begann zu essen. Riesige Stücke verschwanden in ihrem Mund, der wie eine schlecht verheilte Wunde im kleinen Gesicht saß. Die Butz kaute nicht, sie schlang. Als sie die zweite Palatschinke gegessen hatte, sah sie vom Teller auf und blickte Marie direkt an.

»Diese ständigen Mehlspeisen. Österreich frisst sich zu Tode. In anderen Ländern gibt's das so gar nicht. Ich muss echt ein bisserl aufpassen, aber eins nach dem andern. Früher hab ich gern einmal ein Bier zu viel getrunken. Aber das hab ich abgedreht. Vor einem Jahr schon«, sagte sie stolz.

»Super«, sagte Marie schmallippig, während ihre ganze Aufmerksamkeit der Frage galt, was diese seltsame Frau von ihr wollte.

»Die Raucherei und den Zucker gewöhn ich mir auch noch ab«, fing die Butz wieder an. »Irgendwann. Man muss sich ein paar Ziele aufheben, sonst wird's Leben fad. *Work in progress.* Wobei, das ganze Zuckerzeug macht einen echt hin. Zucker«, sie deutete schmatzend auf die geblümte Porzellandose auf dem Küchentisch, »ist die härteste Droge der Welt. Mit Abstand«, setzte sie hinterher und biss in ein vor Erdbeermarmelade triefendes Stück.

Marie blickte sie überrascht an, entgegnete: »Dabei hast du uns im Freibad doch jahrelang kiloweise saure Schlangen, Zuckermäuse und Erdbeerkracher verkauft.«

Die Butz grinste ungeniert.

»Ja, eh. Ich weiß halt, wovon ich red. Was glaubst du denn, was die Leute bei mir im Bord-Bistro so kaufen?« Sie warf

Marie einen erwartungsvollen Blick zu, ehe sie selbst die Antwort gab: »Bier, Mannerschnitten und Snickers! Wenn's mal wieder länger dauert.« Sie lachte auf, dann wurde sie ernst, so schlagartig, als hätte sie das oft geübt: »Ich weiß wirklich, wovon ich red, Marie. Zucker ist pures Gift. Und unsere Kinder fressen das den ganzen Tag.«

Marie hielt in der Bewegung an, fragte: »Hast du denn Kinder?«

»Nein«, schoss es aus der Butz. »Du?«

»Nein«, sagte Marie schnell, »noch nicht.«

Ein Schatten huschte über ihr Gesicht. Zugleich war sie erleichtert. Selbst in dieser Welt, wo die meisten Frauen ihres Alters längst verheiratet waren und Kinder hatten, gab es noch ein paar andere, Frauen wie sie selbst. Doch was wollte die Butz? Marie warf ihr einen skeptischen Blick zu. »Sag bloß, du bist den ganzen Weg hergekommen, um mir zu sagen, wie ungesund Zucker ist?«

So viel Direktheit schien die Butz nicht gewöhnt. Sie gefror in ihrer Haltung mit nach vorn gerecktem Hals, Messer und Gabel in den Händen. Dann ließ sie das Besteck sinken, funkelte Marie an und zischte: »Jetzt tu doch nicht so. Du weißt genau, warum ich heraufkommen bin!«

Einen Moment lang war nur das Blubbern der Kaffeemaschine zu hören. Marie saß reglos da. Sie wollte etwas sagen, doch die Butz kam ihr zuvor: »Ich hab doch auch keinen zum Reden! Kriegt ja keiner das Maul auf! Oder mit wem redest *du* ab, dass der Youni gestorben ist?«

Der Name traf Marie wie ein Fausthieb. Sie gefror mitten in der Bewegung, überlegte. Was hatte Ursula mit ihrem Youni zu tun gehabt? Und warum *abreden*? Sein Tod ließ sich doch durchs Reden nicht wegschaufeln wie ein Kohlehaufen! Sie atmete tief durch und hob die Kaffeekanne aus der Maschine. Ihre Hände zitterten, als sie zwei geblümte Tassen auf den Tisch stellte. Sie schenkte ein, schob der Butz eine Tasse hin und setzte sich zu ihr. Während sich die Butz Milch eingoss, atmete Marie noch einmal durch. Sie nahm ihre Tasse zwischen die Finger, legte den Kopf in den Nacken und sagte, ohne die Butz aus den Augen zu lassen: »Ist ja total nett, dass du wissen willst, wie's mir geht, und dich mit mir über den Youni austauschen magst. Aber wenn ich ehrlich sein soll: Wir kennen uns nicht. Ich hab dich zwanzig Jahre nicht gesehen und auch vor zwanzig Jahren waren wir nur Bekannte. Jetzt stehst du da und willst mit mir *abreden,* dass der Youni gestorben ist. Okay. Gern. Aber vorher sag mir, was du mit ihm zum Schaffen gehabt hast.«

Die Heftigkeit ihrer eigenen Worte ließ Marie erröten. Ihre Beziehung mit Youni hatte schon viele unliebsame Überraschungen mit sich gebracht. Würde das jemals aufhören? *Sonntagsmann,* hatte Tante Hella gesagt. In gewisser Weise stimmte das. Marie wusste, dass der Youni in ihrem Kopf nur vage mit dem Menschen übereinstimmte, den ihre Umgebung in ihm gesehen hatte. Doch wie passte diese Frau nun wieder ins Bild? Marie spürte, wie sie ins Schwitzen kam, unsicher, ob sie eine weitere Überraschung verkraften konnte. Auch die Butz errötete, fragte: »Er hat dir gar nie von mir erzählt?«

»Kein Wort«, sagte Marie mit Grabesstimme und versteckte ihr Gesicht hinter der Kaffeetasse. Nun griff auch die Butz nach der Tasse, die wie ein Spielzeug in ihrer Hand lag. Sie führte sie an die Lippen, leerte den Inhalt in einem einzigen Schluck. Eine plötzliche Fröhlichkeit machte sich in ihrem Gesicht breit.

»Hut ab. Hätt ich dem alten Tratschmaul gar nicht zuge-
traut. Also mir hat er ja dauernd von dir erzählt.«

»Was ist da gelaufen zwischen euch?«, entfuhr es Marie.

Die Butz stutzte, dann stieß sie ein schallendes Lachen
aus.

»Oh Gott! Bitte, nein! Nicht, was du jetzt denkst!«

Sie riss die Arme in die Luft und lachte weiter, so un-
mäßig, wie sie zuvor gegessen hatte. Der tätowierte Strau-
ßenkopf auf der Innenseite ihres wuchtigen Bizeps bebte.
Lachtränen rannen ihr über die Wangen. Braune Tropfen
schwappten aus ihrer Kaffeetasse auf Tante Hellas Plastik-
tischdecke. Dann beruhigte sich die Butz langsam. Ehe sie
zu reden begann, warf sie Marie einen beschwichtigenden
Blick zu: »Na, na, keine Angst! Ich bin seit über zwanzig
Jahr mit dem Schurli z'sammen! Und das wird auch so bleiben!«

Ihr Arm sauste auf die Tischplatte nieder und wischte
die Kaffeetropfen weg. Marie schämte sich für ihre Unter-
stellung und war doch ehrlich erleichtert. *Der Schurli.* Sie
sah einen schmächtigen, langhaarigen, über und über tätowierten Jungen vor sich, der einen Rollstuhl vor sich her-
schob. Eine zerfurchte alte Frau saß darauf wie eine Königin
auf ihrem Thron. Schurli hatte Mitte der neunziger Jahre
mit seiner exzentrischen Großmutter das Dorfbild geprägt.
Er war Tätowierer gewesen, der erste und lange auch der
einzige in der Region. Um seine Leidenschaft zu finanzie-
ren, hatte er schon als Jugendlicher seine Oma gepflegt,
eine alte Dame mit niederösterreichischem Zungenschlag,
die seit Jahrzehnten nicht mehr gehen konnte, beim Anziehen und Waschen Hilfe brauchte, sonst aber hellwach
war. Sie unterstützte ihren Enkel in all seinen Bemühun-

gen, war ein Freigeist und interessierte sich auch selbst für Tätowierungen. Mit sichtlichem Vergnügen an den Schauern, die sie den Dorfkindern damit über den Rücken jagte, hatte sie ihnen bei ihren Rundfahrten mit dem Enkel jedes neue Motiv gezeigt, das Schurli ihr zu Übungszwecken in die runzlige Pelle gestochen hatte. Damit man die Tätowierungen sehen konnte, musste sie ihre altersgefleckte und von feinen Härchen übersäte Haut glattstreichen wie einen zerknitterten Stoff. Marie hatte sich die Sache nur einmal aus der Nähe angesehen – an einem Freitag früh in der Schlange vor dem Geldautomaten, wo Onkel Franz Geld fürs Frühschoppen abheben wollte. Marie hatte Schurli und seine Oma gemocht. Erst jetzt fiel ihr auf, dass sie diesem schrulligen Gespann, das eine ganze Kindheit lang den Dorftratsch am Laufen gehalten hatte, seit ihrer Rückkehr noch nicht begegnet war. Die Butz wischte mit einem letzten aufgegabelten Palatschinkenstück das Teller sauber, schob es sich genüsslich in den Mund und kaute. Als sie fertig war, sagte sie, als hätte sie Maries Gedanken erraten: »Wir wohnen jetzt in Wiener Neustadt. Eh schon seit fünf Jahren. Im Haus, das ihm die Gundi vermacht hat.«

»Die Oma vom Schurli ist gestorben? Mein Beileid.«

»Danke. Ach, na ja, sie war ja so lang krank. Ich hab sie gar nicht anders gekannt. Kurz nachdem sie gestorben ist, sind wir endgültig runtergezogen. Mir haben in Tirol keinen Fuß auf den Boden gekriegt finanziell. Und der Schurli hat da jetzt auch den neuen Shop. Läuft super.«

»Der ist immer noch Tätowierer?«

»Ja sicher! Und er hilft auch immer noch im Krankenhaus aus, wenn grad einer ausgefallen ist. Der Schurli ist echt ein sozialer Typ, da fährt der Zug drüber«, sagte die Butz, sichtlich stolz auf ihren Freund. Marie stellte sich dieses ungleiche Paar vor und freute sich. Da fiel ihr Youni wieder ein, und sie wurde ernst.

»Aber was ist denn jetzt deine Verbindung zum Youni?«

Die Butz reckte ihren Hals fragend in Maries Richtung: »Du hast wirklich gar nix mitbekommen, oder?«

»Wovon denn?«

»Der Youni war mein ... Na ja, mein Geschäftspartner halt.«

Endlich fiel der Groschen. Marie sah die grüne Kiste vom obersten Regalbrett der Abstellkammer herunterleuchten. Sie sah das Meer aus grünen Säckchen vor sich. Wie viel der Inhalt wert war, darüber hatte sie nie nachgedacht. Sie leerte ihre Kaffeetasse in einem Zug und sagte: »Ich hab mich da immer komplett rausgehalten und wollt auch gar nichts wissen von seiner Arbeit. Ich will mit dem Zeug nix zu tun haben. Das hat mich schon als Teenager nicht interessiert.«

Die Butz nickte.

»Ja klar. Besonders, wenn man sich selber ein bürgerliches Business aufbauen will. Der Schurli weiß ja auch nix. Also. Na ja. So gut wie nix. Ist besser so. Für alle Beteiligten.«

Sie verschränkte die Arme vor der Brust und schaute Marie erwartungsvoll an. Um Zeit zu gewinnen, stand Marie auf und begann, den Tisch abzuräumen. Sollte sie der Butz die Kiste überlassen? Sie sah die Säckchen vor sich und ein dickes Bündel mit Hundert-Euro-Scheinen. Eine Weile war nur das Klappern der Teller und Tassen zu hören, dann durchbrach die Butz die Stille: »Also. Ich will da jetzt gar nicht ins Detail gehen. Ich weiß nur, dass der Youni bei dir was verstaut hat. Und das würd ich gern abholen.«

Marie wurde heiß.

»Was meinst du denn?«, hörte sie sich sagen.

»Die Kiste.«

»Welche Kiste?«

»Jetzt stell dich bitte nicht blöd! Der Youni hat mir gesagt, dass er die Kiste bei dir untergestellt hat. Für den *worst case*. Und jetzt! Ich mein, er ist immerhin tot. Wenn das nicht der *worst case* ist? Und du hast doch grad gesagt, du willst mit dem Zeug nix zu tun haben. Da kannst doch froh sein, dass ich dir die Sorge abnehm, oder nicht?«

In der Stimme der Butz schwang eine leise Drohung mit, doch sie hatte recht. Über kurz oder lang würde Marie die Kiste Probleme bereiten. Zugleich war sie das Einzige, das ihr von Youni geblieben war. Und wenn sich diese fremde Frau dafür extra in ihre Küche setzte, musste sie einiges wert sein.

»Du hast die Kiste doch noch, oder?«, fragte die Butz plötzlich besorgt.

Marie wusste nicht, wie sie reagieren sollte. Da fiel ihr Blick auf die Uhr. Erleichtert fuhr sie zur Butz herum und sagte schnell: »Du, ja, ja. Hab ich alles da. Aber ich müsst jetzt schnell einmal rüber, meine Tante ablösen. Lass uns in der Werkstatt weiterreden, okay?«

»Wie du magst«, sagte die Butz und schnaufte genervt aus. Sie schaute mit zusammengekniffenen Lippen ins Leere. Dann warf sie den schweren Zopf nach hinten, platzierte die blaulackierten Fingerkuppen auf der mit Plastik bespannten Tischkante und stieß sich ab.

»Kann ich dir bei deiner Sache irgendwie helfen?«, fragte sie wieder.

»Na ja, ich muss jetzt die Knochen fertig abschaben.«

»Also, das könnt ich. Nicht, dass ich schon einmal ein Vieh ausgestopft hätt. Aber ich hab mein Lebtag bei mir daheim geschlachtet und gekocht. Da hat man ja ständig mit Knochen zu tun.«

»Ja gut, wenn du dich nicht graust?«

»Mich graust schon lang vor gar nix mehr«, entgegnete die Butz, griff fröhlich das leere Teller und trug es zur Abwasch.

*

Tante Hella schaute nicht auf, als die Tür aufging. Konzentriert saß sie über dem Hundefell. Aus ein wenig Distanz hätte man meinen können, eine alte Dame wäre bei der Handarbeit. Doch je näher die zwei Frauen kamen, desto deutlicher war das blitzende Skalpell zu erkennen und der lüstern genießerische Ausdruck, mit dem Tante Hella alles bearbeitete, was einmal am Leben gewesen war. Als Marie sah, was von den fleischigen Hundeschenkeln übriggeblieben war, entfuhr ihr ein anerkennender Pfiff. Den größten Teil der Knochenfreilegung hatte Tante Hella schon erledigt. Die feinen Hinterläufe waren säuberlich vom Fleisch gelöst. Bei den Vorderläufen hatte sie immerhin Kings rechten Unterschenkel zur Hälfte freigeschabt. Als die Tür hinter der Butz ins Schloss fiel, blickte ihre Tante auf.

»Endlich kommt's ihr, i bin schon so müd.«

»Wow, super! Du hast echt viel geschafft.«

Tante Hella schnalzte mit der Zunge. Sie zeigte mit ihrem

von blutigen Schlieren überzogenen Daumen in Richtung einer metallenen Schüssel, die neben ihr auf dem Tisch stand und sagte: »Bitte tut's mir die Fleischresteln in die Schale da. Der Xaver wird sich über den Festschmaus bestimmt freuen.«

Xaver, so nannte Tante Hella den graugestreiften Kater, der alle paar Tage aus dem Nichts am Küchenfenster auftauchte und um Einlass bat. Sie hofierte ihn wie einen Liebhaber. Xaver war ein riesiges, grünäugiges Tier mit einem außergewöhnlich buschigen Schwanz und einer wunderschönen Maserung in mehreren Graustufen und schwarz. Woher er kam, wussten weder Marie noch ihre Tante. Genauso wenig seinen wirklichen Namen. Xaver hatte das Glück, erst nach dem Tod von Onkel Franz vor dem Haus am Waldrand aufgetaucht zu sein, denn vor ihm war kein schönes Fell sicher gewesen. Seine Katzendecken hatten hohe Preise erzielt. Als Kind und Jugendliche hatte Marie sich dafür geschämt, dass ihr Onkel im Dorf als Katzenschlächter verschrien war. Mehr als einmal hatte sie gelogen und abgestritten, dass ihr Onkel jemals eine solche Decke hergestellt hatte. Doch es stimmte. Marie hatte es selbst gesehen. Und im Dorf hatte es auch jeder gewusst. Wann immer in der Gegend eine Katze verschwunden war, raunte man sich hinter vorgehaltener Hand zu: *Die hat sich der Scheringer geholt.* Natürlich waren Onkel Franz' Kürschnerkünste nicht für jede tote Katze im Dorf verantwortlich. Die Felle der meisten Minkis, Muckis, Maxis und Murlis interessierten ihn nicht. Dafür war er viel zu wählerisch. Doch die Waschküche hinterm Haus, wo er die selbsterlegte Beute ausbluten ließ, hatte Marie trotzdem gemieden, seit sie die wunderschöne rothaarige Katze ihrer Freundin

Kathi dort hängen gesehen hatte. Jetzt, nachdem sie selbst so vielen Tieren mit mittelmäßigen und hässlichen Fellen zum ewigen Leben verholfen hatte, juckte es auch Marie in den Fingern. Mehr als einmal hatte sie sich vorgestellt, sich im Schlaf an sein wunderschönes Fell zu kuscheln. Doch Tante Hella freute sich jedes Mal wie ein junges Mädchen, wenn Xaver zum Fenster kam. Die buschig abstehenden Barthaare erinnerten sie – das hatte sie Marie einmal verraten – an den verstorbenen Kaiser Franz Josef. Und so hatte Marie beschlossen, die katzenhafte Reinkarnation des letzten österreichischen Kaisers, die noch dazu einen interspeziellen Bund mit ihrer Tante eingegangen war, zu verschonen. Lange schaute Marie in die Metallschüssel, in der ihre Tante die Fleischreste gesammelt hatte, und murmelte, halb zu sich selbst: »Eine Katze, die einen Hund frisst.«

»Willkommen im einundzwanzigsten Jahrhundert«, sagte Tante Hella und grinste. Sie legte das Skalpell neben den Balg aufs Zeitungspapier, stand auf und stapfte davon.

*

Marie holte ein zweites Skalpell aus der Werkzeugschublade und zog sich die Gummihandschuhe an. Sie reichte auch der Butz ein Paar. Die schaute abschätzend zwischen ihren Händen, die groß und geädert waren wie eine Gebirgslandschaft, und den kleinen schwarzen Latexhüllen hin und her, knüllte die Handschuhe zusammen und steckte sie ein. Man musste der Butz nicht zeigen, wie man Fleisch von einem Knochen schabt. Kaum hatte sie neben Marie Platz genommen, griff sie sich ein Vorderbeinchen und legte los. Die Butz war erstaunlich geschickt, trotzdem hielt sie immer wieder kurz inne und warf neugierige Blicke auf Maries flinke Finger.

»Wie schaffst du das so schnell?«, fragte sie nach einer Weile.

Marie grinste, ohne aufzublicken, und schabte weiter.

»Dass du einmal das Handwerk von deinem Onkel übernehmen würdest, hätt ich mir nicht im Traum gedacht«, fing die Butz nach kurzer Stille wieder an.

»Weil ich studiert hab?«, fragte Marie. Es klang gereizt.

Die Butz kratzte mit ihrem Skalpell über den Knochen, schien nachzudenken, ehe sie antwortete: »Nein. So mein ich das nicht. Eher so: Wenn einmal eine den Absprung geschafft hat aus dem Dorf, kommt sie normalerweise nicht so schnell wieder zurück. Eine Studierte gleich dreimal nicht. Da hat der Youni echt was geschafft, dass er dich zurück ins Dorf gelockt hat. Außerdem hab ich gedacht, dass du mit deinem Onkel nix anfangen kannst.«

Als Marie nichts sagte, sprach sie weiter: »Ich kann mich noch gut dran erinnern, wie du dich früher von ihm distanziert hast. Dein schwarzes Gewand, die fettigen Haare. Und warst du nicht schon als Jugendliche Vegetarierin?«

Marie schnippte ein Stück Fleisch in die Schüssel.

»Ja, stimmt. Aber in letzter Zeit brauch ich wieder einmal die Woche Fleisch. Ärztlich verordnet«, sie machte eine kurze Pause, »gegen den Eisenmangel.«

Eine Weile war nur das Schaben der Skalpelle auf dem Knochen zu hören. Maries Messer kratzte besonders energisch über das Bein. Unvermittelt hörte sie auf, schaute die Butz an und sagte: »Du glaubst vielleicht, dass jeder, der ein Ziel erreicht, da automatisch auch ankommt. Aber das stimmt nicht immer.«

Marie wollte noch etwas hinzufügen, ließ es dann aber bleiben. Während sie weiterarbeitete, tauchten in ihrem Kopf Bilder auf. Die düstere Altbauwohnung ihrer Kommilitonin Edna, die diese von ihrer reichen Großmutter übernommen hatte. Eine verwinkelte Wohnhöhle mit Klavierzimmer und Bibliothek. Marie war im ersten Semester oft dort auf Besuch gewesen. Wie ein abgestorbener Ast aus edlem Holz war ihr die Wohnung vorgekommen. Ohne Tageslicht. Die Selbstverständlichkeit, mit der sich ihre gleichaltrige Freundin in dieser uralten Umgebung bewegte, erstaunte sie. Edna schleifte sie bald überall hin mit, in Ausstellungen, Galerien und Theater. Und zu geselligen Abendessen, bei denen sie als Einzige stumm blieb. Sie wusste nicht, wie sie sich aufführen und worüber sie reden sollte. Das Verhalten der anderen erschien ihr affektiert. Ständig fielen Namen, die Marie nichts sagten, mit einer Selbstverständlichkeit, als redete Tante Hella über den *Kalkstein*, den *Kaiser* oder das *Horn*. Und immer roch es muffig. Überall. Als wäre alles, auch das modernste, kritischste, schrillste Kunstwerk sofort von einer dicken Staubschicht überzogen. So vieles hatte sie lernen müssen. Die geheimen Dramaturgien bürgerlicher Abendessen. Das Gewese um einzelne Leute, von denen man sich etwas versprach. Die lässige Androgynität der Frauen in den Literaturseminaren, ihr zum Statement geronnener Feminismus. Frauen, die freimütig erzählten, dass sie bi waren. Denen ihre Wirkung auf Männer komplett egal zu sein schien. Und die trotzdem häufig noch im gleichen Satz Details über ihre Affären mit Dozent X und Professor Y fallen ließen. Menschen, die sie *geistig stimulierten*. Marie war fasziniert gewesen von dieser Welt, in der niemand Schwielen an den Händen hatte, dafür aber oft eine polnische Putzfrau. Dass ihre Gespräche ständig auf die eine oder andere Art um Geld kreisten, war ihr erst später aufgefallen. Sie passte sich an. Bald aß sie wie die Bürgertöchter, und ihr Körper reagierte darauf. Schon nach wenigen Wochen des Fastens war auch Marie schlank und androgyn. Tante Hella hatte sie mit gerunzelter Stirn in die Seite gekniffen und angefleht, wieder mehr zu essen. Noch größeres Stirnrunzeln erntete Marie allerdings, wenn sie den Mund aufmachte und von ihrer neuen Welt erzählte. *Warum redest du auf einmal so gestelzt*, hatte Tante Hella mehr als einmal gefragt. Marie hatte den Tiroler Dialekt abgestreift wie eine zu eng gewordene Haut. Nun sprach sie blütenreines, mit Fremdwörtern gespicktes Hochdeutsch. Und schon nach einem Semester Germanistik hörte sie überall geheime Botschaften heraus. *Subtext. Metatext. Mitteilungsebene.* Über die Monate und Jahre war sie hineingekrochen in diese neugebaute städtische Existenz. Als wäre sie nicht hier aufgewachsen, zwischen Fleischresten, Geröllhaufen und Latschenkiefern, sondern in einer Kunstfelsenlandschaft mit Straßenfluchten, Konzertsälen und Menschentrauben. Die Schwielen an ihren Händen waren weicher geworden. Aber wirklich verschwunden waren sie nie.

Es war heiß geworden im Zimmer, so nah am Körper eines anderen Menschen. Auch die Butz schwitzte, wischte sich mit dem Handrücken über die gerötete Stirn, schaute erst auf das Hundebein und danach mit ehrlicher Neugier in Maries Gesicht.

»Ich war echt gern beim Radio«, fing Marie wieder an. »Die Leute waren nett, weniger kompliziert und neurotisch als viele Schauspieler oder Autoren. Die Arbeit im Radio ist eigentlich gar nicht so anders als das Arbeiten auf dem Berg.

Wenn wir früher den Hang hinterm Haus gemäht haben, war das Gefühl oft ganz ähnlich. Du bist allein, denkst nach und redest so vor dich hin. Du brüllst in die Felswand rein, ein Echo kommt zurück, aber es ist nur die eigene Stimme. Und trotzdem hoffst du, dass irgendwo anders einer das hört, dass dich irgendwo einer versteht.«

Die Butz nickte so langsam, als müsste sie sich diese Worte erst übersetzen. Marie schaute unverwandt auf ein Fleischflankerl auf ihrem Skalpell. Dann blickte sie die Butz direkt an und sagte: »Aber ganz ehrlich? Es war einfach nicht meine Welt. Ich hab immer eine Distanz gespürt. Ich war immer ein bisserl im Off. Das hat mich auf Dauer geschlaucht. Und warum hätte ich in Wien eine neue Tradition anfangen sollen, wenn ich tief drinnen gar nicht dort sein wollt? Ich wollt ja eigentlich gar nie weg von hier. Ich hab einfach keinen Platz gesehen für mich.«

»Das Problem kenn ich«, sagte die Butz.

»Was hätt ich auch machen sollen unter einem Dach mit einem Onkel, der jeden Tag gesoffen hat? Nach seinem Tod hab ich mich erst lang nicht getraut. Zum Glück bin ich dem Youni begegnet. Ab da ist alles leichter gegangen.«

»S'ist schad um ihn«, sagte die Butz, blickte ihrerseits auf den abgeschabten Knochen und flüsterte: »Und was machst jetzt?«

»Wie jetzt?«

»Wo er doch tot ist, mein ich.«

»Na weiter mach ich! Was sonst?«, sagte Marie ein wenig zu laut und setzte wie zur Bekräftigung erneut das Messer an. Doch statt damit über den Knochen zu kratzen, dachte sie nach, ehe sie weitersprach: »Soll ich jetzt wieder abdampfen, weil der Youni gestorben ist? Und weil viele bei uns ein Weltbild haben, das sich mit meinem beißt? Oder weil man als Frau diese Arbeit angeblich nicht macht? Was juckt mich die Meinung von den Jägern? Von den Leuten generell? Die wissen doch längst, dass die Scheringers komische Vögel sind. Sollen's das doch weiterhin glauben! Wenn immer alle weggehen, die anders denken, ändert sich nie was! Weitermachen will ich! Aber anders. Zu meinen Konditionen.«

Marie verstummte, verschränkte die Arme vor der Brust und schaute aus dem Fenster auf die graue Spitze des Kitzbühler Horns, die silbern in der Sonne glänzte. Dann löste sie die Arme und arbeitete weiter. Die Butz tat nichts. Jetzt saß sie stumm da, schien das, was sie gehört hatte, in sich aufzunehmen und zu überlegen. Irgendwann begann sie mit tiefer, ruhiger Stimme zu sprechen, ohne Marie dabei direkt anzusehen: »Bei mir war's eigentlich nicht viel anders. Nur war ich keine große Gescheitheit. Und so eine Hütte wie du und deine Tante haben wir auch nie besessen. Ich bin gemacht für den Wald, fürs Alleinsein mit den Viechern. Ich weiß, wo die besten Eierschwammerl wachsen, Parasole und Beerentatzen. Meine Händ sind gut fürs Beerensammeln, richtige Riffel sind das.«

Sie blickte auf ihre Hände, als hätte sie sie nie zuvor gesehen. Dann fuhr sie fort: »Ich weiß, es klingt blöd, aber ich spür, was ein Esel will. Ganz genau sogar. Ich weiß, welche Wolke abregnet und welche weiter weht und wo im Winter die Schneebretter abgehen. Das ist meine Landschaft, für die bin ich gemacht. Nicht fürs gescheite Daherreden, fürs Stillsitzen im Klassenzimmer, nicht für Mathe, Deutsch und Sachunterricht. Ich wär gern Bäuerin geworden ... Dass du das alles hier von deinem Onkel übernehmen hast dürfen, einfach so, bei dem Gedanken frisst mich fast der Neid. Mir war so ein Weg versperrt«, sagte die Butz und schüttete sich, wie um den Schmerz zu ersticken, zwei *tic tac* in den Rachen.

»Und warum?«, fragte Marie.

Die Butz zerbiss vor Überraschung ihre *tic tac*.

»Drei Brüder, hallo?«, sagte sie. »Du weißt doch, dass bei uns der Älteste den Hof übernimmt. *Sohn* wohlgemerkt. So war's früher. So ist's bei vielen immer noch, und so soll's für manche im Dorf bittschön auch bleiben! Auch, wenn der älteste Bruder ein Süffler ist, ein gedankenloser. Und ein Spieler.«

Sie machte eine Pause und blickte auf Maries Finger, die noch immer das Skalpell umklammerten.

»Aber geh«, sagte Marie. »Ein bisschen weiter sollten wir mittlerweile schon sein, oder? Sogar bei uns auf dem Land. Und in England ist doch auch gerade eine Frau zur Premierministerin gewählt worden.«

»Was nutzt mir eine Premierministerin in England, wenn ich hier in Tirol den Hof nicht übernehmen kann?« Die Butz machte eine wegwerfende Handbewegung, dann fuhr sie fort: »Sich die Händ dreckig machen. Jeden Tag aufkriechen in aller Herrgottsfrüh. Diese Arbeit, die nie aufhört. Die Viecher, die einen jeden Tag brauchen, auch wenn man müde ist oder verkatert oder krank. Das dauernde Angehängtsein. Alles hätt ich in Kauf genommen. Aber das hat der Vater nicht wollen. *Der Älteste übernimmt*, hat er gesagt. Und über das, was der Vater wollen hat, ist der Zug drübergefahren. Immer schon. Der Mike hat also den Hof geerbt. Und binnen kürzester Zeit – nicht einmal zwei Jahre hat er gebraucht – hat er alles verzockt und versoffen.

Jetzt gehören die Felder, auf denen ich als Kind gearbeitet hab, fremde Leut.«

Marie hörte, was die Butz sagte. Sie fühlte ihre Verzweiflung, überlegte, was sie erwidern könnte, doch ihr fiel nichts ein. Stattdessen spürte sie selbst eine alte Wunde in sich aufklaffen. Wann immer jemand seine Familiengeschichte vor ihr ausbreitete, selbst wenn sie noch so blutrünstig, noch so trostlos war, verwandelte sich das Gegenüber umgehend in eine Matroschka-Puppe, in jemanden, der *Verstärkung* in sich trug. *Die Mutter, die Oma, die Uroma. Den Vater, den Opa, den Uropa.* Oder wie hier, *Brüder.* Marie kannte Geschwister, Schwestern und Brüder, aus Märchen und Erzählungen. *Jorinde und Joringel. Hänsel und Gretel. Schneeweißchen und Rosenrot.* Sie wusste, dass solche Verbindungen schmerzhaft sein konnten und dass manche Menschen den Kontakt zur Familie abbrechen mussten, um selbst am Leben zu bleiben. Trotzdem traf ihr Neid jeden, der nicht allein war auf der Welt. Marie war keine Matroschka-Puppe. Es gab niemanden, der ihr zur Seite sprang , oder ihr ein Bein stellte, nur einen Onkel und eine Tante, denen sie auf ewig dankbar zu sein hatte dafür, dass sie sie nach dem Unfalltod der Eltern bei sich aufgenommen hatten. Warum sie über die Jahre keine richtige Familie geworden waren, darüber konnte Marie nur spekulieren. Tante Hella war immer zugewandt gewesen, doch bis zu seinem Tod hatte Onkel Franz das Regiment geführt. Er hatte sie auf Distanz gehalten. Jahr für Jahr war der unsichtbare Abstand zwischen ihnen gewachsen. Marie hatte sich ihren nächsten Bezugspersonen in ihrer Jugend auf schmerzhafte Weise fremd gefühlt. Bestimmt war das einer von vielen Gründen gewesen, weshalb Youni sie fasziniert hatte. Auch er war alleine gewesen. Er war als unbegleiteter Minderjähriger aus dem Krieg geflohen. Auch seine Wurzeln waren gekappt. Er hatte genauso wenig einen Anker wie sie, doch aus irgendeinem Grund schien er darunter nicht zu leiden.

»Wenn ich da rüber schau«, riss die Butz Marie aus ihren Gedanken und deutete aus dem Fenster in Richtung Horn, »könnt ich direkt kotzen.«

Sie kniff die Lippen zusammen, was ihren Kopf noch kleiner wirken ließ. Marie wollte etwas sagen, doch die Butz hatte sich in Rage geredet: »Ich hab nur die Pflichtschule gemacht, keinen Tag länger. Ich hab geglaubt, jetzt geht das süße Leben los. In Wahrheit war's der Anfang eines Leidenswegs.«

Sie lachte auf, griff nach einem länglichen Fleischfetzchen und zerrieb es zwischen den Fingern, während sie weitersprach: »Also erst eine Lehre angefangen als Zimmermädel beim *Eggenhof*. Das ist nicht lang gut gegangen. Der Commis de Rang wollt mir immer an die Wäsche, und wie ich ihn irgendwann boxt hab, haben's mich rausgeschmissen. Ein paar Jahre hab ich im Schwimmbad gejobbt, das weißt eh. Das war nett, aber das Gehalt war schlecht. War mehr so ein Schülerjob, ohne jede Perspektive. Nächste Station: *Auerhahn*. Danach: *Hotel zum Waldfrieden* am Großglockner. Überall das gleiche Spielchen. Ich bin die Liebste. Aber wenn mir einer immer wieder blöd kommt, werd ich irgendwann bös. Und dann wehr ich mich. Irgendwann, nach den ganzen Rauswürfen war ich ganz schön alt für eine Lehre. Also hab ich im Stadel oben im *Hahn* angefangen. Als Küchenhilfe.«

»Im *Goldenen Hahn*?«, entfuhr es Marie.

Die Butz nickte. »Schlimme Chefleut sag ich dir! Halsabschneider! Aber die Kollegen waren nett. Und den Youni hab ich auch dort kennengelernt.«

»Im Ernst jetzt?«

»Ja sicher! Da hat seine Laufbahn, wenn man das so nennen kann, überhaupt erst angefangen. Ich hab ihn da auf Partys gesehen. Der einzige halbwegs Normale zwischen den ganzen Schnöseln. Ich hab sofort gesehen, der passt da nicht hin. Der dreht irgendwas. Und einmal sind wir zum Reden kommen. Ich hab damals öfter mal ein Flascherl mitgehen lassen, und das haben wir nach meiner Schicht zusammen getrunken.«

In Maries Kopf schossen Gedanken umher wie die Bällchen in einem Flipper-Automaten. *Youni im Goldenen Hahn …* Sie konnte sich das bildlich vorstellen. Wie er zwischen den Partygästen herumschlich, Blickkontakt aufnahm, sich an die Wand lehnte, eine Zigarette rauchte. Schließlich sagte sie: »Hab ich dir gesagt, wem der Hund gehört, den ich bis Mitternacht ausstopfen soll?«

»Nein, aber es dürft jemand sein, der selbst ein *Gestopfter* ist?«

Die Butz lachte über ihren Witz, doch Marie war dafür zu verwirrt. Sie deutete auf das Häufchen aus Knochen, Fleisch und Fell vor sich und sagte: »Das da ist der Hund von dieser Erbin. Von der Tochter vom *Goldenen Hahn!*«

»Von der Therese?«, rief die Butz.

Marie nickte. Der Butz fiel erst die Kinnlade herunter, dann entlud sich die Anspannung in einer heftigen ruckartigen Bewegung. Ihre Knie schnellten nach oben, doch sie blieb sitzen und schlug stattdessen mit der Faust auf den Tisch, so fest, dass das Hündchen auf dem Zeitungspapier einen Hüpfer tat.

»Nicht dein Ernst!«

Marie nickte noch einmal. Die Butz warf dem Hund einen wütenden Blick zu, schmiss das Skalpell hin und verschränkte die Arme vor der Brust.

»Keinen Finger wollt ich mehr für die Arschlöcher rühren. Keinen einzigen.«

Marie schaute zwischen dem toten Hund und der Butz, in der es noch immer zu gären schien, hin und her.

»Und der Youni und du, ihr kennt euch aus dem *Goldenen Hahn*?«, fragte Marie wieder. Ehe die Butz antwortete, schüttelte sie ungläubig den Kopf.

»Was heißt da kennengelernt. Bei uns im Dorf kennt doch eh jeder jeden vom Sehen. Den Youni hab ich wie die meisten Kids aus dem Schwimmbadkiosk gekannt. Ihr habt's ja alle zu mir müssen, wenn ihr was Süßes wollen habt's. Da ist er mir aufgefallen. Immer am Lachen. Ein richtig fescher Typ. Und immer begleitet von einer Traube Gleichaltriger. Du warst auch oft dabei. Der Youni war echt ein Magnet.«

Ein Sonnenstrahl fiel in die nachmittägliche Werkstatt. Sonne, Chlorwasser, gebräunte Haut, Wassereis, Sonnencreme, Kinderlachen und mittendrin Marie, die sich in diesen Tagen mit Youni so unbeschwert gefühlt hatte wie nie. Damals trug sie noch Schwarz – ein Neckholder-Badeanzug war es in diesem Jahr gewesen, der ihre blasse Haut geradezu leuchten ließ. Doch es sah nicht mehr traurig und einsam aus, sondern weltläufig, mondän, feierlich. An Younis Seite begann Marie zu träumen. Sie wollte in die Kunstszene. Und ihre schwarzen Kleider waren schon da. Die Butz räusperte sich. Es klang wie ein ferner Donner. Und schon schob sich die Gegenwart wieder als dunkle Wolke vor Maries Erinnerungen.

»Und was hat er da genau gemacht, im *Goldenen Hahn*?«, fragte sie.

Die Butz warf ihr einen ungläubigen Blick zu.

»Geh, Marie. Du warst doch mit ihm zusammen! Den eigenen Freund sollte man doch gekannt haben, oder? Wenigstens ein bisserl!«

Wenigstens ein bisserl. Marie dachte an die drei Leberflecke über Younis rechter Brustwarze, die ausgesehen hatten wie ein Sternbild, an die sichelförmige Falte in seiner Armbeuge. Sie sah die verwaschene blaue Rose vor sich, die er sich als Dreizehnjähriger selbst auf den Unterschenkel gestochen hatte, im Kosovo noch, nachdem er einen Bericht übers Tätowieren im Radio gehört hatte, mit der Tinte aus dem Tintenfass seines Opas. Sie dachte an den verschmitzten Gesichtsausdruck, wenn sie ihn beim Schummeln erwischt hatte, daran, dass er dreimal geniest hatte, wann immer er in die pralle Sonne getreten war. Sie sah seine Zungenspitze aus dem Mundwinkel gleiten, seine vor Erregung verdrehten Augen, die Hitze, die sein ganzer Körper abstrahlte, kurz bevor er in ihr kam. *Seinen Freund sollte man gekannt haben. Wenigstens ein bisserl.*

»Mich hat das alles nie interessiert«, verteidigte sie sich.

»Und warum interessiert's dich jetzt?«

»Weil er tot ist! Weil ihn die Scheiße umgebracht hat«, zischte Marie und knallte ihrerseits das Skalpell auf die Tischplatte. Die Butz zuckte zusammen. Ihre Augen blieben auf dem silbernen Messerchen liegen, dann schaute sie Marie mit so viel Wärme an, dass ihr die Tränen kamen.

»Du hast schon immer das Schöne in ihm gesehen. Und das ist wunderbar«, sagte sie sanft und legte ihre Pranke auf Maries Arm. »Der Youni war halt nit unschuldig. Aber wer ist das schon? Nachdem er von der Schule geflogen ist, war ihm für ein paar Jahre wirklich alles wurscht. Der hat das halbe Stadel mit Schnee beliefert. Der hat die gesamte Schickeria gekannt, und er war nicht zimperlich. Überhaupt nicht. Das plötzliche Geld hat ihn besoffen gemacht, und irgendwann war er selber bis zum Hals in der Sucht. Er hat sich fast ins Grab geschnupft. Zum Glück hat er die Kurve noch einmal gekriegt, damals.«

Damals flüsterte Marie wortlos und wischte sich eine Träne weg. *Damals.* Das Wort brannte auf der Zunge.

»Das war lang, bevor wir unser Geschäft aufgezogen haben«, fuhr die Butz fort. »Unser Business war dagegen komplett harmlos. Ein paar Jahr noch, und Cannabis wird sowieso überall legalisiert. Schön langsam kommen die Letzten dahinter, dass Hanf nicht schlimm ist für den erwachsenen Menschen, sondern eine uralte Heilpflanze. Und ...«

»Wenn das alles so toll ist, warum hast du dann überhaupt aufgehört mit der Dealerei?«, unterbrach sie Marie.

»Aufgehört?« Die Butz schaute sie entgeistert an. »Ich hab doch nicht aufgehört! Aufgeflogen sind wir halt. Irgendein neidischer Hund hat uns kurz nach einer Übergabe Anfang April verpfiffen.«

»Anfang April? Nach einer Übergabe?«

Die Butz warf Marie einen entnervten Blick zu.

»Du warst die ganze Zeit mit ihm zusammen. Und dir ist nix aufgefallen? Liebe macht blind – schon klar! Aber wie blind kann man sein?« Sie pfiff durch eine Zahnlücke und schüttelte den Kopf. »Mein Vater hat immer gesagt, die Studierten sind schlechte Beobachter ... Da dürft was dran sein. Jeden zweiten Tag um vierzehn Uhr zehn hab ich mit dem Intercity Mozartstadt Salzburg am Bahnhof Station gemacht. Keine Minute hat der Aufenthalt im Bahnhof gedauert, aber gereicht hat's immer.«

Alle zwei Tage, dachte Marie. *Die Studierten sind schlechte Beobachter.*

»Der Youni hat wie die anderen Fahrgäste am Bahnsteig gewartet. Und eingestiegen ist er auch fast immer, aber im nächsten Waggon wieder unauffällig raus. Und die Tasche hat er stehen lassen. Manchmal ist er auch zur Tarnung ein, zwei Stationen mitgefahren, manchmal auch weiter, bis nach Innsbruck. Dann hat er mir das Zeug direkt in die Hand gedrückt, und ich hab es mit dem rollenden Bordbistro auf meiner Strecke durch die Bundesländer an die Kunden verteilt.«

»Du hast im Bordbistro der österreichischen Bundesbahn Gras verkauft?«, rief Marie entsetzt.

»Psst! Spinnst du?«

Die Butz legte den Finger auf ihren Mund und funkelte Marie giftig an.

»Schrei es halt noch lauter raus, damit deine Tante alles mitkriegt.«

»Die schläft doch. Und ist außerdem komplett terrisch.«

»Mir wurscht, ich mag sowas nicht. Jedenfalls: Ich bin mit dem Bistro-Wagen durch die Abteile und hab die Kunden versorgt. Wie ich dir gesagt hab: In meinem Wagerl sind Wein, Schnaps, Bier drin und der ganze Zuckermüll. Das Gras ist da eigentlich die gesunde Alternative. Außerdem hab ich beim Verkaufen meinen Ehrenkodex.« Die Butz spulte ihre Spielregeln herunter: »Keine Abgabe an Leute unter achtzehn. Keine Abgabe an psychisch Kranke, Leute mit Angststörung und schwachen Nerven – soweit man das halt von außen sehen kann – und Menschen, die grad aus dem Häfen kommen. Und als Letztes: Verkauf nur an Endkunden, nicht an Leute, die das Zeug zum doppelten Preis weiterverkaufen. Du wirst's nicht glauben, wer unsere Kunden waren: Familienväter mit gut bezahlten Bürojobs. Pendler, die fürs Wochenende was zum Relaxen gekauft haben. Sogar eine Professorin von der Uni Graz war dabei! Harmlose Leut. Nette Leut. Genau die Leut, die die Gesellschaft am Laufen halten. Ich glaub ehrlich gesagt nicht, dass uns einer von denen verpfiffen hat. Wahrscheinlich war's einer von den Pendlern aus der Region, der mich bei der Übergabe gesehen hat. Der Youni hat damals zum Glück keine Probleme kriegt. Dass er immer am Bahnhof rumgehangen ist, war ja logisch, wenn man bedenkt, wo er gewohnt hat.«

Marie sah das Wohnhaus an den Schienen vor sich, keine hundert Schritte vom Bahnhof entfernt. Für Zigaretten, eine Zeitung oder ein Getränk – der Weg zum Bahnhof war für Youni stets der kürzeste gewesen.

»Ich hab so getan, als wüsst ich nix von dem Zeug im Wagerl. Und weil mir keiner was beweisen hat können und sie vermeiden wollten, dass ein Skandal entsteht, haben's mich kurzerhand in Zwangsurlaub geschickt. Und jetzt arbeite ich zwar wieder im Bordbistro, aber nach Tirol komm ich nur noch selten.«

Deshalb, dachte Marie. Deshalb war Youni stets am späten Vormittag kurz bei ihr aufgetaucht, um seine Ware zu holen. Deshalb hatte sie sich mit ihm immer erst am späteren Nachmittag verabreden können. Deshalb hatte er sein striktes Zeitmanagement im Frühling von einem Tag auf den anderen gelockert. *Deshalb.* Die Puzzleteile der vergangenen Monate setzten sich zu einem Bild zusammen. Natürlich war ihr aufgefallen, dass Anfang April etwas in Younis Leben passiert war. Statt gegen Mittag kurz bei ihr aufzutauchen, oft mit einer am Wegrand gepflückten Blume, und kurz darauf wieder zu verschwinden, war er oft erst später gekommen, gegen Abend. Und dafür zum Essen geblieben und über Nacht. Natürlich war ihr aufgefallen, dass er sie nicht mehr zu sich nach Hause einlud, sondern mehr Zeit bei ihr verbringen wollte. Doch statt sich darüber zu wundern, hatte Marie sich gefreut. Youni schien sich wohlzufühlen bei ihr. Jetzt kam sie sich dumm vor. Warum hatte er so eisern geschwiegen? Wie hatte er scheinbar zufrieden in ihren Armen liegen können, wenn er doch Angst gehabt haben musste, jeden Moment gefasst zu werden? Warum hatte sie von all dem nichts mitbekommen? Warum hatte sie ihn nie gefragt? Warum hatte sie nicht darauf bestanden, ihn bei sich zu besuchen? Marie kamen die Tränen, und sie hätte nicht sagen können, ob sie den Verlust ihres Freundes beweinte oder den Zerfall der Illusion, die sie sich über die Monate in mühevoller Kleinarbeit zusammengezimmert hatte.

»Der Youni hat zwei Gesichter gehabt. Wie wir alle. Aber eins weiß ich, Marie. Er hat dich irrsinnig gerngehabt«, sagte die Butz und legte ihr den Arm um die Schulter. Die Berührung, halb Schwitzkasten, halb Umarmung, löste etwas in Marie aus. Bald schluchzte sie so bitterlich, dass es sie bei jedem Atemzug schüttelte. Die Butz saß nur stumm da und schaute aus dem Fenster. Irgendwann versiegten Maries Tränen. Sie wischte sich mit dem Handrücken über die feuchten Wangen und sagte: »Ich wüsste einfach gern, was genau passiert ist.«

Die Butz warf ihr einen mitleidigen Blick zu.

»Weißt, Marie, ich hab geglaubt, ich schau bei dir vorbei, hol meine Kiste und lass mir von dir erzählen, was genau passiert ist. Du bist doch die Gescheite. Du bist die Studierte. Aber über den Youni weißt du weniger als ich.«

Statt zu antworten, schaute Marie lange auf das glänzende Metall des Skalpells. Sie atmete hörbar ein, rang um Fassung. Dann sagte sie so leise, dass es kaum zu hören war: »Alles, was ich weiß, ist, dass der Youni ein großes Herz gehabt hat. Dass er ein wirklich lieber Mensch gewesen ist. Alles Mögliche hätte er arbeiten können, wenn er eine Chance gekriegt hätte. Klug genug war er ja! Und er wollte auch was anderes machen. Zu mir hat er immer wieder gesagt, dass er sich was sucht, auf das er stolz sein kann. Und ich mit ihm. Jeder baut mal Scheiße, aber anderen kommen die Eltern, die Familie, die Freunde zu Hilfe und drücken einen wieder in die Spur. Den Youni haben alle cool gefunden, früher. Später haben's tatenlos zugeschaut, wie er abgerutscht ist. Und irgendwann waren sich dann alle einig, dass man mit ihm nix zu tun haben sollt. Jetzt, wo er tot ist, flüstern sich die gleichen Leute zu: Gut, dass er weg ist, der war eine Gefahr für unsere Kinder.«

Marie brach die Stimme. Sie sank noch einmal in die Umarmung der Butz zurück. So saßen sie eine Weile, vielleicht zwei, vielleicht fünf Minuten. Schließlich wischte sie sich mit dem Handrücken über die feuchten Wangen, zog den Rotz hoch und sagte: »Es hilft nix. Bis Mitternacht muss das Vieh fertig sein.«

Als alle Knochen von Fleischresten gesäubert waren, legte Marie das fertige Werkstück auf ein frisches Blatt Zeitungspapier und strich die Reste in die Schüssel. Die Butz war in der Zwischenzeit aufgestanden und lehnte an der Werkbank, kaute auf ihrer Lippe herum und starrte in die Luft.

»Normalerweise wär die Arbeit für heute erledigt, weil ich den Balg jetzt mehrere Tage abhängen lassen würd«, sagte Marie und zeigte auf das Tier. »Aber heute muss es express gehen. Ich behandel das Fell jetzt mit verschiedenen Chemikalien und lass es in der Sonne trocknen. Und in den zwei, drei Stunden, wo ich nix anderes tun kann, geh ich hinauf zur Roten Wand und such einen Sockel für das Vieh.«

Die Butz warf ihr einen überraschten Blick zu.

»Du gehst zur Roten Wand hinauf?«

»Ja, im Wald darunter gibt's die besten Totholzstücke«, erwiderte Marie, ging zur Chemikalienkammer, öffnete die Tür und zeigte nach oben.

»Schau, da oben ist eure Kiste. Nimm sie einfach mit, wenn du gehst. Ich hab kurz überlegt, ob ich geldgierig sein und sie behalten soll, aber ich werd das Zeug eh nicht los, so ganz ohne Kontakte.«

Die Augen der Butz blitzten.

»Dank dir.«

Maries Blick fiel auf die Uhr.

»Ich muss mich jetzt leider beeilen. Sonst hab ich zu wenig Zeit im Wald. Drei Stunden, das klingt lang, aber wenn man in der Zeit einen Sockel finden will, vergeht die Zeit schnell.«

Sie nahm das Hundefell, aus dem die Knochen der Vorder- und Hinterläufe ragten wie Stäbe einer seltsamen Marionette, und ging damit zum Waschbecken.

»Kannst du mir bitte noch die Flascherl geben, die oben im Regal stehen?«

Die Butz nickte, ging zum Regal hinüber. Die Tritthilfe, die Marie benutzte, um das oberste Brett zu erreichen, brauchte sie nicht. Sie streckte den Arm aus, strich mit der Linken die beiden Fläschchen aus dem Regal und fing sie mit der Rechten auf. Anschließend trug sie sie zum Waschbecken, wo Marie gerade dabei war, das Fell des Tieres auszuwaschen und von Blut und Boraxresten zu befreien.

»Du?«, fragte die Butz kleinlaut, kaum dass sie die Flaschen abgestellt hatte.

»Was denn?«

»Kann ich mitkommen?«

Marie schaute überrascht auf.

»In den Wald? Was willst du denn da?«

»Na ja.« Die Butz rieb sich die großen Hände und schaute verlegen zu Boden. Schließlich sagte sie: »Wenn ich als Kind im Bett gelegen bin, also auf dem Hof von meinem Vater, hab ich immer zu euch da heraufgeschaut. Eigentlich noch ein bisserl weiter oberhalb von eurem Haus. Auf die Felswand.«

»Die Rote Wand?«

Die Butz nickte. »Die hab ich tausend Mal gesehen, aber ich hab nie Zeit gehabt zum Wandern.«

Marie warf ihr einen ungläubigen Blick zu. »Du bist hier aufgewachsen und warst nie auf dem Kalkstein?«

»Na ja, so komisch find ich das jetzt nicht! Bauernkinder müssen halt arbeiten, die können nicht einfach wie die feinen Sommergäste herumspazieren«, polterte die Butz. »Aber trotzdem: Der Kalkstein war für mich der erste Berg, von dem ich gewusst hab, wie er ausschaut. Die Umrisse könnt ich im Traum nachzeichnen.«

»Dabei ist das der niedrigste Berg im ganzen Kessel«, sagte Marie und lachte.

»Ja, eh! Aber meine erste Aussicht war halt dieser Berg. Und jetzt, wo ich im Flachland wohn und fast gar nimmer her komm, würd ich gern einen Stein mitnehmen von da oben. So einen roten. Als Andenken.«

Marie verstand. Sie nickte.

»Also gut, dann komm mit. Die Rote Wand ist aber nicht ohne. Man muss höllisch aufpassen da oben wegen dem Steinschlag. Und bevor's losgeht, muss ich noch das Fell vorbereiten fürs Ausstopfen.«

Die Butz lächelte. Sie zeigte auf das nasse Knäuel in Maries Händen und fragte mit vorgeschobener Unterlippe: »Was machst denn jetzt als Nächstes?«

»Ich trag die Lösungsmittel auf. Das hier ist das Wichtigste.« Marie griff nach einer gedrungenen weißen Plastikflasche, die sie mit zum Waschbecken trug und aufschraubte. Sie zog einen Pinsel aus der Schublade des danebenstehenden Metallschränkchens und rührte damit in der Flasche herum. Ein beißender Geruch breitete sich in der Werkstatt aus. Die Butz nieste.

»Das da entzieht dem Körper Fett und wandelt alle Eiweiße in andere Stoffe um. Wenn in organischem Gewebe zu viel Fett verbleibt, wird ein Vieh ranzig. Normalerweise müsst ich jedes Bad mehrfach wiederholen und das Fell dazwischen immer wieder trocknen lassen. Heute mach ich alle drei Behandlungen zugleich. Ganz wichtig ist auch dieses Mittel da.«

Marie zeigte auf die kleinste der Flaschen. »Da ist das Insektenschutzmittel drin. Das hilft gegen die Würmer. Ganz schön scharf, gell? Aber das muss so sein, damit es noch die kleinsten Parasiten hinmacht.«

Statt einer Antwort war ein weiteres Niesen zu hören.

»Man gewöhnt sich dran«, sagte Marie, ging zum Fenster und öffnete es. Sie trat mit dem Balg vor das Waschbecken und begann, die Innenseite mit der Flüssigkeit einzupinseln. Die Butz nieste noch einmal.

»Kann ich dir irgendwas helfen?«

Marie überlegte.

»Nein, aber erzähl mir was. Vom Youni. Irgendwas Schönes. Irgendwas, das mich nicht komplett runterzieht.«

*

Als Marie und die Butz wenig später aus der Werkstatt traten, schleiften Tante Hellas Bügeleisenfüße schon wieder über den Dielenboden im ersten Stock. Kurz darauf erschien sie, eine Gießkanne in der Hand, oben am Treppenabsatz wie ein zerzauster Waldgeist.

»Wolltest du nicht schlafen?«, fragte Marie.

»Meine Haxen! Die wollen nit stillhalten. *Restless legs* oder irgend so einen Schmarrn hat der Doktor gesagt«, grummelte Hella, warf der Gießkanne in ihrer Hand einen vorwurfsvollen Blick zu und setzte hinterher: »Aber der Kopf is auch beteiligt. I leg mich hin und sofort fällt mir ein, was alles noch zum Tun wär. Blumen gießen, Unkraut jäten, Geld abheben, die Tomaten düngen. Und heut turnt auch noch dein Hund in meinem Hirn herum.«

Jetzt erst bemerkte sie die Butz, die sich in Richtung der Tür wandte.

»Du bist ja auch noch da. Was macht's denn, ihr zwei?«

»Wir spazieren zur Roten Wand hinauf. Ich brauch doch noch das Totholz-Postament für den Hund, und die Butz war noch nie da oben und will sich umschauen.«

In Tante Hellas Gesicht blitzte Überraschung auf, dann sagte sie: »Eigentlich logisch. Bauernkinder sind den ganzen Tag draußen, aber zum Arbeiten, nit zum Strawanzen, gell ...«

Sie schaute an der Butz hinunter, deren winzige Füße in den Pumps ihrer Dienstuniform steckten, und zeigte auf die Schuhe.

»Aber Spaziergang ist des keiner. Schon mehr eine richtige Wanderung. Wenn i du wär, würd i mir Bergschuh anziehen, Ursula. Du brauchst eine gescheite Sohle, sonst haut's dich.« Sie unterzog die Füße der Butz einem weiteren prüfenden Blick und setzte hinterher: »Unter der Kellerstiege sind meine Bergschuhe. Achtunddreißiger, die müssten dir doch passen, oder?«

Die Butz schaute erst verblüfft auf ihre, dann auf Tante Hellas Füße, die tatsächlich ähnlich groß zu sein schienen.

»Bergschuh? Brauch ich nicht! So was ziehen doch nur die Deutschen an, wenn sie sich als Alpinisten verkleiden.«

»Papperlapapp. Seit i a künstliche Hüfte hab, geh i ohne Bergschuh nit einmal zum Bäcker.«

»Geh Tanti, lass doch die Butz in Ruh«, entgegnete Marie.

Hella runzelte die Stirn. So schnell wollte sie nicht aufgeben. »Der Friedl. Der mit dem Bart? Mit dem Hund? Der Psuff? Weißt du, wen i mein?«

Marie winkte ab.

»Klar kenn ich den Friedl, aber was hat der bitte mit der Butz zu tun?«

Friedl war ein Mann aus der nahegelegenen Siedlung, einer der wenigen Spaziergänger, die hier regelmäßig ihre Runden zogen. Allerdings war er dabei selten nüchtern. Doch Hella ließ sich nicht beirren. »Der geht seit sechzig Jahr die Wochen drei Mal auf den Kalkstein hinauf. Und trotzdem hab i den neulich da oben liegen gesehen«, fuhr sie fort, während sie noch einmal die flachen Schuhe der Butz musterte.

»Oben bei der steilen Auskehre ist er gelegen, wo's zur Milleralm rauf geht. Mitten auf dem Weg. Der Friedl hat auch so modische Patschen angehabt.«

Die Butz warf erst ihren Pumps, dann Tante Hella einen besorgten Blick zu.

»Na ja, Tanti«, kam Marie ihr zu Hilfe, »du weißt aber schon, dass es den Friedl auch in der Ebene immer wieder mal ordentlich umhaut, wenn er …«

Sie setzte den Daumen an den Mund und hob die Faust.

»Ja, kann schon sein, dass dem Friedl mal wieder der Schnaps in die Haxen gefahren ist …«, gab Tante Hella zurück und lachte kurz auf, ehe sie sich an die Butz wandte: »Aber steil ist's trotzdem. Du musst bitte immer fest auftreten.«

»Ich schaff das schon«, sagte die Butz gereizt und hob zum Abschied ihre große Hand. Marie verstaute die Wasserflasche, ihren Fuchsschwanz und ihr Opinel im Rucksack, schulterte ihn und schickte ihrer Tante zum Abschied einen Kuss durch die Luft.

*

Unerbittlich brannte die Sonne auf den Weg, der sich hinauf zum Nadelwald schlängelte. Die meisten Felder ringsum waren schon gemäht, nur auf den Hängen über Maries Haus stand noch kniehoch die Blumenwiese. Bienen, Hummeln und andere Brummer schwirrten zwischen den Blüten herum, so emsig, als schöben sie kurz vor Ladenschluss ihre Einkaufswägen durch die Gänge im Supermarkt. Das Rauschen der Autos im Tal verband sich mit den von den umliegenden Hängen schallenden Landmaschinengeräuschen zur Melodie des Spätsommers. Marie hätte mitsummen wollen, doch verlangte es ihr in dieser Hitze genug ab, mit der Butz Schritt zu halten, die mit stummem Ärger im Gesicht schwitzend den steilen Weg hinaufstapfte. Ihre Schritte waren groß, hastig, als wollte sie der im Haus zurückgebliebenen Tante Hella, die ihnen bestimmt durchs Küchenfenster nachsah, beweisen, wie fest sie auftreten konnte. Marie eilte dem Waldrand entgegen. Im Schatten angekommen, blieben sie einen Augenblick stehen, um zu verschnaufen. Marie lauschte dem schweren Atem der Butz neben sich. Sie hörte, wie sie wieder ihre *tic tacs* auspackte und sich ein paar der kleinen weißen Bonbons aus der Packung in den Mund klopfte. Und sie bemerkte, wie die Augen der Butz ein Waldstück auf dem gegenüberliegenden Berg fixierten.

Vom Tal herauf drei Schläge. Fünfzehn Uhr. Gleich war Jausenzeit. Die Bauernfamilien, die noch mit der Heumahd beschäftigt waren, brachten in diesen Minuten mit ihren blauen, roten oder grünen Traktoren, die aus der Ferne wie Spielzeuge wirkten, die letzten Heufuhren in ihre Stadel. Da konnte die Welt sich so schnell drehen, wie sie wollte, die Tage der Menschen, die nah an den Jahreszeiten lebten, waren eng getaktet und klar definiert. Um drei wurde die letzte Fuhre verladen. Um halb vier die Jause aufgetischt; Kaffee und ein einfacher, saftiger Kuchen, feiertags manchmal eine Torte. Um vier gingen die Männer in den Stall. Die Frauen huschten kurz darauf mit nach unten gereckten Köpfen durch die Gärten wie Tauben im Gras, auf der Suche nach Schnecken, Unkraut und reifem Gemüse fürs Abendessen. Nachdem sich die Männer den Stallgeruch vom Leib gewaschen hatten, setzten sich alle an den Tisch und aßen. Danach wässerten sie ihre Gärten, zappten durch die Fernsehkanäle oder wischten über ihre Tablets und Smartphones. Sie legten sich hin, zeugten ihre Nachkommen und schliefen vor Mitternacht ein. Auch der nächste Tag würde früh beginnen. Nur der Wechsel der Jahreszeit und die Anschaffung neuer technischer Geräte änderte diesen Lauf, ansonsten war es Jahr und Tag dasselbe. Noch immer hatten sich die Menschen hier in die klar umrissenen Vorstellungen ihrer Umgebung zu fügen. Als Mädchen. Als Junge. Als Kind. Oder sie verließen das Dorf. Wie Marie. Wie die Butz. Oder Hermann, Maries Freund aus Wien, der in einem engen Seitental im Tiroler Oberland aufgewachsen war. Als Hermine. Als er nach einer quälenden Jugend im Dorf endlich in Wien angekommen war, gab es kein Zurück mehr in diese archaische Welt. In der Großstadt konnte er zeigen, wer er war. Hermann war glücklich in Wien. Er hatte ein großes Netz an Wahlverwandten und feierte mindestens so viele rauschende Feste wie die Bauersleute in seinem Tal katholische Feiertage. Und doch hatte Marie den Schmerz gespürt, wenn sie mit ihm an lauen Sommerabenden, einen letzten Drink in Händen, am offenen Küchenfenster gesessen hatte. In solchen Nächten erzählte Hermann gern vom funkelnden Nachthimmel über den Bergen seiner Kindheit. Auch über zehn Jahre, nachdem er sie zuletzt gesehen hatte, wusste er noch genau, in welcher Nachtstunde im Hochsommer welches Sternbild über welchem Berg auf die schlafende Welt hinunterstrahlte. Was als schöne Beschreibung begann, der Marie gerne zuhörte, kippte jedes Mal schon nach kurzer Zeit in eine bodenlose Schwere. Und jedes Mal ergriff auch Marie eine so verzweifelte Sehnsucht, dass es ihr fast das Herz zerriss. Einatmen. Ausatmen. Sie fingen sich wieder, drehten stumm ihre Zigaretten, tranken einen Schluck Bier. Ein verlegenes Lachen, und das Leben ging weiter.

Marie hob sich den Rucksack von der Schulter, holte die Wasserflasche heraus und nahm einen tiefen Schluck. Die Butz neben ihr schob mit der Zunge kleine weiße Bonbons hinter ihrer schiefen Zahnreihe umher, während ihr Blick immer noch ein grünes Fleckchen auf dem gegenüberliegenden Berg fixierte, als suchte sie dort eine Antwort.

»Alles ist wie immer. Hier hat sich rein gar nichts verändert«, sagte sie und reichte der Butz die Flasche. Die zog überrascht eine Braue hoch, legte die Flasche an ihre Lippen und nahm einen Schluck. Als sie Marie die Flasche zurückgab, sagte sie matt: »Nein, da täuschst du dich. Nix ist wie immer. Alles hat sich verändert.«

*

Sie traten in die feuchte Kühle des Waldes. Marie sog die sporige Luft ein, genoss das gedämpfte Licht unter den Baumkronen. Wie immer, wenn sie den schattigen Pfad betrat, fiel etwas von ihr ab, ein Schutzmantel, der hier nicht nötig war. Die Bäume boten Schutz genug. Und auch die Butz schien mit jedem Schritt etwas von der Anspannung abzuwerfen, die ihr im Tal so deutlich anzumerken war. Sie waren erst wenige Minuten in der Deckung des Waldes nebeneinander gegangen, da senkten sich ihre ansonsten bis zu den Ohren hochgezogenen Schultern, wurden runder, die Bewegungen weicher. Sie stampfte nicht mehr so, sondern setzte ihre Füße, Ballen voraus, behutsam auf. Ihr geflochtener Zopf schwang hin und her. Selbst ihre Gesichtszüge wurden weicher. Die Augen, die sich sonst immer auf etwas stürzten, entspannten sich. Das Näschen zuckte, als nähme es Witterung auf. Marie warf ihr einen Seitenblick zu. Diese seltsame Frau, die in der Uniform der österreichischen Bundesbahnen, die rote Krawatte noch immer um den Hals, mit vorgebeugtem Oberkörper und ernstem Gesicht durch den Wald marschierte, ließ sie schmunzeln. Zugleich spürte Marie ihre unheimliche Kraft, eine Stärke, die sie unten im Tal in ihrem verkniffenen Gesicht und den hochgezogenen Schultern festhielt. Sie sah die Butz vor sich, wie sie ihr Wägelchen durch die viel zu engen Zugkorridore schob. Dieses unbändige Weib musste sich mit jeder Faser kleinmachen, um in ihr Leben zu passen. Ein Leben, das ihr ins Fleisch schnitt wie zu enge Unterwäsche. Jetzt löste sich dieser Krampf. Marie spürte die Energie, die der Körper neben ihr ausstrahlte. Die Butz war nicht nur stark. Sie war ein Bär. Und sie war eindeutig ein Gewächs der Region. Sie stellte sie sich neben ihrem zaundürren, ganzkörperbemalten Schurli vor. Auch das passte irgendwie. Marie blickte in das dunkelgrüne Dickicht am Wegesrand, in dem sich krumm und schief die Stämme drängten. Farne, Schachtelhalme, Moosbeerbüsche zwängten sich zusammen, wo immer ein Sonnenstrahl durch die Baumkronen fiel. Wenn sie das Wort *Wald* dachte, erschienen vor ihrem inneren Auge trotzdem Bilder von dicht an dicht stehenden, dicken braunen Stämmen. Beim Begriff *Dorfbewohner* war es ähnlich. Während ihr Gehirn Bilder von fröhlichen, blondbezopften Mädchen, stattlichen Männern und schneidigen Frauen in Tracht produzierte, sahen die wenigsten Leute im Tal wirklich so aus. Beim Gang über den Hauptplatz bekam man fast nur verwachsene Figuren zu sehen, mit fahler Haut, fleckigen Hemden, Knitterblusen, Hasenscharten und Hängebusen, Krücken oder krummen Rücken, Falten, Warzen, Müdigkeit, Menschen in ihrer je eigenen Unperfektheit. Auch wenn ihr der Kopf mitunter Streiche spielte, Leute wie die Butz und ihr dürrer Liebster waren nicht die Ausnahme im Dorf. Sie waren sein Zentrum.

Eine Weile wanderten sie schweigend nebeneinander den gewundenen Waldweg hinauf. Seltsam still war es um sie her. Die Brutzeit war vorbei, die Vögel schonten ihre Stimmen. Stattdessen war die Sommermauser in vollem Gange. Immer wieder streifte Maries Blick auf dem Waldboden liegende Knäuel aus verkoteten Federn und Flaum. Nur ein leises unterirdisches Gurgeln war zu hören, das Summen der Insekten, der schwere Atem der Butz und irgendwo in weiter Ferne – wie den ganzen Spätsommer über – Motorsägenklänge. Sie waren noch keine Viertelstunde auf dem Forstweg unterwegs, als sich der Wald langsam lichtete. Ein Wiesenhang, auf den die pralle Sonne schien, zeichnete sich zwischen den zottigen Stämmen ab. Von überall her strömten Bremsen herbei, die sich hier eingerichtet hatten. Ein Hochmoor. Marie und die Butz wanderten darauf zu wie auf eine Fata Morgana. Das Schwirren der Insekten wurde lauter, das Rauschen des Windes im Waldsaum schwoll an. Und ein neues Geräusch kam dazu: Das Klatschen ihrer Hände, eine Reflexbewegung, die sie jedes Mal vollführten, sobald sich eine Bremse auf ihnen niedergelassen hatte. Den torfigen Geruch des Waldes im Rücken, traten sie in die Hitze. Es fühlte sich an wie ein Aufwachen. Nach wenigen Metern in der prallen Sonne wurden die Angriffe der Bremsen seltener. Die Choreographie aus Stechen und Schlagen verlangsamte sich und kam bald zu einem Ende. Marie blieb stehen und schaute sich im abschüssigen Hochmoor um. Das Gras unterschied sich in Dichte und Textur von den Gräsern im Tal. Es erinnerte weniger an eine Wiese als an das struppige Fell eines alten Dackels. Ampfergewächse ragten rostrot auf, Disteln reckten wehrhaft ihre Stacheln in die Luft.

»Als Kind bin ich mit dem Onkel Franz oft hier heraufgekommen. Dieses Sumpfgebiet ist vor Jahrzehnten entwässert worden, aber so richtig erfolgreich war die Trockenlegung nicht.«

Eine Libelle mit blauroten Flügeln surrte am Ohr der Butz vorbei. Sie zog den Kopf ein.

»Die Teufelsnadeln sind jedenfalls noch da und die Sumpfdotterblumen.«

»Teufelsnadeln«, wiederholte die Butz. Das Wort schien ihr zu gefallen.

Marie zeigte in Richtung einiger Schachtelhalme, die im Halbschatten von Wald und Feld wie Flaschenbürsten bis auf Hüfthöhe aufragten.

»Ein Freund von meinem Onkel wohnt da unten.«

»Was, da wohnt einer? Mitten in dieser Sumpfwiese?«

»Wirst gleich sehen«, entgegnete Marie und ging weiter

auf dem Weg, der sich, vom Waldrand kommend, in Richtung einer weiten, abschüssigen Grasfläche wand. Das Kreiseln und Brummen der Insekten war hier, wo kaum ein menschengemachtes Geräusch die Stille unterbrach, ohrenbetäubend laut. Die blauen und violetten Köpfe der Kugeldisteln wirkten wie Zierwerk im Grünbraun der Hänge. Erst jetzt spürte Marie, wie sehr sie diese ungezähmte Landschaft vermisst hatte, und atmete tief ein. Sie waren wenige Schritte gegangen, da tauchte eine Bretterbude in ihrem Blickfeld auf, die wie ein Baumschwamm aus dem abschüssigen Gelände zu wachsen schien.

»Da unten«, sagte Marie.

»Das ist doch nur ein alter Heustadel«, sagte Butz mit Blick auf die Hütte.

»Na ja, der Jogg braucht nicht viel«, antwortete Marie knapp und ging in Richtung des Gebäudes, dessen Rückseite von fast schulterhohen Brennnesseln umgeben war. Wie selbstverständlich trat sie mitten hinein, stampfte beherzt eine Pflanze nach der nächsten in den Boden und stieß einige alte, rostige Eisenteile aus dem Weg, bis ein schmaler Kiesweg erkennbar wurde, der entlang der Hausmauer zur Stirnseite führte. Wie das Haus von Maries Familie, war auch dieses direkt in den Hang gezimmert worden. Um seine Mauern herum flossen Natur und Kultur ineinander, vermischten sich zu etwas, das mehr einem tierischen Bau glich als einem menschlichen. Doch das Haus war eindeutig bewohnt. Auf einer rot gestrichenen Gartenbank stand eine geblümte Kaffeetasse. Vom Pflug daneben, der von Efeu überwuchert und schon halb in der Erde versunken war, hing eine Lodenjacke, groß wie eine Zeltplane. Und neben der hölzernen Stalltür ein Rechen, der mit den

Zinken nach oben als Garderobe diente. Schon während sie den abschüssigen Weg am Stadel hinunterging, begann Marie zu pfeifen. Keine Melodie, nur einen einzigen hohen Ton. Die Butz schaute verwundert, sagte aber nichts.

»Jogg?«, schrie Marie, als die Antwort ausblieb.

Niemand antwortete.

»Der Jogg ist schon über achtzig. Seit ich denken kann, lebt der hier allein. Im Sommer steht sein Bett hinten im Heu. Im Winter vorn in der gemauerten Küche. Als Kind war ich oft mit dem Onkel heroben. Wir haben ihm am Sonntag ein Stück Kuchen oder eine vom Onkel gebrannte Flasche Schnaps vorbeigebracht. Bis vor ein paar Jahren hat es weiter unten auch noch einen Fischteich gegeben. Da sind die zwei dann stundenlang vor ihren Angelruten gesessen, und ich hab in der Zeit hier beim Haus mit den Kieseln gespielt oder im Wald Moosbeeren gepflückt und Tiere beobachtet.«

Marie pfiff noch einmal und rief mehrfach seinen Namen.

»Jetzt hat er da unten nur noch seine Bienen.«

Die Butz wandte den Kopf in Richtung Waldrand. Wirklich, dort standen im Halbschatten mehrere blaugetünchte Stöcke, an deren Fluglöchern sich die Bienen drängten. Noch einmal rief Marie Joggs Namen. Als keine Antwort kam, trat sie an die Stirnseite des Hauses. Über der Haustür prangte der ausgebleichte gehörnte Schädel eines Steinbocks.

»Der Jogg hat meinem Onkel immer die besten Viecher zum Ausstopfen geschossen. Was auch immer er von ihm wollen hat, zwei Tage später hat er ihm das Vieh vorbeigebracht. Schade, dass er jetzt schon so alt und tattrig ist, dass er das nimmer schafft mit dem Jagen.«

Sie klopfte und öffnete die knarrende Haustür, die den Blick auf ein fensterloses Zimmer freigab. Von außen fiel gerade so viel Licht herein, dass vor einer rußigen Wand ein schmutziger metallener Ofen zu erkennen war, auf dem ein gusseiserner Wasserkessel stand. In der Buckelkrax daneben schillerte ein Turm aus ausgewaschenen goldenen Blechbüchsen. Es roch nach dem Feuer vieler Jahrzehnte, das in dieser Küche entzündet worden war, nach Moder, Schweiß, Schmieröl und in Essig eingelegten Heringen. Den Tisch bildeten drei aufeinander gestapelte Bierkisten. Die rußige Wand dahinter war nackt bis auf ein hölzernes Kruzifix. Als Sitzgelegenheiten dienten Mopedreifen. Das war alles.

»Der Typ ist kein großer Koch, oder?«, fragte die Butz und zeigte grinsend auf den Konservenberg.

»Bratheringe! Die Fischdosen hat der Onkel Franz auch immer gegessen«, sagte Marie. Die Butz starrte ungläubig in das glänzende Innere des Raumes.

»Bei uns daheim war's auch karg ... Aber da ist nicht einmal ein Fußboden verlegt, da ist ja die blanke Erde! Und wo wascht sich der arme Schlucker?«

»An der Quelle unten. Und das mit dem Schlucker stimmt zwar«, sagte Marie und grinste, »aber nicht so, wie du's meinst. Arm ist der Jogg nämlich nicht. Der Grund von hier bis hinauf zum Gipfel, die Rote Wand und der gesamte umliegende Wald, das gehört alles ihm. Der Jogg legt einfach keinen Wert auf bürgerliches Wohnen.«

»Bürgerliches Wohnen«, wiederholte die Butz kopfschüttelnd und blickte ungläubig auf die plattgestampfte Erde.

Marie tastete sich in die dunkelste Ecke des Raums vor.

»Das Moped ist weg. Er ist ausgeflogen.«

»Ja, und wo schläft der?«, fragte die Butz wieder.

»Hinten im Schober. Komm, ich zeig's dir!«

Sie gingen ein paar Schritte die Längsseite zurück, vorbei an einer ehemaligen Sickergrube, auf der ein weiteres mannshohes Brennnesselfeld wucherte. Marie blieb neben dem aufgestellten Rechen stehen und schob den Riegel der niedrigen Holztür auf. Eine staubige Stiege kam zum Vorschein, die vom Stall hinauf in den ersten Stock führte. Heu, Mist und Staub. Darüber schwebte eine alkoholische Note.

»Da drin war früher der Schafstall. Der Jogg hat seine Tiere im Sommer über die Almen getrieben. Leider hat die nach und nach der Wolf gefressen.«

»Der Wolf?«, fragte die Butz noch, doch da hatte Marie sich schon unter dem Türchen hindurchgeduckt und war im Inneren verschwunden. Die Butz warf der kleinen Auslassung einen vorwurfsvollen Blick zu, atmete tief ein, zwängte sich hindurch und folgte Marie die staubige Stiege hinauf. Bei jedem ihrer Schritte knarzte das morsche Holz. Heustaub flirrte in der Luft.

»Wow!«, entfuhr es Marie, als sie oben angekommen war. Sie blickte auf einen riesigen, bestimmt vier Meter hohen Raum, dessen Boden über und über mit Flaschen vollgestellt war. Braune, weiße, grüne Flaschen, dicht an dicht gedrängt! Hunderte Fäden aus Licht fielen durch die Ritzen zwischen den Brettern des Schobers auf das Flaschenmeer. Sie brachen sich daran, warfen das Licht zurück und tauchten den Raum in einen so unwirklichen, geradezu magischen goldenen Glanz, dass Marie und der Butz, die hinter ihr zum Stehen gekommen war, der Atem stockte. Das hier war kein armseliger Heustadel. Dieser kunstvoll erleuchtete Raum mit seinen zuckenden Lichtern erinnerte an eine Kathedrale. Oder an einen Club, in dem Dutzende tanzende Leiber zu einem Organismus verschmolzen, der immer neue Formen annahm. In diesem betörenden Licht verschwamm die Grenze zwischen Innen und Außen. Die Zeit löste sich auf. Marie hätte nicht sagen können, ob sie in einer historischen Kulisse stand oder in eine weit entfernte Zukunft blickte. Da waren nur Lichtstrahlen, mit glitzernden Staubpartikeln versetzte Luft und die ringförmig ausstrahlende Weite des Augenblicks. Sprachlos starrte Marie in den riesigen Raum. Jogg, der im Dorf als einsamer, trauriger Alkoholiker belächelt wurde, erschien ihr plötzlich wie ein Märchenkönig.

»Schnapsflaschen. Das sind ja alles Schnapsflaschen. Stroh-Rum, Obstler, Sliwowitz. Das müssen Hunderte sein!«, flüsterte die Butz, ein leises Entsetzen in der Stimme. Im Augenwinkel sah Marie, wie sie ihr Handy aus der Rocktasche zog und auf die Flaschen richtete.

»Schaut das irre aus!«, rief die Butz und drückte ab.

Marie beachtete sie nicht. Im Stroboskoplicht dieser Kathedrale der Trunkenheit sah sie plötzlich Youni. Seine schlanke Gestalt auf der Tanzfläche des *Take Six*, wie er katzenhaft auf sie zu kam. Sein Blick, auffordernd und zärtlich zugleich. *Dich, ja dich hab ich gesucht.* Dieses pulsierende Licht, das die Kontraste in seinem Gesicht noch stärker hervorhob. Schatten spielten darauf. *Magst du was trinken?* Marie sah alles auf einmal, die dunklen Augen, die helle Haut, seine Brauen, die an die Schwingen eines Raben erinnerten. Dieses Lächeln. Für Sekundenbruchteile grell erleuch-

tet, lag es schon wieder in der Dunkelheit. *Komm, wir gehen!*
Marie folgte seinem Schatten auf einen schmalen Weg, der
das Meer aus Flaschen teilte. Sie setzte einen Fuß vor den
anderen, Youni hinterher, der sich immer weiter entfernte.
Wohin?

»Pass auf, Marie, glaubst du, das hält dich aus?«, hörte sie
die Butz sagen.

»Warum nicht«, hauchte Marie abwesend, »der Jogg geht
hier jeden Tag.«

Sie hörte sich selbst sprechen mit einer Stimme, die gedämpft klang wie hinter Glas. Sie setzte einen Schritt vor
den nächsten, streckte ihre Hände nach ihm aus, tauchte
sie in die Goldfäden aus Licht, als spielte sie auf einer Harfe.
Sie breitete ihre Arme aus, drehte sich im flackernden Licht,
tanzte ihm hinterher. Bei jedem Schritt berührten sich
kaum hörbar die Bäuche Dutzender Flaschen, ein flüster-
zartes Klirren, hundertfach verstärkt. Plötzlich fand sich
Marie auf einer freien Fläche im vorderen Teil des Raumes
wieder. Durch ein kreisrundes Loch unterhalb des Giebels
fiel hier das Licht auf den Bretterboden. Als sie in den Lichtkegel trat, blendete sie ein gleißendes Licht. Unwillkürlich
schloss sie die Lider. Als sie sie wieder öffnete, war Youni
verschwunden. Stattdessen stand da ein hölzernes Bett mit
gedrechselten Füßen. Das Bettzeug, das vor langer Zeit einmal weiß gewesen sein musste, bauschte sich darauf wie
eine Gewitterwolke. Auf dem Stuhl daneben lag ein dickes,
in Leder gebundenes Buch. Das einfallende Licht verlieh der
Szene die Schönheit eines verlassenen Filmsets.

»Echt ein krasses Schlafzimmer hat dieser Typ«, sagte die
Butz, die ihr durch den Raum gefolgt war. »So was Schönes
hab ich überhaupt noch nie gesehen«, setzte sie hinterher

und schoss, die glänzenden Augen auf das Display ihres Handys gerichtet, ein Foto nach dem anderen.

Marie stand noch immer reglos da und blickte in die Ecke des Heustadels, in der eben noch Younis Schatten getanzt hatte.

»Was glaubst du, warum ein Typ, der jede Flasche an einen ganz bestimmten Platz stellt, damit das Licht sie reflektiert, als Bettvorleger ausgerechnet neongelbe Müllsäcke nimmt?« Die Butz zeigte auf das leuchtende Plastik, das auf dem Boden vor dem Bett aufgespannt war.

»Also übersehen kann man die Dinger jedenfalls schlecht«, sagte Marie und kam näher. Die Butz griff nach dem Buch, schlug es auf und zwickte konzentriert die Augen zusammen.

»Die Bibel da ist sogar noch in der alten Schrift«, sagte sie. Sie blätterte durch die zerlesenen Seiten und machte dabei einen Schritt auf das Bett zu. Da ratschte es. Die Butz schrie. Und wo sie eben noch gestanden hatte, klaffte ein schwarzes Loch.

»Hey!« Mehr bekam Marie vor Schreck nicht heraus.

Aus dem Loch war erst ein Wimmern zu hören, dann ein Fluchen. Die Stimme der Butz drang aus der Tiefe: »Ich bin ... Verdammte Scheiße! ... Durch! Ich bin da durch!«

»Hast du dir wehgetan?«, schrie Marie.

Keine Antwort.

»Tut dir was weh?«

Von unten drangen einige gequälte Laute herauf. »Schon okay«, hörte sie die Butz zwischen zwei Flüchen hervorstoßen.

»Du bist im Schafstall gelandet, oder?«, schrie Marie.

»Na ja, es ist finster, aber dem Gestank nach schon!«

Marie legte die Hände an die Schläfen und überlegte.

»Die Tür müsste hinter dir sein, da rechts irgendwo!«

Ein beißender Geruch drang in Maries Nase. Joggs Schafe mochte der Wolf gerissen haben, aber ihre Hinterlassenschaften rochen noch immer äußerst lebhaft. Marie hörte, wie die Butz sich ächzend aufrichtete und durch den Raum humpelte, wie sie, etwas entfernt, noch immer schimpfend am Holz rüttelte. Da sie nichts sehen konnte, ging sie einen Schritt weiter. Von den drei auf den Boden gespannten Säcken war einer unter dem Gewicht der Butz gerissen. Marie blieb davor stehen, reckte den Oberkörper nach vorn und versuchte einen Blick nach unten zu erhaschen. Kaum hatte sie den Fuß auf den zweiten gelben Sack aufgesetzt, verstand sie, warum Jogg diese Signalfarbe gewählt hatte. Der Fuß durchbrach die Folie und zog den Rest des Körpers mit sich in die Tiefe. Im Fallen bekam Marie einen morschen Balken zu fassen, doch ihre Finger rutschen ab. Sie fiel hinunter in die Dunkelheit.

»Igitt, ist das widerlich!«, rief sie und spuckte ein paar Halme dreckigen Strohs aus, die sich beim Aufprall unter ihre Oberlippe geschoben hatten. War sie tatsächlich auf einem Haufen Schafmist gelandet? Ein Lachen brach aus ihr heraus, schallte körperlos durch die Finsternis. Die Butz bekam ihren Arm zu fassen, ließ sich neben sie in den Dreck fallen und begann ebenfalls zu lachen.

»Mumifizierte Schafscheiße!«, kicherte Marie.

»Hast du dir wehgetan?«, fragte die Butz noch immer lachend.

Marie drehte sich auf den Rücken, bewegte wie ein auf den Panzer gefallener Käfer Arme und Beine. Sie streckte beide Daumen in die Finsternis und versank erneut im Gelächter.

SIEBEN

Wenig später saßen sie auf der Bank vor Joggs Haus in der Sonne. Marie blickte zum Waldsaum hinüber. Keine halbe Stunde waren sie oben im Schober gewesen, und doch schien sich in der Zwischenzeit etwas Grundlegendes verändert zu haben. Das Grün, Braun und Grau der Landschaft, die bunten Kleckse der Blüten, alles leuchtete. Ungläubig ließ Marie ihren Blick über das Hochmoor streifen. Kein Lüftchen regte sich. Die Sonne brannte noch immer vom Himmel, und das Brummen und Summen der Insekten war noch immer ohrenbetäubend laut. Doch, ja. Etwas war anders.

»Was ist mit deinem Fuß?«, fragte Marie und deutete auf den übergeschlagenen Knöchel der Butz.

»Nur ein Kratzer.«

»Und woher kommt das Blut?«

Ein rostfarbenes Fleckchen nässte oberhalb des Knöchels durch die feinen Maschen der Strumpfhose. Die Butz betrachtete ihn ungerührt, dann fuhr sie mit dem Unterarm darüber. Der roten Schliere, die nun an ihrem Arm prangte, schenkte sie keine Beachtung. Stattdessen erhob sie sich, streifte sich die Pumps von den Füßen, schwang ein paar Mal die Hüften in einem seltsamen Tänzchen, nestelte am Rock herum und beugte den Oberkörper nach vorn. Schon hielt sie die schwarze Nylonstrumpfhose in der Hand wie eine abgelegte Haut. Marie war beeindruckt. Die Butz grinste ihr schiefes Zaunstempellächeln, knüllte die Strumpfhose zusammen, schob sie in die Rocktasche und setzte sich wieder.

»Ich hab mir die Haut am Zinken von der Mistgabel aufgerissen, die da gelegen ist. Schaut schlimmer aus, als es ist.«

Marie betrachtete die Wunde argwöhnisch.

»Das würd ich trotzdem auswaschen, sonst kriegst noch eine Blutvergiftung.«

»Geh, Blödsinn! Ich hab mir schon ganz anders wehgetan«, brummte die Butz und bewegte vorsichtig den Fuß, »und nie eine Blutvergiftung gekriegt.«

Maries Blick wanderte die mächtigen Unterschenkel der Butz hinauf, von denen kreuz und quer ein Meer aus schwarzen Haaren abstand.

»Ein ganz schönes Fell hast du da«, sagte sie und deutete auf das übergeschlagene Schienbein. Die Butz erstarrte. Ihr Gesicht nahm wieder den verkniffenen Ausdruck an, den Marie schon kannte. Sie sah einen Schmerz darin, eine jahrzehntealte Kränkung.

»Ich mein, rassig ist eh wieder voll in«, schob sie schnell hinterher.

»Also der Schurli hat zu mir gesagt, dass ich ihm genau so gefalle, wie ich ausschaue. Genau so«, sagte die Butz.

Einen Augenblick lang war es still. Dann holte sie zum Gegenschlag aus: »Du schaust übrigens auch nicht aus wie die Romy Schneider. Schon eher wie die Pechmarie bei der Frau Holle nach ihrem Ausflug in die Unterwelt!«

Sie verschränkte zufrieden die Arme vor der Brust. Marie fuhr sich über die Stirn und schüttelte angewidert den Handrücken, als sie eine braune Schliere darauf bemerkte.

»Ich geh mich schnell abwaschen!«

Sie stand auf und stieg den Hang Richtung Waldrand hinunter. Auf halbem Weg zu den Bienenstöcken befand sich eine rostige Badewanne, die früher als Schaftränke gedient hatte. Auf der Wasseroberfläche lag ein zweiter wolkenloser Himmel. Marie tauchte ihre Hände ins Wasser, erschrak erst über die Kühle des Wassers, dann schaufelte sie sich einen Schwall ins Gesicht. Ihre Finger tasteten über die Haut, spürten den Schafdreck, der hartnäckig darauf klebte. Sie zog die Zipfel ihres Hemdes aus der Jeans, tauchte sie ins Wasser und rieb damit über die Stirn, bis die Haut schmerzte. Ihr Hemd war schon bis zur Brust durchnässt, als ihr einfiel, dass Tante Hella beim Bügeln oft ein frisches Stofftaschentuch in die Gesäßtaschen ihrer Arbeitsjeans steckte. Sie fingerte danach und fand wirklich eines der rotkarierten Tücher, von denen ihre Tante einen unerschöpflichen Vorrat zu besitzen schien. Sie zog es heraus und tauchte es ins Wasser. Mit dem nassen Tuch eilte sie zum Haus zurück. Die Butz saß noch immer mit übergeschlagenen Beinen da, ihr Telefon in der Hand.

»Schau, damit kannst die Wunde auswaschen«, sagte Marie und hielt ihr das feuchte Tuch hin.

»*Die Wunde?* Du redest echt wie eine Städterin. Den Kratzer meinst?«

Die Butz grinste höhnisch, doch sie nahm den Fetzen und wischte damit über die verletzte Stelle. Es war wirklich nur ein Kratzer. Marie atmete erleichtert aus, auch wenn die Formulierung sie ärgerte. *Eine Städterin.* Sie dachte an das Hundefell, das unten in der Werkstatt bestimmt schon getrocknet war, bereit für die nächsten Arbeitsschritte.

»Wie spät ist es denn jetzt?«

Die Butz warf einen Blick auf ihr Handy.

»Kurz vor vier.«

»Ach, gut. Dann sollten wir bald weiter. Zur Roten Wand sind's schon noch zwanzig Minuten.«

Sie zog die Wasserflasche aus dem Rucksack und reichte sie der Butz, die einen tiefen, gierigen Zug daraus nahm, ehe sie sich wieder ihrem Handy widmete.

»Ich hoffe, der Typ wird nicht sauer, dass wir bei ihm so herumgesprungen sind?«, murmelte sie, während sie durch die Fotos scrollte, die sie im Stadel gemacht hatte.

»Ach was! Wenn ich den Jogg das nächste Mal sehe, spendier ich ihm einen Obstler, und die Sache hat sich.«

Marie ließ den Blick schweifen, an den Bienenstöcken vorbei zu einem riesigen Ameisenhaufen, den sie schon als Kind dort gesehen hatte. Die Hitze des Nachmittags hatte eine neue Qualität angenommen. Eine sepiafarbene Tönung lag über allem. Die heiße Luft war vollgesogen mit Erinnerungen an vergangene Sommer. Sie erschien Marie wie ein Gefäß, das randvoll war mit Vergangenheit. Diese Wiesen und Hänge waren einmal die Grenzen ihrer Welt gewesen. Damals hatte sie weit weg gewollt, dorthin, wo die Backstuben standen, in denen der Teig der Zukunft geknetet wurde. Beim Blick auf den Ameisenhügel kamen ihr nun allerdings Zweifel, ob es ihn überhaupt gab, diesen *Teig der Zukunft.* War die Stadt nicht auch ein einziger riesiger Organismus, der sich nach ewig gleichem Muster stetig neu erschuf? *Alle acht Jahre*, hatte ihr Onkel Franz einmal erklärt, *erneuern sich die Zellen. Alle acht Jahr bist du ein neuer Mensch.* Das klang so schön. Aber war es nicht so, dass die ersten Zellen im Begriff waren, zu sterben, kaum dass sich die letzten erneuert hatten? Die weibliche Waldameise, das hatte Marie vor vielen Jahren im Biologieunterricht gelernt, hatte eine Lebenserwartung von drei Jahren. Die Königinnen brachten es auf zwanzig. Spätestens dann wurden sie von ihrer Thronfolgerin abgelöst, die die Geschäfte auf genau dieselbe Weise weiterführte. Das Neue schleppte stets das Alte mit. Auch in Maries Leben würde nie etwas beginnen, das nicht den Ballast des Gewesenen mit sich trug. Was sie als Kind gesehen hatte, was sie in dieser Gegend erlebt hatte, mischte sich in den Klang einer jeden neuen Erfahrung wie das Stampfen Hunderttausender Ameisenbeinchen, das, unhörbar für das menschliche Ohr, den Wald pausenlos erzittern ließ. Da verstand Marie, dass sie hinschauen musste, hinhören, das Gewesene beobachten und darüber reden. Sonst würde es ewig so weitergehen. Sonst würde sich die Vergangenheit auch weiterhin in alles mischen wie eine in der Waschmaschine vergessene Socke, die einem die weiße Wäsche versaut.

*

»Schaust fesch aus in dem Licht«, sagte die Butz, die noch immer auf ihrem Handy herumwischte. Marie beugte sich zu ihr und betrachtete das Foto. Ein Close Up ihres verträumten Gesichtes. Einzelne Strähnen hatten sich aus ihrem Pferdeschwanz gelöst, die wachen, braunen Augen auf einen Punkt in der Ferne gerichtet, während das einfallende Licht sich ihr in goldenen Streifen über die Wangen legte. Marie gefiel sich auf dem Bild, zugleich machte es sie traurig. Was nützt einem das schönste Bild, wenn der, dem man es zeigen will, nicht mehr lebt?

»Hast du eigentlich auch noch Fotos von ihm?«, wandte sie sich an die Butz und bereute die Frage sofort, als sie sah, wie die Härte in das Gesicht neben ihr zurückkehrte.

»Ich hab dir alle Fotos abfotografiert, die ich von ihm hab.« Sie hielt ihr das Handy hin. »Schau sie dir gern an, aber ohne mich. Ich hab die hundertmal angesehen, seit er gestorben ist. Das zieht mich immer voll runter. Ich füll uns in der Zwischenzeit die Flasche auf.«

Sie stand auf und sprang mit erstaunlicher Geschwindigkeit davon.

Marie blieb mit dem Handy in der Hand zurück und blickte unverwandt auf das Display. In dieser Umgebung, die sich seit hundert Jahren kaum verändert hatte, wirkte sogar dieses alte, verschlissene Smartphone wie ein Gadget aus einer fernen Zukunft. Sie wechselte zu dem Ordner, der mit *Youni* überschrieben war. Gleich das erste Foto ließ sie schlucken. Youni als Teenager, umringt von lachenden Gesichtern vor der Pappel auf der Liegewiese im Schwimmbad. Dass er wenige Monate zuvor aus dem Krieg geflohen war, war auf dem vergilbten Foto nicht zu sehen. Dunkle Locken umspielten das Gesicht mit dem Gewinnerlächeln und dem durchdringenden Blick. Sein schlanker Oberkörper, dessen Haut in der Nachmittagssonne glänzte wie Marmor. Marie erinnerte sich gut an diesen Sommer. An die Clique um Youni, der sie bald selbst für einige Monate angehören sollte. An Martin, der eine beachtliche Drogenkarriere hingelegt und es nur den Interventionen seiner Familie zu verdanken hatte, dass er trotzdem Arzt geworden war. Damals war seine Mutter, eine zierliche, dem Landadel entstammende Frau, oft im Morgengrauen mit federbesetztem Hütchen, den Schweißhund an der Leine, durch die Spelunken gezogen, um ihren in den Untiefen des Rausches verlorengegangenen Sohn nach Hause zu eskortieren. Heute leitete Martin eine der Schönheits-Kliniken im Stadel. Er hatte sich perfekt den Bedürfnissen reicher Urlaubsgäste angepasst, wie er Marie beim letzten Klassentreffen erzählt hatte. Auf Wunsch operierte er nachts oder bei den Leuten zuhause. Mehrere kleine Eingriffe dicht hintereinander ließen es so aussehen, als hätten seine Patienten die überschüssigen Kilos beim Wintersport verloren und nicht durch einen chirurgischen Eingriff. Martin hatte Glück gehabt. Fast unbeschadet hatte er überstanden, was viele andere, die Ärmeren vor allem, das Leben gekostet hatte. Die E-Mail, die Marie ihm nach Younis Tod geschrieben hatte, hatte er trotzdem ignoriert. Mit dem gefallenen Helden seiner Kindheit wollte der Herr Primar nichts zu tun haben. Marie seufzte. Halb von ihm verdeckt, Adrian, der damals der Coole gewesen war. Er hatte von einer Karriere als DJ geträumt und war später doch Zahntechniker geworden. Neben ihm saß Fanny Dallmann mit ihrer langen Nase, den braunen Schnittlauchlocken und dem orangefarbenen Badeanzug, den sie von ihrer Schwester geerbt hatte. Sie war damals ein paar Wochen lang Younis Freundin gewesen. Über sie wusste Marie, dass sie nach der Matura strategisch geheiratet hatte und in der Steiermark ein Wellnesshotel führte. Die bleiche Milli, die sich damals immer geritzt hatte und, wie Marie, heimlich in Youni verliebt gewesen war, hatte es weniger gut erwischt. Marie sah sie manchmal, wenn sie nach der Nachtschicht im Pflegeheim mit ihrem schmutzig-weißen Terrier die Runde machte. Diese Menschen hatten einmal Maries Alltag geprägt. Warum hatte sich keiner von ihnen bei ihr gemeldet, nachdem er gestorben war?

Marie scrollte weiter. Sie konnte verstehen, warum die Butz diesen Bildern auswich. Der Bub, der darauf zu sehen war, lächelte das erwartungsvolle Lächeln eines Menschen, dem die Zukunft nichts würde anhaben können. Er war auf so ungetrübte, so vollkommene Weise schön, dass sein Tod wie ein riesiger Irrtum erschien. Youni auf dem Siegertreppchen der Snowboardmeisterschaft. Youni mit bierseligem Grinsen bei der Eröffnung eines Lokals, das längst Geschichte war. Genau wie die Teenagerjahre. Wie die Schwimmbadsommer. Wie Youni. Auf den Fotos, die danach kamen, war Marie schon nicht mehr Teil seines Lebens gewesen. Für kurze Zeit war Youni damals vom Kleinkriminellen zum Drogenzampano aufgestiegen, der das ganze Jahr über dafür gesorgt hatte, dass den Leuten im Stadel der Schnee nicht ausging. Fotos davon gab es kaum, da die Butz dieses Leben wohl nur von ihrem Platz in der Küche des *Goldenen Hahns* aus mitbekommen hatte. Die wenigen Bilder sagten trotzdem genug. Poolpartys mit schlanken Mädchen in hauchdünnen Kleidchen, mitten im Winter. Auf einem Bild war Youni in den Armen einer Blondine zu sehen, die trotz ihrer Jugend schon etwas Gerissenes ausstrahlte. Marie spürte die Eifersucht hochzüngeln. Schnell wischte sie zum nächsten Bild, auf dem sie wieder niemanden erkannte, außer Youni, der in einem lächerlich weißen Anzug und mit zugedröhntem Blick, noch verstärkt durch den Rotstich des Fotos, schief in die Kamera lächelte.

Überhaupt nicht souverän sah er aus, sondern einsam und verloren. Marie spürte, wie ihr die Wehmut in die Glieder kroch. Das war alles schon so lange her und fühlte sich doch so nah an. So nah, dass es wehtat. Sie sah die vollen Aschenbecher in Younis Wohnung vor sich, hatte noch den Geruch nach kalter Pizza in der Nase, nach Gras, Chemie, Teenagerschweiß und ausgedrückten Zigaretten. All das war nun genauso passé wie die letzten Monate, als sie sich kurzzeitig der Illusion hingegeben hatte, ihn gerettet zu haben.

»Warum warst du damals eigentlich auf einmal weg?«, fragte die Butz, die schon die längste Zeit vor ihr gestanden hatte, und blies Marie den Rauch ihrer Zigarette ins Gesicht. »Du warst ständig mit ihm unterwegs früher. Und dann bumm. Von einem Tag auf den nächsten warst du verschwunden.«

Marie schluckte. Statt zu antworten, schaute sie sich noch einmal das Foto von Youni im Anzug an, so gründlich, als verberge sich dort eine Antwort. Die Butz ließ sich neben ihr auf die Bank fallen und zog an ihrer Zigarette. Für einige Minuten herrschte Schweigen.

»Wir haben uns nicht an einem bestimmten Tag zerstritten«, sagte Marie irgendwann. »Ich hab die Leute nicht mehr ertragen, mit denen er auf einmal zusammen war. Und das, was diese Leute und ihre Drogen aus ihm gemacht haben.«

»Einen Affen im weißen Anzug«, sagte die Butz und schnippte ihre Zigarette in den Brennnesselwald.

»Den Anzug hab ich auch nicht mögen. Aber sein Gesicht war das Schlimmste. Weißt du noch, wie er nach so einer Nacht im *Take Six* oder im *Schwarzen Adler* ausgesehen hat?

Wie traurig er immer war? Das war wie eine Auslöschung. Wir hätten das damals schon sehen können. Alles.«

Wieder verfielen sie in Schweigen. Nur das Geräusch der *tic tacs,* die sich die Butz aus der Packung in den Rachen klopfte, gesellte sich zum Brummen der Insekten. Sie brauchte ihre Zuckerpastillen anscheinend noch dringender als die Zigaretten. Auf der gegenüberliegenden Talseite kreiselten zwei Paragleiter wie bunte Nasenzwicker vom Kitzbühler Horn Richtung Tal. Marie wollte etwas sagen, doch die Worte formten einen trockenen Kloß, der sich in ihrem Hals festsetzte. Sätze tauchten in ihr auf. *Hast du kein schöneres Kleid?,* hörte sie Youni sagen. *Warum schminkst du dich nicht? So kommst du nie rein ins Take Six.* Monatelang hatten sie jeden Tag miteinander verbracht, doch dann hatte Youni das Interesse an ihr und den anderen aus der Clique verloren. Die Partys in den verrauchten Kinderzimmern langweilten ihn. Stattdessen verschlug es ihn abends immer öfter in Szene-Lokale, Orte, deren Eintrittspreise höher gewesen waren als Maries wöchentliches Taschengeld. Immer seltener meldete er sich, und wenn er doch anrief, dann nur, wenn er total fertig war oder paranoid. Eine Fliege ließ sich auf ihrem Handgelenk nieder. Marie schüttelte sie mit einer harschen Bewegung ab. Sie setzte sich auf und schaute zur Stelle über den Baumkronen hinüber, wo die beiden Paragleiter eben noch ihre Runden gezogen hatten, während fünfzehn Jahre alte Bilder in ihr aufstiegen ... Der Tag vor dem Rilke-Referat im Deutsch-Leistungskurs. Das Bimmeln des Festnetztelefons. Younis Stimme, tränenerstickt. *Bitte komm! Ich brauch dich.* Marie nimmt sich vor, ihn abzuwimmeln, dann steigt sie doch aufs Fahrrad und macht sich auf den Weg. Ihr Finger auf dem abgewetzten

Klingelknopf. Zweimal, dreimal. Niemand öffnet, doch die Tür ist nur angelehnt. Die Wohnung ist dunkel. Die Vorhänge zugezogen, obwohl es später Nachmittag ist. Youni kauert am Glastisch im Wohnzimmer. Dort, wo sie oft in großer Runde gesessen haben. Vor ihm am Tisch ein Haufen Grasblüten und sein offener Tabaksbeutel. Überall Müll, Krümel, Kartonreste, Zigarettenstummel. Seine Finger klopfen auf die dreckige Tischplatte, er schaut ins Leere. *Warum hast du nicht aufgemacht? Ist alles okay?* Younis Augen sind rot vom Heulen. Die Iris schwarz wie der Docht einer ausgelöschten Kerze. *Wir müssen noch auf die Bella warten. Die Bella macht grad was zum Essen.* Gänsehaut breitet sich auf Maries Armen aus. Sie schüttelt sich, reibt die Finger aneinander. *Wir sind allein, Youni.* Er schaut sie groß an. *Aber da drüben, da steht sie doch!* Zeigt hinüber zur Kochnische mit dem alten Gasherd. Ein silberner Kochtopf steht auf dem Herd. Sonst nichts. Da beginnt er in Richtung der Kochnische zu reden, als wär's das Normalste auf der Welt. Ein Schauer läuft Marie den Rücken hinunter. Sie tritt an den Herd. *Wo ist denn die Bella?* Youni zeigt auf den Kochtopf, aus dem eine kleine rote Plastikkelle lugt. *Das da, das soll die Bella sein?* Youni schaut an ihr vorbei zum Topf. *Sag du's ihr, Bella! Die Marie behandelt mich, als wär ich verrückt, dabei wart ich doch einfach nur aufs Essen. Du machst uns doch Spaghetti, gell?* Das ist zu viel. Zu viel Wahnsinn. Zu viel Drogen, zu viel Traurigkeit. Marie rennt aus der Wohnung und unterbricht für viele Jahre das gemeinsame Muster ihres Lebens.

»Ich hab's gesehen«, unterbrach die raue Stimme der Butz ihre Gedanken. »Aber was hätt ich tun sollen? Ich hab mein eigenes Drama. Wir haben alle unser eigenes Drama. Wie ich ihn damals gesehen hab im Stadel, wie er zwischen den

Gestopften hin und her gerannt ist wie ein Strichbub. Da hab ich ihm schon gesagt: Bitte hör auf. Das Zeug macht dich hin. Diese Leute machen dich hin. Aber zuhören hat der Youni noch nie können. Was er tun wollt, hat er gemacht. Da fährt der Zug drüber.«

Ein Wind frischte auf und trug die Schläge der Kirchenglocken aus dem Dorf zu ihnen herauf. Eins. Zwei. Drei. Vier. Marie stellte sich das gelbe Gebäude vor, die beiden Kirchtürme, deren Glocken den Schall zu ihr heraufsandten. Marie liebte dieses Geläut. Es gehörte so sehr zur Geräuschkulisse im Tal, dass es die Stille ringsum nicht etwa unterbrach. Es stellte sie auf seltsame Art erst her.

»Lass uns weitergehen«, sagte sie. »Der Hund braucht seinen Sockel.«

»Und den finden wir da oben?«, fragte die Butz.

»Hoffentlich! Das ist ein Mischwald. Da liegt normalerweise ein ganzer Haufen Totholz. Wir müssen nur die Augen offenhalten.«

Marie schulterte den Rucksack und stand auf. Die Butz nickte ihr zu und setzte sich ebenfalls in Bewegung. Sie gingen über die zertrampelten Brennnesseln Richtung Feldweg zurück und setzten ihre Wanderung über das Hochmoor fort. Bald schon schluckte sie wieder der Wald.

»Der Sockel wird beim Ausstopfen meistens unterschätzt. Dabei ist er sehr wichtig«, sagte Marie nach einer Weile, »er ist für ein Vieh ja der einzige Kontext.«

»Der einzige Kontext«, wiederholte die Butz stirnrunzelnd und schüttelte den Kopf. Marie ging nicht darauf ein. Konzentriert blickte sie in das dicht wuchernde Grün in den schmalen Streifen rechts und links des Weges. Die feuchteren Stellen neben dem Kies waren von den Blättern der Pestwurz überwuchert, die sie sich als Kind gern wie einen Sonnenhut aufgesetzt hatte. Auch Schachtelhalme und Farne wuchsen hier, umschwirrt von Kohlweißlingen und winzigen Insekten. Aus den Tiefen des Waldes leuchteten bläulich und klein die Moosbeeren. Dahinter ging es steil den Waldhang hinauf. Sträucher und Brombeerbüsche drängten sich in den wenigen kreisrunden Lichtflecken, wo das Blätterdach sich lichtete. Der Waldweg führte stur geradeaus, und eine Weile trotteten die beiden genauso stur nebeneinander her.

»Was ist das für ein Geräusch? Hörst du das auch?«, fragte die Butz nach einer Weile. Marie blieb stehen und grinste.

»Na, die Rote Wand. Bevor man sie sieht, hört man sie. Wenn ich allein wär, würd ich jetzt hier durch den Wald hinauf, direttissima. Das dauert keine zehn Minuten. Aber wir zwei gehen besser den Wanderweg weiter. In einer Viertelstunde kommen wir zum Marterl, wo der Weg zur Roten Wand abzweigt. Von dort sind's dann noch ein paar Minuten. Das ist, glaub ich, besser.«

»Was soll denn besser daran sein, dass wir ewig außen herumlatschen? Ich dachte, du hast es eilig«, fragte die Butz.

»Na ja. Da hinauf ist's echt steil. Schaffst du das? Ich mein, mit *den* Schuhen.«

Marie deutete auf die flachen Pumps der Butz.

»Was soll denn das heißen, mit *den* Schuhen? Du klingst schon wie deine Tante!«, murrte die Butz. »Wenn ich will, geh ich barfuß den Großglockner hinauf. Also, hopp! Rauf da!«

Marie runzelte die Stirn, doch die Butz schien entschlossen. Sie machte einen energischen Satz vom Weg in den

Wald und rammte die Schuhspitzen ihrer Pumps so fest in den abschüssigen Boden, dass die Tannennadeln aufflogen. Marie nickte achselzuckend, dann setzte sie sich ebenfalls in Bewegung. Wenig später war ihre schmale Gestalt an der Butz vorbeigezogen und zwischen den Stämmen verschwunden. Mit jedem Höhenmeter schwoll das Rieseln an, wurde laut, flächig, dröhnend. Auch der Atem der Butz wurde lauter, steigerte sich in ein Schnaufen, wuchs sich zu einem Keuchen aus. Bald stand ihr der Schweiß in dicken Tropfen auf der Stirn. Marie dagegen schlängelte sich mühelos in die Höhe. Immer wieder griff sie im Vorbeigehen nach einem auf dem Boden liegenden Holzstück, begutachtete es, warf es zurück in den Wald oder steckte es in ihren Rucksack. Als er voll war, knotete sie ihn zu und lud sich das Bündel auf die Schultern. Die Butz blieb ihr auf den Fersen, einen stolzen Ausdruck auf den glutroten Bäckchen. Ein Schritt, noch ein Schritt, noch einer. Immer weiter hinauf. Dann lag der Wald plötzlich hinter ihnen. Es waren nur wenige Minuten des Aufstiegs gewesen, doch die Butz war komplett nass geschwitzt, als sie bei Marie ankam. Sie stützte die Arme auf den Oberschenkeln ab und schien bei jedem Atemzug ein paar Zentimeter zu wachsen. Marie nahm den Rucksack von der Schulter und stellte ihn vor sich ab.

»Hast du deine Sockel gefunden?«, fragte die Butz keuchend und zeigte auf den prall gefüllten Sack.

»Mhm. Da ist sicher was dabei«, sagte sie.

Vor ihnen erhob sich rötlich schimmernd die Felswand. Die Sonne brannte aufs Geröll und tauchte die Szene in ein unwirkliches Licht. Das Rieseln war hier oben noch einmal von anderer Qualität. Durchdringender. Ständig brachen irgendwo winzige Gesteinsmassen ab und fielen zu Boden. Unentwegt knackte und krachte es. Selbst die Luft roch und schmeckte hier oben nach Stein. Marie spürte das Rieseln in ihrem Körper. Als begänne es auch in ihrem Inneren zu bröckeln. Die Butz bückte sich, zog einen faustgroßen Stein aus dem Geröllhaufen vor sich, drehte ihn nach allen Seiten, wog ihn in der Hand.

»Der schaut aus wie Fleisch«, sagte sie leise.

Marie nickte und zeigte auf eine armdicke rötliche Linie, die wie ein Blutgefäß quer über die Felswand verlief. Die Augen der Butz wanderten die Ader entlang, bis sie etwa hundert Meter weiter östlich in eine rostrote Fläche mündete, vor der eine Lawine aus Sand und Steinchen den darunter liegenden Wald mit sich gerissen hatte. Dann drehte sie sich um und schaute ins Tal. Wieder schien sie etwas zu suchen. Maries Blick wanderte ebenfalls über die grünen Rücken des Horns zum steinernen Gipfel hinauf, dessen blinkender Sendemast die wenigen fehlenden Meter bis zur Zweitausendermarke wettmachte. Dem Berg waren solche Kindereien egal. Der Mast würde rosten. Der Stein bleiben. Ihr fiel ein Satz von Walter Benjamin ein, einer jener Sätze, mit denen man sich auf Partys wichtigmachen und die eigene Unsicherheit kaschieren konnte: *Symmetrie ist die Ästhetik der Dummen.* Im Talkessel unten war von Symmetrie keine Spur. Zwei Flüsse zerschnitten die Ebene, teilten sie in Dreiecke, Rauten, Trapeze. Walter Benjamin hätte seine Freude gehabt. Marie erinnerte sich an die Wochen vor der Matura. Es war ein heißer Sommer gewesen damals. Ständig hatte sie geschwitzt und das Gefühl gehabt, unter einer riesigen nässenden Achselhöhle gefangen zu sein. Nur in der Nähe der Flüsse war es erträglich gewesen. Also war sie täglich die Ufer entlanggetrottet. Ein Hund, der sich selbst an der Leine führt. Dass man hinaufkönnte, die Gipfel erklimmen, von dort in die Weite sehen und alles überblicken, dieser Touristengedanke war ihr damals nicht gekommen. Erst über den Umweg der Stadt hatte Marie das Wandern lieben gelernt. Ihre Augen hüpften weiter über die Häuser des Dorfkerns und das ihn umgebende Grün. Die beiden Kirchtürme ragten wie gelbe Raketen mit grünen Spitzen in den Himmel. Dahinter erhob sich das mächtige Brauereigebäude aus dem Meer der rostroten, grauen und braunen Dächer. Von dort, wo das Dorf in Felder und Wiesen ausfranste, stieg die Rauchsäule der Spanplattenfabrik in den Nachmittagshimmel. Eine vertikale Cumuluswolke. Grau. Menschengemacht. Dort wurde Holz gehäckselt, gepresst und verklebt. Viele der Arbeiter lebten in der Siedlung am Fuß des Hügels, auf dem das Haus der Scheringers thronte wie ein Spukschloss. *Gib dich nit ab mit den Siedlungskindern.* Diesen Satz hatte Marie bis ins Teenageralter zu hören bekommen, wenn sie die Nachbarskinder zum Spielen nach Hause bringen wollte. *Gib dich mit denen nit ab.* Die Siedlung bestand aus einer Reihe einfarbig gestrichener Mietshäuser, deren ärmlicher Charakter so gar nicht zum übrigen, herausgeputzten Dorf passen wollte. Marie erkannte das Haus ihrer Tante und ihres Onkels. Ein Stück den Waldhang hinunter stand das erste Haus der Siedlung. Es war kaum größer als ihr eigenes, obwohl dort vier kinderreiche Familien lebten. Das nächste größere Einfamilienhaus gehörte dem Metzger Berger. Es saß auf einem dem Horn vorgelagerten Hügel. Dahinter stand das Häuschen seiner uralten Eltern. Das Haus des Installateurs Berger, seines Cousins, genau daneben. Mit Gregor Berger, dem

Sohn des Installateurs, war Marie in die Schule gegangen. Auch er hatte mittlerweile Kinder, die eines Tages in seine Fußstapfen treten würden. Von oben betrachtet bildeten die Häuser der Familie ein Netz, dessen Fäden Generationen überspannten. Überall verliefen diese Fäden. Die Namen von fünf, sechs Familien verbanden die Weiler und bildeten ein komplexes Knäuel. Immer wieder, wenn Marie im letzten Jahr auf dem Wochenmarkt einen Bekannten gesehen und gegrüßt hatte im Glauben, den Vater eines Schulkollegen vor sich zu haben, hatte sie feststellen müssen, dass es gar nicht der Vater war, sondern der Schulkollege selbst. Dann beschlich sie manchmal das Gefühl, dass in den alteingesessenen Familien mit jeder neuen Generation etwas auf die Welt drängte, das älter war als sie selbst. Etwas, das aus dem Boden schoss wie Pilze aus einem unterirdischen Myzel. Als brächten die Menschen nicht immer neue Kinder zur Welt, sondern fortwährend ihre eigenen Großeltern. Wie passte ein Flugsamen wie Youni in dieses Geflecht? Und ein Findling wie sie selbst? Würde sie hier, wo ihr die jahrhundertelang gewachsenen Wurzeln der anderen wie Hohn entgegenwucherten, jemals einen Platz finden, der ihr nicht sofort streitig gemacht würde? *Die Natur ist nicht böse, sondern nur voll.*

»Das rostrote Dach im Wald unter der Mittelstation? Kannst das sehen?«

Marie versuchte zu erkennen, was die Butz meinte. Ihr Blick streifte den Ausflugsgasthof Nasenwirt und wanderte die entwaldete Schneise der Skipiste hinauf. Und tatsächlich, zwischen den Baumkronen leuchtete ein rotes Blechdach auf.

»Da über'm Schneiderberg?«

»Unser Hof. Also das war er. Jetzt wohnt da ein pensioniertes Ärzteehepaar aus München. Keine Kinder, nur zwei sabbernde dänische Doggen. Erst wollten's unsere Esel behalten und mich dazu. Ich hätt die Viecher versorgen sollen. Aber ... Ich hab das nicht können.«

Die Stimme der Butz war bei den letzten Worten brüchig geworden. Sie zog ihre Zigaretten aus der Rocktasche, fingerte einen Stängel und ein schmales Feuerzeug heraus und zündete sich eine an. Sie inhalierte ein paarmal in schneller Folge, die Zigarette zwischen die dicken Finger geklemmt, dann blies sie eine dichte Rauchwolke aus und sagte ins Ausatmen hinein: »Um die Esel hätt ich mich schon gekümmert. Aber für die Müllers waren die nur Folklore. Eine Art Bußgeld. Damit sie nicht das Gefühl haben müssen, dass da eventuell was falsch gelaufen sein könnt, wie sie einem hoch verschuldeten Lügner den Hof zum Spottpreis abgeknöpft haben. Die wollten, dass ich den Hof weiterführr, als Angestellte. Aber als *Angestellte* auf dem Hof, den ich selber übernehmen wollt? Des hätt ich keine Woche ausgehalten. Da hätt ich mich lieber gleich aufgeknüpft am Heuboden.«

Die Augen der Butz hatten sich bei diesen Worten mit Wasser gefüllt. Schweigend zog sie an ihrer Zigarette. Marie spürte, wie ihr Schmerz zu ihr herüberzüngelte, wie er dort reichlich Zunder fand und in ihrem Inneren weiterloderte. Sie deutete auf die Zigaretten. Die Butz nickte nur und hielt ihr die Schachtel hin. Marie zog eine heraus, hielt sie in die Flamme des Feuerzeugs und inhalierte. Es knisterte. Ein leichter Schwindel erfasste sie. Wann hatte sie zuletzt am helllichten Tag geraucht? Ein paar Züge lang kratzte es, als der Rauch ihre Lungen berührte, doch sie gewöhnte sich daran. Da standen sie. Zwei Frauen, die in den Abgrund schauten. Zwei Frauen, die eine etwas älter und breit wie ein Haus, die andere dürr und zäh wie eine an der Baumgrenze wachsende Staude. Beide nicht mehr jung. Scheinbar gleichberechtigt, scheinbar frei von allen Zwängen. Zwei Frauen, die viele Jahre lang dieselbe Sonne auf der Haut gespürt und das Wasser der Region getrunken hatten. Zwei Frauen, die um einen Mann zirkulierten. Und doch: Zwei Menschen, deren Chancen und Möglichkeiten unterschiedlicher nicht hätten sein können. Zwischen ihnen eine rote Wand, ein nicht aufgehen wollender Rest. Die glimmenden Köpfchen der Zigaretten übernahmen das Reden, schickten stumme Klagen in den Nachmittagshimmel. Als die Zigarette der Butz bis zum Filter heruntergebrannt war, hob sie die verdreckte Schuhsohle, trat den Stummel aus, bückte sich und steckte ihn ein. Dann spuckte sie einen Klumpen Rotz auf den Felsbrocken zu ihren Füßen, griff mit einer automatisierten Geste nach dem Plastikdöschen mit den *tic tacs*. Sie schüttelte sich zwei in den Mund und bot auch Marie davon an. Die winkte ab, zog stattdessen noch einmal an ihrer Zigarette. Eine Weile war nur das Geräusch der Bonbons zu hören, die im windschiefen Mund der Butz wie Kieselsteine klackten, das Knistern von Maries Zigarette, das Rieseln der Felswand und aus dem letzten Winkel eines Seitentals eine Sirene. Irgendwann fing die Butz wieder an: »Die Scheißdoggen. Weißt du, was die jeden Tag zum Fressen kriegen? *Steak*. Also zwei! Eins pro Hund pro Tag! Und da hab ich dann endgültig abgesagt. Kann doch nicht sein, dass ich den Viechern jeden Tag ein verficktes Filet Mignon serviere! Und nach der Arbeit renn ich selber zum Hofer und kauf mir den billigsten Rollbraten? Weil ich irgendwo in einer winzigen, viel zu teuren Siedlungswohnung zur Miete wohn und nicht auf dem Hof, auf dem ich mein ganzes Leben lang gebuckelt hab in der Hoffnung, dass ich ihn eines Tages übernehmen kann.«

Der Butz liefen die Tränen übers Gesicht. Marie versuchte, ihr den Arm um die Schulter zu legen. Sie entzog sich der Berührung, schob trotzig das Kinn nach vorne und drückte den Brustkorb durch. Doch die Tränen kümmerten sich nicht um ihren Stolz. Sie flossen einfach weiter. Schließlich schniefte sie noch einmal, spuckte geräuschvoll einen weiteren Schleimbatzen auf den Kalkstein und sagte mit einer Stimme, die Marie eine Gänsehaut aufzog: »Das ganze Leukental schaut aus wie geschleckt. Man möcht meinen, es gäbe da unten nur glückliche, nur reiche, nur zufriedene Leut. Aber eins sag ich dir: Die Welt von denen, die man so gut sehen kann, steht auf dem Schutthaufen von denen, die's zerbröselt hat. Nimm den Ronny zum Beispiel, dem's als Lehrling so schlecht ergangen ist und der aus Rache später immer wieder vor die Konditorei Dillinger am Hauptplatz geschissen hat. Niemand hat wissen wollen, warum er das gemacht hat. Es hat keinen interessiert. Stattdessen haben's ihn abgeholt und nach Hall transportiert, ins Narrenhaus. Nur weg wollten's ihn haben, den Perversling, damit er ja nimmer auf den Hauptplatz kackt. *Könnten ja die Touristen sehen.* Oder die Ruth, die *Bergerhex?* Das war schon immer ihr Name, nur weil sie rote Haar, keinen Mann und keine Kinder gehabt hat. Weil sie gern allein im Wald war und hinterm Haus ihre Urschreiseminare veranstaltet hat. Erst haben's sie für verrückt erklärt und dann enteignet. Die ist jetzt auch dort. Die kann jetzt im Narrenhäusl mit dem Ronny Mensch ärgere dich nicht spielen. Die werden wir nimmer lebend sehen. Dabei hat die Ruth nie irgendwem was Böses getan. Schau, der Neubau mit dem Schrägdach da unten, wo früher ihr Haus gestanden ist, da kommt im Oktober ein Küchenstudio rein.«

Betreten schaute Marie ins Tal hinunter. Sie erinnerte sich gut an die *Bergerhex*, eine Frau mit einem Gesicht wie eine Squaw. *Erzähl mir was von der Bergerhex,* hatte sie als Kind oft gebettelt, und Tante Hella hatte sich daraufhin haarsträubende Geschichten ausgedacht. Wie die Bergerhex das Wetter machte. Wie sie den Frühling herbeigezaubert, das Dorffest mit einem Platzregen beendet und einmal sogar den Osterhasen entführt hatte. Marie hatte diese Geschichten geliebt … Das Rieseln in ihrem Rücken wurde lauter. Sie spürte, wie ihr Körper darauf reagierte. Wie auch in ihrem Inneren etwas einstürzte, etwas zerfiel. Sie hätte nicht sagen können, was.

»Eins frag ich mich schon die ganze Zeit …«, hörte sie die Butz neben sich sagen. Sie hatte den Kopf in den Nacken gelegt und schaute Marie mit plötzlichem Interesse an. »Wo stehst du in dem Spiel? Bleibst du obenauf? Oder bist du eine von uns? Ich frag mich, ob's dich auch zerbröseln wird.«

Marie schluckte. Die Flanken des Wilden Kaisers lagen im Nachmittagslicht. Onkel Franz hatte oft ein Fernglas mitgenommen, wenn sie hier oben nach Holztrümmern gesucht hatten. Oft hatte er minutenlang die Felsen abgesucht und, wenn er eine Herde Steinböcke oder Gämsen gesichtet hatte, Marie sein riesiges Spektiv in die Hände gedrückt, um ihr seinen Fund zu zeigen. Sie hatte Mühe gehabt, dieses klobige Ding in ihren Händen zu halten, auch als Teenager noch. Mit bloßem Auge war oft nicht zu erkennen, was auf dem blanken Felsen los war. Gämsen, Murmeltiere,

Hirsche. Ohne Fernglas sah man nur das Grau des Steins und die Schneeflecken unterm Ellmauer Halt, die auch der wärmste Sommer nicht zu schmelzen vermochte.

»Ich hab mir lang gedacht«, fing die Butz neben ihr wieder an, »ihr könnt's mich nicht verjagen. Ich zerbrösel euch nicht. Ich hab meine Krallen so tief in der Erden, mich kriegt's ihr da nicht weg. Und jetzt schau, was passiert ist. Der Hof ist weg. Die Esel sind alt. Es kommen keine neuen nach. Und der Schurli und ich hocken in Wiener Neustadt im Neubaugebiet. Weil ich keine Kinder hab, wird's bald so sein, als hätt's uns hier in der Gegend gar nie gegeben ...«

Als hätt's uns gar nie gegeben, hallte es in Marie nach.

»Wenn die Berge in Bewegung wären, das wär was anderes«, sagte die Butz wieder. »Wenn die ausbrechen würden wie der Vesuv. Wenn das alles Vulkane wären, die Feuer spucken und immer mal wieder alles umschmeißen. Das ganze verfickte Spielbrett. Das wär's!«

»Aber Vulkanausbrüche kosten Menschenleben«, sagte Marie.

Die Butz winkte ab.

»Mir tät's schon reichen, wenn nicht immer dieselben Leute obenauf wären. Wenn das alles ein bisserl beweglicher wär. Wenn sich mehr ändern würd.«

»Du hast doch selber gesagt vorhin, dass sich hier Sachen verändern.«

»Ja, aber die falschen! ... Was nützt's mir denn, dass sie jetzt überall im Tal Glasfaserkabel verlegen und super Internet, wenn ich mir mein Häusel nimmer leisten kann? Solche Veränderungen will ich nicht. Genauso wenig will ich, dass es einmal knallt, und dann gibt's eine blutige Sauerei.

Pech haben ist schon okay, aber immer und immer wieder? Ein bisserl Bewegung müsst da rein, damit auch mal andere am Drücker sind, nicht immer nur die, die eh dauernd ihr Maul aufreißen.«

Plötzlich war es so still, als hätte jemand die Pause-Taste gedrückt. Vom Tal drang nichts zu ihnen herauf. Und selbst das Rieseln in Maries Rücken schien unterbrochen. Dann krachte es. Ein Schwall aus Staub und Kieseln ging neben der Butz nieder. Sie stieß einen Schrei aus, machte einen Satz auf den Waldsaum zu und ging hinter einer hohen Fichte in Deckung.

»Scheiße!«, brüllte sie. »Da kommen ja riesige Brocken herunter!«

»Leise«, zischte Marie, »sonst kommt gleich noch mehr nach!«

Sie machte ein paar vorsichtige Schritte in Richtung der Butz. Als Ruhe eingekehrt war, richtete die Butz sich auf, wog den faustgroßen Stein in ihrer Hand und sagte mit belegter Stimme: »Ich hab mein Souvenir. Ich dreh um.«

Wieder krachte es. Kleinere Gesteinsbrocken sausten herab. Ein Schwall Sand ging auf Marie nieder. Sofort machte sie noch einen Satz in Richtung Butz und ging neben ihr in die Knie. Kreidebleich verharrten die Frauen, bis sich das Gestein beruhigt hatte. Dann traten sie den Rückzug an.

Beim Abstieg klammerte sich Marie an die zottigen Stämme. Wie duldsame Tiere ließen sich die Bäume diese verkrampften Umarmungen gefallen. Nun war die Butz im Vorteil. Alles in ihrem schweren Körper strebte in Richtung Tal. Sie ließ die Schwerkraft arbeiten, hämmerte ihre Fersen in den dünnen Schuhen so fest in die Erde, dass der Waldboden bei jedem Schritt einige Zentimeter einbrach. Bald zeichnete sich zwischen den Stämmen das helle Band des Kiesweges ab. Der Körper der Butz fiel Schritt für Schritt nach unten. Kurz bevor sie den Weg erreicht hatte, schrie sie auf.

»Was ist?«, keuchte Marie.

»Verdammt, mein Knöchel!«

»Mach langsam. Wir treffen uns am Weg!«

Die Butz kämpfte sich vorwärts. Während sie den linken Fuß so sanft wie möglich aufsetzte, trieb sie die Ferse des rechten umso tiefer in die Erde. Bei jedem Schritt in dieser seltsamen Schonhaltung stöhnte sie. Als sie das kurze Stück zurückgelegt hatte und endlich auf dem Waldweg ankam, lehnte sie sich mit schmerzverzerrtem Gesicht an einen Baumstamm. Kurz darauf schloss Marie zu ihr auf.

»Das war ja ein netter Abstecher da rauf, aber jetzt … Houston, wir haben ein Problem.«

»Dein Fuß?«

»Mhm. Umgeknackst.«

Marie konnte zuschauen, wie der Knöchel der Butz über dem dreckigen Halbschuh anschwoll. »Du musst sofort aus dem Schuh raus«, entschied sie.

Die Butz seufzte noch einmal und ließ sich am Stamm entlang nach unten gleiten, bis ihr Hintern auf dem benadelten Waldboden aufsetzte. Vorsichtig zog sie erst den linken, dann den rechten Schuh aus. Marie setzte sich neben sie und betrachtete ihre Fessel, die immer weiter anschwoll. Die Butz versuchte ein Lächeln. Es war ihr anzusehen, dass sie Schmerzen hatte.

»Hinter dem nächsten Grat ist eine bewirtschaftete Alm. Die Himmelmooser Hütte? Kennst die? Da könnt ich schnell hingehen und nach Verbandszeug und Desinfektionsmittel fragen, okay?«

»Und ich soll hier warten? Allein?«, sagte die Butz. »Spinnst du? Ich komm mit!«

Marie schaute stirnrunzelnd auf den geschwollenen Knöchel. »Das schaffst du doch gar nicht mit dem verletzten Fuß.«

»Geh, sicher! Ich bleib doch nicht allein im Wald sitzen und lass mich von den Ameisen annagen, bis du irgendwann mit dem Verbandszeug auftauchst. Da humpel ich lieber gleich ins Tal hinunter«, sagte sie, biss die Zähne zusammen und schwang sich in die Höhe.

»Schau, es geht doch«, sagte sie und machte ein paar Schritte mit einem Gesicht, das etwas ganz anderes erzählte. »Überhaupt kein Problem.«

Marie warf ihr einen besorgten Blick zu.

»Sorry, dass ich dich da den Berg hochgescheucht hab.«

»Ich wollt ja selber da rauf. Und ich war oben. Das war gut. Und wie heißt's so schön? Was hoch geht, muss auch runter.«

SECHS

Die steinerne Terrasse der Himmelmooser Hütte, im Früh-
jahr und Herbst ein beliebtes Ausflugsziel, lag verwaist in
der Nachmittagssonne. Nur zwei leere Almdudlerflaschen
und ein halb leergegessenes Teller mit Pommes frites, um
dessen Ketchup-Klecks mehrere Fliegen kreisten, zeugten davon, dass überhaupt geöffnet war. Eine aufgezogene
Österreichfahne, die schon bessere Zeiten gesehen hatte,
flatterte im Wind. Die Ösen klimperten gegen den Fah-
nenmast wie Takelage. Marie verschwand fast unter der
mächtigen Gestalt der Butz, die sich auf sie stützte. Keuchend und schwitzend betraten sie den mit rötlichen Steinen ausgelegten Gastgarten. Der Himmel war blau bis auf
einige Wolkenschlieren, die darüber trieben wie Milch-
hautreste. Bei jedem Schritt durch das Spalier aus Bierbän-
ken und zugeklappten Sonnenschirmen stöhnte die Butz
leise auf. Endlich erreichten sie die Eichentür der Hütte,
deren Mauern ebenfalls aus dem Gestein der Umgebung
bestanden. Etwas Körperliches ging vom Gebäude aus, ein
grölendes Männerlachen zwängte sich durch die geschlos-

sene Tür. Marie, die schon die Hand an der Klinke hatte, zögerte.

»Kurz und schmerzlos, okay?«, presste die Butz zwischen den Zähnen hervor und nickte ihr zu. Marie nickte zurück, holte Luft und drückte die Tür auf. Eine Wolke aus Bierdunst, Frittierfett und Zigarettenrauch schlug ihnen entgegen. Doch es roch noch nach etwas anderem: Schafdung. Die Butz musste den Kopf einziehen, als sie, auf Marie gestützt, in den dunklen Raum humpelte. Durch Fenster, klein wie Schießscharten, fielen mehrere Vierecke Licht herein. Die einzige andere Beleuchtung bestand aus drei Spots, die über dem Tresen funzelten. Es dauerte, bis Marie die Umrisse im Raum erkennen konnte. Am Tresen, der mehr als die Hälfte des Gastraumes ausmachte, saß mit dem Rücken zu ihnen ein dicker Mann in einem fleckigen roten T-Shirt, den Kopf über sein Bierglas gebeugt. Das weiße lange Haar stand ihm in allen Richtungen vom Hinterkopf ab. Im hinteren Teil der Gaststube ließen sich die Köpfe einer Stammtischgesellschaft erahnen. Die drei Männer, die eben noch lauthals vor sich hin gefeixt hatten, waren verstummt, kaum dass die Tür hinter Marie und der Butz ins Schloss gefallen war.

»Warme Küche nur bis vierzehn Uhr!«, krähte eine Frauenstimme an Stelle einer Begrüßung aus einem Winkel der Hütte hervor. Die danach einsetzende Stille war unheimlich. Das Gleichgewicht im Inneren der Hütte schien gestört. Marie warf der Butz einen fragenden Blick zu. Aber da erkannte sie den Mann am Tresen, und ihre Gesichtszüge hellten sich auf. Sie stürzte zu ihm hin.

»Hey Jogg! Dass wir dich hier finden!«

Marie drückte dem Alten einen Schmatz auf die Wange.

Der ließ sich das mit überraschtem Uhublick gefallen, wischte sich mit dem Handrücken Bierschaum vom Mund und drehte den Kopf in ihre Richtung. Dann schob er die buschigen Brauen zusammen und betrachtete sie von Kopf bis Fuß, als studierte er eine Landkarte. Bei all dem lächelte er mit der Zugewandtheit eines Menschen, der den Großteil seiner Zeit allein ist.

»Das is ja ...! Das Scheringer Dirndl!«

»Servus, Jogg!«, sagte Marie und strahlte ihn an.

»Ja, was treibst du denn bei uns heroben? Bist du nicht in Wien?«

»Schon lang nimmer! Ich hab doch die Werkstatt übernommen. Grad waren wir im Wald unter der Roten Wand, Postamente suchen.«

Marie spürte den Rucksack mit den Holztrümmern schwer im Rücken. Sie streifte ihn ab, stellte ihn vor sich auf den Boden und bewegte die verspannten Schultern. Jogg schaute auf die hölzernen Prügel, die aus der verschnürten Öffnung ragten.

»Welches Viech soll denn auf die Zahnstocher da passen?«

»Ein Chihuahua.«

Joggs Brauen hoben sich wie Unterröcke.

»Ein Chihuahua? Solche überzüchteten Ratzerl werden hier heroben nit alt«, sagte er und lachte so polternd, als fielen in seinem Inneren die Kegel um. Anschließend verfinsterte sich sein Gesicht. Einen Moment lang starrte er wie ausgeknipst vor sich hin, lange genug für Marie, um wahrzunehmen, dass Jogg es war, von dem der Schafgestank ausging, eine süßlich faulige Note, die sie nun miteinander verband. »Sag einmal, Marie, hat denn der Franz jetzt einen

165

besseren Jäger gefunden als mich, dass er sich gar nimmer mit Aufträgen meldet?«

»Der Onkel Franz ist doch vor fünf Jahren gestorben!«

Joggs glasige Augen weiteten sich. »Was? Der alte Scheringer ist tot?«

»Das hast du mir damals doch selber erzählt, du Hirsch! Hast dein Hirn echt im Schnaps ersäuft«, mischte sich die Frau hinterm Tresen ein, während sie mit dem Rücken zu den Gästen ein Tablett voll gewaschener Biergläser auf ein Regalbrett räumte. Sie warf einen Blick über die Schulter in Maries Richtung. »Dem brauchst heut nimmer zuhören! Der Jogg sitzt schon seit dem Aufsperren bei mir in der Hütte und pippelt.«

Ihr blondierter Schopf wippte im Takt einer imaginären Musik. Als sie den Inhalt des Tabletts vollständig eingeräumt hatte, drehte sie sich zu ihren Gästen.

»Was darf's denn sein?«, wandte sie sich mit schnarrender Stimme über Maries Kopf hinweg an die Butz.

Die lächelte sie an und sagte: »Wir bestellen gleich was, aber vorher hätt ich eine Bitte. Ich bin mit meinem Fuß umgeknackst ...«

»Erst einmal einen Schnaps auf den alten Franz!«, redete Jogg dazwischen und schickte hinterher: »Logisch ist der längst unter der Erden! I hab mir fürs Begräbnis damals doch extra a schwarze Krawatten gekauft beim Herrenausstatter! Mein Beileid noch einmal!«

»Is schon gut«, sagte Marie.

»Jogg«, drohte die Barfrau und hob ihren knochigen Zeigefinger, an dessen Spitze eine dunkelrot lackierte Kralle saß, »bei dir ist für heute Schluss! Du schaust schon die längste Zeit nimmer gradeaus.«

»Wenn du des sagst, Elfi.« Jogg drehte sich zu Marie, die wieder neben der Butz stand, und deutete mit seinem gefurchten Daumen hinter den Tresen: »Die Elfi, die hat immer recht. Die schaut auf mi! Also, eine Runde noch für die kleine Scheringer. Und.« Er stutzte. »Was ist jetzt des für eine? Die lange Latten da? Du schaust aus, als würdest am liebsten gleich meinen Fahrschein kontrollieren.«

Er prustete wieder los, doch die Butz blieb ungerührt. »Ich bin die Ursula Meyer, die Tochter vom Esel-Meyer«, und streckte ihm ihre große Hand entgegen. Jogg fuhr seine ledrige Pranke aus und drückte beherzt zu. Dann zwickte er die Augen zusammen und sagte fröhlich: »Der Esel-Meyer ist ein feiner Kerl. Aber bitte richt ihm aus, er schuldet mir noch drei Sack Futtermittel!«

Die Butz erwiderte: »Mein Vater ist genauso tot wie der Onkel von der Marie. Und die Sippenhaftung ist auch längst abgeschafft.«

»Recht hast, Esel-Meyerin«, tönte der Jogg. »Mein Beileid!«

Die Butz nickte nur.

»Seine Eltern sucht sich keiner aus«, fing Jogg wieder an. »Mein Vater hat mich sein Lebtag lang blamiert. Und wenn er heut noch leben würd, tät er über mich bestimmt das Gleiche sagen.«

Eine neuerliche Lachkaskade brach aus seinem Mund. Als Elfi die Schnapsstamperl geräuschvoll auf den Tresen stellte, verstummte er. Erst jetzt, da sie in den Lichtkegel der kleinen Hängeleuchte getreten war, sah Marie am faltigen Hals und dem mit Make-up verspachtelten Gesicht, dass die Barfrau fast so alt sein musste wie Jogg. Auf seltsame Weise verkörperte sie eine Symbiose aus Tiroler Folklore und mondäner Kellerbar-Atmosphäre. Ihre Schminke entsprach einem langen Sommer auf der Alm. Doch zum Dirndl, das ihre Oberweite hervorquellen ließ wie einen aufgegangenen Germteig, trug sie zum Halbkreis gezupfte, schwarz nachgezogene Brauen, die ihr das verdutzte Aussehen einer in die Jahre gekommenen Existentialistin verliehen. Marie griff nach dem Stamperl und wollte der Butz zuprosten, doch die hatte ihr Glas zu Jogg weitergeschoben. Der griff zu und sagte: »Auf die Kinder meiner Freunde und die Kinder meiner Feinde! Auf dass ihr mich alle glücklich überlebt!«

Dann schüttete er sich den Schnaps in den Rachen. Marie setzte ebenfalls ihr Glas an die Lippen, trank es in einem Zug aus und verzog das Gesicht.

»Was wolltest du vorhin sagen, junge Dame?«, sagte Elfi in Richtung der Butz.

»Ich hab mir den Knöchel verknackst. Hast du vielleicht was da zum Desinfizieren? Und Verbandszeug?«

»Da finden wir bestimmt was, das haben wir gleich!«, sagte Elfi, bemüht, die Rauheit in ihrer Stimme mit einem zuckrigen Klang zu überdecken. Klein und drahtig kam sie hinterm Tresen hervor und dirigierte die Butz zum nächstgelegenen Tisch.

»Zeig einmal her«, sagte sie und wies ihr einen Sessel zu. Sie selbst ließ sich auf den Stuhl daneben fallen. Die Butz legte den verletzten Fuß auf der Sitzfläche eines zweiten Stuhls ab. Elfi beugte sich darüber, begutachtete die Beule und verfiel in ein flüsterndes Selbstgespräch. Dann wandte sie sich an Marie: »Geh, hol mir bitte das Verbandszeug aus dem Kasterl im Gästeklo, ja? Meine Haxen wollen heut auch nimmer. I steh seit zehn hinter der Budel.«

Marie nickte und ging am Tresen vorbei in Richtung der Toiletten, die sich am hinteren Ende des Gastraums befanden.

»Ja, servus! Wenn das nicht unsere Bloody Mary ist!«, rief ihr eine der Gestalten vom Stammtisch zu. Die beißende Stimme kam Marie bekannt vor. Marie nickte dem Mann im neongelben Sportdress zu und beeilte sich weiterzukommen. Baldur war berüchtigt für seine Zunge, die spitzer war als das Kitzbühler Horn. Jahrelang hatte Marie unter dem Spott gelitten, mit dem er jedes Kind überzogen hatte, das lieber Bücher gelesen hatte als auf dem Sportplatz zu schwitzen. Er war Sportlehrer am Gymnasium gewesen und hatte einen eigenen Lauf-Verein gegründet, aus dem mehrere überregionale Talente hervorgegangen waren. Immer wieder war er auch in der Hauptschule, der Handels- und der Tourismusschule auf der Talentsuche für seinen Verein gegangen. *Der Baldur kommt,* war ein Satz, der über Jahrzehnte die Kinder im Dorf in Panik versetzte. Anfang des neuen Jahrtausends wurde Baldur pensioniert, dann starb seine Frau. Seither radelte er, noch immer drahtig und schlank, fast jeden Tag den Berg hinauf, vorgeblich zur sportlichen Ertüchtigung. In Wahrheit aber spukte er in grellbunten Trikots über die Gasthöfe, wo er sich mit Hingabe betrank und im Suff Leute anstänkerte.

Marie öffnete den Medizinschrank in der Toilette, nahm den Verbandskasten heraus, Wundspray und eine Rolle Leukoplast. Zurück im Gastraum, hastete sie an der Stammtischrunde vorbei, die jede ihrer Bewegungen aufmerksam verfolgte, und auf die Butz zu. Elfi hatte eine rote Plastikschüssel mit Wasser auf den Knien, einen Waschlappen in der Hand und reinigte den verletzten Fuß. Mit einem

Nicken nahm sie das Verbandszeug in Empfang, desinfizierte die Wunde und bandagierte den Knöchel. Marie setzte sich neben Jogg an den Tresen, drehte sich auf dem Barhocker um und schaute ihr zu.

»Wahnsinn, Elfi. Du bist ein echter Profi«, sagte Jogg.

»Gelernt is gelernt! I war ja mal Krankenschwester. Ist aber schon ein halbes Leben her«, sagte Elfi, ohne aufzublicken. »So kleine Füße bei einem so großen Weibsbild, das ist selten. Das müssen Achtunddreißiger sein, wenn überhaupt?«

Die Butz nickte nur gequält. Als Elfie mit dem Verbinden fertig war, bedankte sie sich, stand auf und machte ein paar vorsichtige Schritte durch den Gastraum. Dann humpelte sie auf den Tresen zu, wo sie sich auf den Hocker neben Marie fallen ließ.

»Wenn'st noch eine von denen nimmst, tut dir der Abstieg gleich weniger weh«, sagte Elfi und warf zwei Bierdeckel vor sie auf den Tresen. Auf den ersten stellte sie ein Glas Leitungswasser. Auf den zweiten drückte sie eine dicke, längliche Schmerztablette. »Mit dem Kaventsmann da kann man Pferde einschläfern, aber für dich ist das jetzt bestimmt genau das Richtige.«

»Danke!«, sagte die Butz, griff nach der Pille, schluckte sie und trank das Wasser in einem Zug leer.

»Du, Jogg, ich muss dir was beichten«, sagte Marie in Richtung des Alten. Der machte wieder sein verschmitztes Uhu-Gesicht.

»Und was könnt das sein?«

»Eigentlich wollt ich der Butz nur zeigen, wo du wohnst.«

»Is schön bei mir, gell? Besonders jetzt, am Nachmittag«, sagte er nicht ohne Stolz.

»Absolut«, schoss es aus der Butz.

»Leider ist es irgendwann komplett durcheinander gegangen bei uns«, fing Marie wieder an.

»Habt's in meinem Federbett randaliert?« Jogg zog eine Braue hoch und schaute grinsend zwischen den Frauen hin und her.

»Eher davor. Zwei von deinen Säcken sind gerissen.«

»Ach, wenn's weiter nix is! Du bist immer willkommen bei mir. Und auch gern in Begleitung anderer schöner Frauen!«, sagte Jogg und zwinkerte der Butz zu.

»Eine Runde noch, Elfi! Auf die schönen Frauen, die Gazellen und die Braunbären!«

»Ja, kannst denn du überhaupt noch gradeaus schauen?« Elfi schaute ihn fragend an.

»Ja freilich! Ich war doch schon Alkoholiker, da bist du noch mit den Mücken geflogen. Und heut hab ich doch grad erst meinen Spiegel erreicht.«

»Na gut, eine letzte Runde noch! In einer halben Stund mach i eh Feierabend, dann gehst du heim, gell? Nit, dass du die Anna bis zur Sperrstunde nervst und im Finstern nimmer heim findest!«

»Klar geh ich heim! Bin ja auch neugierig, was die zwei Schönheiten bei mir angestellt haben ...«

Elfi hievte eine neue Schnapsflasche auf den Tresen, schraubte den Verschluss auf und füllte die Gläschen.

»Wir müssten ja auch gleich weiter«, sagte Marie, hob ihr Glas, prostete Jogg und der Butz zu und trank. Der Alkohol brannte in ihrer Kehle und rötete ihre Wangen. Schon jetzt, nach nur zwei Gläsern, war ihr schummrig.

»Warum trinkst du denn nicht?«, fragte sie, als sie sah, dass die Butz ihren Schnaps nicht anrührte.

»Weil ich nicht mag«, knurrte die Butz.

»Die Getränke gehen auf mich, Scheringer-Dirndl«, sagte Jogg schnell. Marie bedankte sich und warf der Butz einen überraschten Blick zu. Die aber starrte nur geradeaus. Elfi schrieb etwas auf ihren Kellnerinnenblock, dann wanderte ihre Aufmerksamkeit in den hinteren Bereich des Raums.

»Mander, i will kassieren! Gleich is Schichtwechsel. I lass ungern offene Rechnungen über«, erklang ihre Stimme. Statt einer Antwort war Ächzen, Stühlerücken und allgemeines Geraschel im hinteren Bereich der Gaststube zu hören. Die Gestalt im neongelben Trikot löste sich als erste, stand auf und stakste auf braungebrannten, in Radlerhosen steckenden Beinen Richtung Tresen. Als Baldur die Butz dort stehen sah, entfuhr ihm ein freudiger Pfiff.

»Ja, da schau her! Wen haben wir denn da?«

Die Butz seufzte und wandte sich widerwillig der Gestalt in ihrem Rücken zu.

»Ursula, die Eseltochter, gell?«

Die Butz lächelte gequält.

»Du warst schulisch ja keine Granate – Hauptschule, dritter Leistungszug, was willst machen –, aber an deine Sprintzeiten erinner ich mich bis heute!« Baldur drehte sich in Richtung seiner Saufkumpane und rief: »Hundert Meter in elf Sekunden ist diese Walküre da gelaufen. Mit ihren winzigen Füßen. Die Ursula ist einem jeden davongerannt, Männlein, Weiblein. Allen.«

Marie bemerkte Baldurs muskulöse Waden, die er allem Anschein nach rasiert hatte. Die einzelnen Muskelpartien zeichneten sich so stark darunter ab, dass es aussah, als säßen dort, unterhalb der Kniekehlen, zwei Münder, die debil lächelten.

»Wie lang ist's her, Mädels?«, fragte Baldur, ging zur Butz und legte ihr seine sonnengebräunte Hand auf die Schulter.

»Längst nicht lang genug.« Sie schob die Hand zur Seite.

Baldurs Blick wanderte von Marie zur Butz und wieder zurück.

»Na, da haben sich aber zwei gefunden! Die eine stark wie ein Ochs, die andere eine Gescheitheit! Stan Laurel und Oliver Hardy in alpiner Kulisse!« Ein lautes, hämisches Lachen folgte. »Was machst du denn jetzt eigentlich, Ursula? Wir haben uns ja nimmer gesehen, seit du deine Lehre angefangen hast im *Eggenhof*. Da bist aber nimmer, gell?«, sagte er mit schwerer Zunge und musterte ihre Kleidung. »Ahh ... Bei der ÖBB bist? Der rote Haufen! Als Schaffnerin oder wie?«

»Nicht direkt«, erwiderte die Butz.

Doch Baldur hörte nicht zu. »Du bist doch die geborene Schaffnerin«, tönte er. »So ein Mordsweib bringt das Blut der Fahrgäste in Wallung. Freundlich, das schon. Aber wehe, einer hat keinen Fahrschein. Dann schwingt die Ursula ihre Peitsche! Dann spielt's bei diesem Teufelsweib Granada! Ach, Ursula. Du warst immer schon eine richtige Amazone.«

Jede Zelle im Körper der Butz versteifte sich. Baldur bemerkte davon nichts. Gönnerhaft fuhr er sich durchs zurückgegelte Haar. Und wie zu sich selbst, fügte er hinzu: »Nicht schlecht, Herr Specht. Erst die hundert Meter in elf Sekunden, und jetzt spielt sie bei der ÖBB ihre Reize aus. Da werden sich die männlichen Kollegen freuen, gell?«

Er drehte sich halb zum Gehen und zischte in Maries Richtung: »So viel Glück haben längst nicht alle schönen Frauen. Manche haben auch einfach für nix ein Händchen.

Es heißt ja: Augen auf bei der Berufswahl. Und genauso bei der Partnerwahl. Aber manche sind einfach blind. Unser Mariedl zum Beispiel, die *Bloody Mary*, hat da ja komplett aufs falsche Pferd gesetzt.«

Marie, die noch den Schnaps auf der Zunge spürte, zuckte zusammen. Die unangenehme Spannung im Raum verstärkte sich. Baldur warf ihr über seine manikürten Fingernägel einen verächtlichen Blick zu. Dann fuhr er, an die Butz gewandt, fort: »Ich hab ihn ja echt gern gehabt den Youni. Und wie ich ihn mit der Marie beim Wandern gesehen hab, hab ich mich wirklich gefreut für die zwei Turteltäubchen.«

Er drehte sich zu Elfi: »Die Rechnung bitte, bist ein Schatz! Und schenkst mir und den jungen Leuten noch ein Schnapserl aus? Man trifft ja wirklich nit jeden Tag auf seine beste Sprinterin aus der Schulzeit. War vielleicht nicht die Gescheiteste, unsere Ursel, aber die Schnellste, immerhin. Du bist damals wirklich einem jeden davongerannt ...«

»Meinen Schnaps kriegt der Jogg«, sagte die Butz. Ihre Stimme duldete keinen Widerspruch. Elfi seufzte, stellte das Glas aber wortlos vor Jogg auf den Tresen. Sie füllte Maries Glas und schenkte auch Baldur ein. Während der in seiner Geldbörse nach Kleingeld kramte, sagte er leichthin in Maries Richtung: »So eine tolle, kluge Frau wie dich findet beileibe nicht jeder. Aber dass das mal ein böses Ende nehmen würd mit dem Youni, hat sich leider angekündigt.«

»Was hat sich angekündigt?«, fragte Marie.

Baldur schüttelte sein Kleingeld in die rechte Hand, legte es neben einen Geldschein auf den Tresen. »Na ja, er ist halt ein Giftler gewesen, dein Liebster. Und es geht immer übel aus, wenn einer glaubt, dass er im Leben ohne ehrliche Ar-

174

beit weiterkommt. Das rächt sich. Manchmal dauert's ein paar Jahr länger, aber es rächt sich. Hat man ja gesehen beim Youni.«

Maries Miene verfinsterte sich. Als sie nichts erwiderte, fuhr Baldur fröhlich fort: »Der Youni ist ein lieber Bursch gewesen, ein ganz lieber. Ein Sonnenschein richtiggehend. Aber das Rauschgift hat noch einen jeden aufgefressen, der sich drauf einlassen hat. Und jetzt prost.«

Er hob sein Glas und trank es in einem Zug leer. Jogg nickte ihm mit betretener Miene zu und hob ebenfalls sein Glas: »Mein Beileid«, sagte er zum dritten Mal an diesem Tag und trank den Schnaps. Dann schaute er die Butz mitleidig an. »Ich hab gar nit gewusst, dass du mit dem Burschen, na ja, du weißt schon ... In Verbindung gestanden bist.«

»Dass du nix von dem mitkriegst, was bei uns im Dorf passiert, Einsiedler, wundert mich nicht«, bellte Baldur in Joggs Richtung. Er schüttelte den Kopf, dann zeigte er mit dem Zeigefinger auf Marie und sagte: »Nur zur Info: Sie da ist unsere leidende Antigone. Sie ist verbandelt gewesen mit ihm.«

Marie, die gerade den Schnaps in sich hineingestürzt hatte, schnappte nach Luft. Doch der Alkohol war ihr schon so in den Kopf geschossen, dass es ihr bei diesen Ungeheuerlichkeiten die Sprache verschlug. Baldur fuhr ungerührt fort: »Wir haben alle nur das Beste wollen für den Youni, damals. Ich hab versucht, ihn für den Leistungssport zu begeistern. Aber ihr wisst's ja selber, dass es bei ihm außer dem Snowboarden keine Bewegung gegeben hat im Leben. Ich wollt, dass er eine Lehre macht. Im *Gasthof Müller* am Hauptplatz hätten's einen Lehrbuben gesucht damals. Oder draußen beim Fipsi in der Tankstelle. Aber das wollt der

Youni alles nicht. Er wollt mehr sein. Ein feiner Maxi wollt er sein. Einer, der im Stadel die Nächte durchfeiert und auch noch bezahlt wird dafür. So was geht auf Dauer nicht gut.«

In Marie brandete die Wut hoch. Ja, sie wusste wenig über Younis Geschäfte, doch eine Sache hatte sie oft genug mitbekommen: seine vergeblichen Versuche, ein normales Leben zu führen. Gesprächsfetzen schwirrten ihr durch den Kopf, Dinge, die er ihr von früher erzählt hatte. Marie suchte nach Worten, als eine weitere Gestalt an den Tresen trat. Pichler, der Bestatter, dem der Alkohol die eingefallenen Wangen gerötet hatte. Zum beigen Polo-Hemd trug er eine gleichfarbige Wandershorts, die seine bleichen dürren Knie enthüllte. Ein Mann in den Farben seines Mageninhalts. Pichlers ernstes Gesicht hätte schön sein können, wäre da nicht seine *deformation professionelle* gewesen, die schein-heilige Larve, die er so lange aufgesetzt hatte, bis sie sich ihm ins Gesicht gefräst hatte. Marie räusperte sich. Als sie endlich zu sprechen begann, klang ihre Stimme vor Ärger und unterdrückter Wut gepresst: »Der Youni wollte kein *feiner Maxi* sein. Er wollte ein gescheites Gehalt haben für ge-scheite Arbeit. Nach seinem Abgang vom Gymnasium wär er gern auf die Tourismusschule gegangen, aber Sie haben das damals verhindert, oder bin ich da falsch informiert?«

Baldur verzog überrascht das Gesicht.

»Verhindert? Ich? Ja, ganz im Gegenteil! Ich hab den Bu-ben doch überall empfohlen, wo ich einen Platz für ihn ge-sehen hab! Beim Metzger. In der Tankstelle. Oder eben im *Gasthof Müller*. Aber wo er damals zu mir 'kommen ist, weil er sich an der Tourismusschule einschreiben wollt, da hab ich ihm schon sagen müssen, was damals halt wirklich noch so gewesen ist: Dass keins von den Nobelhotels bei uns in der Region einen Sommelier brauchen können hat, der so einen eindeutig orientalischen Namen hat.«

Marie schaute zur Butz hinüber, auf deren Arm sich eine Gänsehaut breitgemacht hatte. Ihr ganzer Körper war angespannt. Marie berührte ihre Schulter, eine hilflose Geste. Die Butz reagierte nicht. Stattdessen atmete sie mehrmals tief ein und aus, entzog sich Maries Berührung, drehte sich zu Baldur und bellte: »Was glauben denn Sie, was da explodiert ist, in Youni seiner Wohnung?«

Ihre Hände unterm Tresen waren zu Fäusten geballt.

»Da fragst mich was, Mädel«, entgegnete Baldur.

»Wer sich gegen Gott versündigt, wird selbst gerichtet werden«, unterbrach ihn Pichler, der plötzlich neben ihm stand, mit heiserer Stimme, ehe er seine Brieftasche auf den Tresen knallte. Da klingelte sein Handy. Pichler zog es aus der Halterung am Hosenbund, klappte es auf, wisperte drei, vier Sätze hinein, so leise, dass kaum zu verstehen war, was er sagte. Dann legte er auf und wandte sich an Elfi: »Auch für mich die Rechnung, bitte. Und gern einen letzten Pfiff. Die Frau hat mich grad erinnert, dass ich beim Metzger das Fleisch für's Abendessen holen wollt.«

»Die Frau vom Pichler ist echt nicht zu beneiden. Die schickt ihn am Vormittag zum Einkaufen, und einen halben Tag später trägt er nicht nur das Fleisch heim, sondern auch einen gehörigen Rausch«, dröhnte die Stimme des dritten Mannes vom Stammtisch her, der sich nun ebenfalls zum Tresen aufmachte. Ein Gelächter erhob sich, in das alle Anwesenden einstimmten, bis auf Marie und die Butz, die stocksteif auf ihren Hockern saßen. Nun trat auch der Dritte an den Tresen, ein dicker Mann, der als einziger in der Runde feiner gekleidet war. Auch er trug ein Polohemd, allerdings hatte seines das Emblem eines Polospielers eingestickt. Dazu eine Hose aus Tweed und nagelneue Wanderstiefel. Er rümpfte die Nase, als er an Jogg vorbeikam, machte einen Schritt von ihm weg und zückte eine Geldklammer, in der sich ein Bündel Hunderter zusammendrängte. Mit strenger Miene blickte er in Elfis Richtung, die sofort mit Block und Stift und ihrer riesigen Kellnerinnen-Geldtasche gewappnet auf ihn zukam.

»Herr Magister Beyler. Sie haben's sicher eilig! Wie immer, gell. Schauen's, da ist schon die Rechnung!«

»Nach dem Knall, mit dem der Bursch den Abgang g'macht hat«, fing Baldur wieder an, »hat's natürlich unterschiedliche Theorien gegeben. Aber ich bin mir relativ sicher, dass er ...«

»Selbstmord«, unterbrach ihn Beyler mit selbstgefälligem Grinsen. »Solche Problemkinder lösen ihr Drama doch fast immer selbst.«

»Geh, Armin!«, fuhr Baldur dazwischen. »Woher willst du denn das wissen? Von da, wo du hockst, siehst du uns einfache Leut doch gar nicht. Außerdem bist du nicht einmal ein richtiger Einheimischer.«

»So weit weg ist Reith im Winkl jetzt auch wieder nicht.«

»Reith im Winkl, Reith im Winkl, *Reith im Winkl*«, äffte Baldur. »Das mögen zwanzig Kilometer Luftlinie sein, Armin. Aber da drinnen«, er schlug sich mit ernster Miene aufs Herz, »da drinnen trennen uns Welten! Du bist unser Volksvertreter, aber wenn wir da heroben zusammenhocken, hat deine Stimme nicht mehr Gewicht wie meine oder die vom Berti.«

Er zeigte auf Pichler, der bedächtig nickte. Dann wandte er sich an die beiden Frauen und zeigte auf Beyler: »Überall springen die Leut auf, wenn der Magister Beyler sich dazusetzt, unser Herr Oberpolitiker. Dabei ist er bei aller Gescheitheit im Grunde ein Flachlandtiroler.«

»Blödsinn«, fuhr Beyler dazwischen, bemüht, Dialekt zu sprechen, »i bin nit nur bei der Volkspartei. I bin auch ein Mann aus dem Volk. I kümmer mi um die kleinen Leut.«

Erst jetzt erkannte Marie in Beyler jenen Politiker, der immer wieder von der Titelseite der Zeitung lachte, die Tante Hella jeden Morgen las. »Aber wenn einer sich überhaupt an gar nix halten will, Ausländer hin oder her, dann hab ich dafür wenig Verständnis.«

»Eine traurige Geschicht ...«, mischte sich Pichler wieder ein. Er schaute bedächtig auf seine langen Hände und fügte verschwörerisch hinzu: »Mir hat's der Bischof persönlich erzählt. Es soll anonyme Anrufe 'geben haben, gegen die Kirche. Kurz vorher. Ja, leider. Der Teufel schläft nicht.«

Er machte eine Pause und schüttelte bedächtig den Kopf, ehe er fortfuhr: »Irgend so eine widerliche Gestalt muss unserem Youni Übles eingeflüstert haben. Und der Bursch, den wir damals - und das wirklich von Herzen gern - in unserer Mitte aufgenommen haben wie einen Sohn, der hat sich leider verführen lassen. Im Namen seines Glaubens.«

»*Seines Glaubens?*«

Die Butz lachte verzweifelt auf. »Sie glauben doch nicht im Ernst, der Youni hätt einen Anschlag auf die Kirche geplant?«

Der Bestatter faltete die bleichen Hände über der Geldbörse zusammen und nickte traurig: »Ich hab ihn ja nur flüchtig gekannt. Er hat einen guten Kern gehabt, das auf jeden Fall. Einmal hat er sich sogar bei mir vorgestellt, als

Leichenwäscher, aber dafür war er leider ungeeignet. Dass ich den nicht hab nehmen können, versteht sich von selber. Meine Kunden würden nicht wollen, dass ein Moslem sie heimführt in Gottes Reich. Ich hab mich für die Bewerbung bedankt, aber einstellen hab ich ihn beim besten Willen nicht können.«

Das war erst ein halbes Jahr her. Marie erinnerte sich an den Abend, als Youni ihr von seiner Bewerbung erzählt hatte. Und davon, dass das Einstellungsgespräch sofort beendet gewesen war, als er dem Bestatter gesagt hatte, dass er an gar keinen Gott glaube.

»Blödsinn«, sagte sie in Richtung Pichler. Doch dann schwankte es vor ihren Augen so gefährlich, dass sie verstummte.

»Genau! Ein Blödsinn!«, fuhr Baldur dazwischen.

»Der Bursch ist definitiv verführt worden! Aber doch nicht von einem Hassprediger. Ein knallharter Atheist war das! Nein, das Fernsehen hat den Burschen versaut! Der hat doch nix anderes gemacht den ganzen Tag! Nicht einmal Rad fahren ist er gegangen! Oder wandern! Nur Fernsehen. Fernsehen, Fernsehen, den ganzen Tag. Und da gibt's doch – das hat mir die Tochter erzählt – so eine Serie, wo ein Chemieprofessor statt zum arbeiten in seiner Küche Drogen zusammenpanscht. Die hat der Youni gesehen, ganz bestimmt. Dafür leg ich die Hand ins Feuer! Und was sieht man in der Serie? Dass man ohne Aufwand Geld verdienen kann. Man muss nur ein paar christliche Werte über den Jordan schicken. Weiter nix! Und wenn man schon gleich gar keine christlichen Werte hat? Na, dann geht's mit dem Überbordhauen noch viel schneller. Ihr wisst's ja gar nicht, was solche Pulverl wert sind!«

»Woher soll ein Schulabbrecher wie der Youni gewusst haben, wie man Drogen herstellt?«, fuhr Pichler ungläubig dazwischen.

»Du. Im Internet findest du Anleitungen. Für alles! Im *Darknet*!«

Baldurs Augen weiteten sich, als er das Wort aussprach. Eifrig fuhr er an Marie gewandt fort: »Und der Youni, das weißt du am allerbesten, der war wirklich blitzgescheit. In Mathe und Chemie ist er immer gut gewesen, sehr gut sogar. Unter uns«, fügte er mit gedämpfter Stimme hinzu, »ich hab ihn kurz vor dem Knall im Baumarkt gesehen. Da hat er ganz seltsames Zeug im Einkaufswagerl gehabt. Einen Sack Kunstdünger, mehrere Cutter-Messer und einen Feuerlöscher! Wozu, frag ich euch, braucht ein arbeitsloser Mann, der zur Miete wohnt, bittschön ein Sackerl Kunstdünger? Und was soll das mit dem Feuerlöscher? Ich will ja nix Falsches herumerzählen, aber wo ich ihm da begegnet bin, da hab ich sofort gewusst, der Typ, der führt was im Schilde. Da sind bei mir sämtliche Alarmglocken losgegangen.«

Der Butz riss der Geduldsfaden. Sie rückte ganz nah an Baldur heran, den sie um einige Zentimeter überragte und sagte: »Nix Falsches herumerzählen willst, und dann verbreitest solche Geschichten?«

»Halt, junge Dame! Seit wann sind wir per Du?«

»Du bist doch die ganze Zeit schon per Du mit mir. Und wenn ich was zurück sag, soll ich höflich sein! Pass ja auf ... Ich bin nit nur schnell, ich kann auch zuhauen, wenn's sein muss!«

»Und der Herr Bestatter«, sie fuhr zu Pichler herum, »setzt das Gerücht in die Welt, dass der Youni die Kirche sprengen wollt? So einen Dünnpfiff hab ich im Leben noch nicht gehört!«

Joggs Pranke sauste auf die Schulter der Butz nieder. »Freunde! Wer von euch kennt denn die Geschicht vom Kasermandl?«

Pichler schaute nur verdutzt. Baldur nickte gequält, und auch Beyler verzog die Mundwinkel. Marie war noch immer starr vor Entsetzen, nur die Butz reagierte. Erst schlug sie seine Hand von ihrer Schulter, dann zischte sie: »Was soll denn das für eine Geschichte sein?«

»Wartet's, ich erzähl sie euch. Aber erst einmal beruhigen wir uns ein bisserl.«

»Und ich rauch mein Feierabendzigaretterl«, sagte Elfi, zündete sich fröhlich eine an und schaute mit aufgestützten Ellbogen von einem zum anderen, als beobachtete sie ein Tennismatch.

»Das Kasermandl«, begann der Jogg mit einer Stimme, tief wie der Pillersee, »ist vor über hundert Jahr ein alter Senner gewesen, auf der Umbrüggler Alm in der Nähe von Innsbruck. Keiner hat gewusst, wo der Typ genau hergekommen ist, aber ein Fremder ist er gewesen, ein Zugereister, darüber waren die Leute sich einig. Und auch darüber, dass er ein guter Käser gewesen ist. Auf der Umbrüggler Alm sind immer schon viele gute Käsesorten produziert worden. Kaum, dass der neue Senner seine Arbeit angefangen hat, haben die wildesten Gerüchte die Runde gemacht. Dass dort oben die Milch verschwendet wird, hat's geheißen. Dass der Käser mit dem Teufel im Bund sein soll und die ausgereiften Laibe zum Spaß über die Wiesen rollt. Dass er dort oben mit Butterklumpen Kegeln spielt und mit den Sennermadeln Unzucht treibt! Lauter solche Sachen. Nicht, dass ihn jemals irgendwer bei einer Untat erwischt hätt, nein, das nicht. Aber dass er schuldig ist, haben sie alle gewusst. Und sie haben das arme Kasermandl verflucht. Und wie das Kasermandl dann vor Kummer gestorben ist, hat seine Seele keine Ruh gefunden. Seither geistert es über die Almen im Tiroler Unterland. In der Hand hat es ein kupfernes Pfanderl. Und in dem Pfanderl ist ein Grieskoch drinnen, ein Grieskoch, das es selber gekocht hat. Und wisst's ihr, was der einzige Weg ist, damit das Kasermandl doch noch seine selige Ruh findet?«

Er schaute in den Kreis, der sich um ihn gebildet hatte und blickte sie der Reihe nach mit blutunterlaufenen Augen an. Dann gab er sich selbst mit feierlichem Ernst die Antwort: »Es muss sich einer finden, oder eine wohlgemerkt, die das, was das Kasermandl in seinem Pfanderl drinnen hat, kostet. Jemand, der sein Grieskoch essen mag.«

Einen kurzen Moment war es still. Fragende Blicke irrlichterten durch den Raum. Dann grölte Baldur: »Also, wenn dich das Kasermandl trifft, braucht's nicht lang zu warten. Du frisst eh alles, was dir vor die Nase kommt!«

Die drei Männer verfielen in schallendes Lachen.

»Darum geht's doch gar nicht!«, erwiderte Jogg.

»Geh, Jogg, was willst uns denn dann mit der Geschichte sagen?«, fragte der Bestatter ungeduldig.

»Ist doch klar!«, lallte Marie. »Dass wir uns in die Menschen reindenken müssen, bevor wir sie verurteilen!«

»Ganz genau!«

Jogg nickte und fuhr fort: »Wer von euch Gschaftlhubern hat sich denn jemals mit dem Burschen befasst? *Bevor* er gestorben ist? Wär's nicht gescheiter gewesen, erst zum Horchen, was so einer selber zum Sagen hat? Wär's nicht besser, zum überlegen, was bei einem anderen los sein könnt, bevor man sich über ihn so das Maul zerreißt?«

Beyler schnappte nach Luft. »Willst du damit sagen, Einsiedler, wir hätten erst einmal alle schön von diesem Kerl seinem Pfanderl kosten sollen? Von den Drogen, mit denen der unsere Kinder vergiften wollte? Nein, pfui Teufel! Für so einen Toleranzbegriff bin ich nicht in die Politik gegangen.« Beyler schaute Jogg herausfordernd an. »Mir haben hier in Tirol so ein feines Fleckerl von der Welt. Wir brauchen keine Unruhestifter, die mit ihren fremden Religionen und Bräuchen daherkommen und unsere Kinder mit Drogen anfüttern! Ich hab seit Jahrzehnten genug zu tun, damit unsere Leut es gut haben. Sind wir uns doch ehrlich: Die Unsrigen haben's schwer genug. Die Globalisierung. Der Klimawandel. Die Digitalisierung. Das alles macht die kleinen Leut doch auch so schon zu schaffen. Da brauchen wir nicht auch noch Fremde, die herkommen zum Unruhestiften.«

»Fremde? Was heißt denn da Fremde?«, schrie die Butz dazwischen. »Wie lang dauert's denn, bis einer hier kein Fremder mehr ist? Zehn Jahr? Fünfzig? Eine Generation? Fünf? Der Youni hat bald *zwanzig Jahr* bei uns im Dorf gelebt. Zwanzig Jahr! Er hat Zivildienst gemacht, Steuern zahlt, gearbeitet. War er denn keiner von uns? Nur, weil er einen anderen Namen gehabt hat und nicht an unseren Gott 'glaubt hat?«

»Solche wie du kommen mir immer wieder unter«, sagte Beyler. Er schaute die Butz von Kopf bis Fuß an, näherte sich ihr wie ein Raubtier. Langsam und verächtlich begann er zu sprechen: »Dein Vater, der Esel-Meyer, war schon ein Strauchdieb, deine Brüder sind Strauchdiebe, und du wurschtelst dich doch auch nur so durchs Leben. Ihr seid alles Nichtsnutze und trotzdem, ich sag's dir, wie's ist: Ich bin in die Politik gegangen, damit auch solche Nichtsnutze wie du und deine Familie ein Auskommen haben. Damit ihr nicht an eurer eigenen Dummheit untergeht's.«

»Was heißt denn da nicht untergehen? Die Deutschen, die dem Mike den Hof abgeluchst haben um einen Hungerlohn, die hast du nicht verhindert, Herr Magister! Ganz im Gegenteil! Du sagst, du willst uns helfen, aber in Wahrheit bist du ein Politiker nur für reiche Leut!«

»Also, Esel-Meyerin, da bist du falsch informiert. Ich hab das Gemeinwohl im Auge. *Das Gemeinwohl!* Und da ist's schon auch gut, wenn ein paar besser Betuchte bei uns im Bezirk wohnen wollen. Wer glaubst du denn hat zum Beispiel letztes Jahr die gratis Krippenplätze für Alleinerziehende gesponsert? Ganz genau! Das waren die *ach so bösen* Zweitwohnsitzler. Und du«, wandte Beyer sich an Marie, »gehst besser wieder zurück nach Wien. Dein Gutmenschentum mag einen super Klang haben, aber brennen tut's danach nur in *unsere* Geldtaschen!«

Der Sportlehrer und der Bestatter nickten, und Beyer fuhr selbstgefällig fort: »Ach ja, genau! Du zahlst ja jetzt auch Steuern hier. Ich weiß, als *Präparatorin!* Er sagte es, als erzählte er den anderen einen Witz. »Deinen Ziehvater hab ich ja gut gekannt. Der Scheringer hat ein paar der schönsten Trophäen ausgestopft, die bei mir im Haus hängen. Aber ein Dickschädel war der schon immer. Und einen Helferkomplex hat der gehabt, das glaubst du nicht. Da seid's euch schon auch ähnlich, du und dein Onkel.«

Er kam noch näher an die beiden Frauen heran und sagte, beinahe flüsternd: »Der Scheringer hat sich immer um alles kümmern müssen. Die ganze Welt in Ordnung bringen. Allen helfen. Aber dabei hat er sich öfter mal ins Bein geschossen. Wie oft haben ich und die anderen Jäger die Händ über'm Kopf zusammengeschlagen wegen dem Scheringer seine verrückten Ideen. Da haut sein kleiner Bruder mit vierzehn von daheim ab und lässt über zwei Jahrzehnte nichts von sich hören. Nicht einmal zur Hochzeit lädt der Kerl seinen Bruder ein. Dann sterben er und seine Frau bei einem Unfall. Und was macht der Franz? Adoptiert mit fünfzig das Baby von dem Typen. Der wollt dich unbedingt. Unbedingt wollt er die Kleine retten, die als Einzige den Autounfall im Felbertauerntunnel überlebt hat. Und kaum hat er dich dann gehabt, hat er alles schleifen lassen. Dein Onkel hätt dich besser erziehen sollen. Besser im Griff haben. Stattdessen hat er dich in seine Werkstatt lassen, damit ihr gemeinsam seine Viecher ausstopft. Ich hätt dich ja aufs Internat geschickt, auf die Knödelakademie, die Modeschule von mir aus. Damit du was Richtiges lernst. Aber der Scheringer hat halt immer schon seinen ganz eigenen Kopf gehabt. Na ja, er war auch schon alt. Wenn er jetzt vom Himmel runterschaut, freut er sich wahrscheinlich, dass du sein Handwerk übernommen hast. Aber ich frag mich schon, müsst's ihr Madeln wirklich noch in den letzten Winkeln von uns Männer wildern? Gleichberechtigung, gut und schön, aber könnt's ihr uns nicht ein paar dunkle Ecken lassen, wo wir unsere Herrenwitze reißen, ohne dass die Emanzen sofort zum schimpfen anfangen? Als gäb's keine schönen Frauenberufe ...«

Maries Hände krampften sich zu Fäusten. Das Bedürfnis, um sich zu schlagen, verdrängte jeden weiteren Gedanken. Beyler schien davon nichts zu bemerken. Kopfschüttelnd warf er Elfi einen Zwanzig-Euro-Schein auf den Tresen und wollte gerade in Richtung Ausgang stolzieren, da packte ihn die Butz am Hemdkragen.

»Du bist echt ein ganz depperter Magister!«, knurrte sie ihn an.

Beyler riss sich angewidert los, richtete seinen Kragen und warf der Butz einen vernichtenden Blick zu. Da trat Baldur, der im Stehen nur unwesentlich größer war als die Butz im Sitzen, ganz nah an sie heran, griff nach ihrer roten Krawatte und zischte: »Spiel dich nicht auf, Mädel! Sonst nehm ich die Emanzipation beim Wort und betonier dir eine. Da kenn ich nix.«

Da platzte etwas in der Butz. Sie schlug mit der Linken Baldur die Krawatte aus der Hand und versetzte ihm mit der Rechten einen solchen Haken, dass er einen Meter weiter hinten taumelnd zum Stehen kam.

»I wisch heut kein Blut mehr auf, also reißt's euch zusammen!«, schrie Elfi. Doch da war die Gaststube schon in hellem Aufruhr. Baldur war trotz seines Rausches erstaunlich treffsicher. Er versetzte der Butz einen heftigen Faustschlag, der sie vom Hocker auf die Füße beförderte und, vom Schmerz benommen, zurücktaumeln ließ. Auch Pichler erhob die Faust und holte mit grimmiger Miene zum Schlag aus. Da kam endlich Leben in Marie. Sie sprang von ihrem Barhocker und trat Pichler, dessen lange dürre Gestalt schon bedrohlich über der Butz hing, mit aller Kraft in die Kniekehle, worauf er in sich zusammensackte wie ein abgeknicktes Blümchen. Alles war in Bewegung. Elfis Gezeter lag über der Szene wie die Anfeuerungsrufe eines heiseren Sportkommentators. Nur Jogg saß unbeweglich auf seinem Hocker und schaute in das Knäuel aus erhobenen Fäusten, Beinen, in von Hass und Entschlossenheit verzerrte Gesichter. Und er war auch der Einzige, der zu sehen bekam, wie Beyler den Hut vom Haken riss und wortlos zur Tür hinaus verschwand. Marie streckte den Arm aus, wischte die Schnapsflasche vom Tresen und ließ sie in ihrem Rucksack verschwinden. Dann zerrte sie die Butz am Arm und schrie: »Raus! Komm! Beeil dich!«

Mit einer Geschmeidigkeit, die Marie nicht für möglich gehalten hätte, wich die Butz den Schlägen aus, die Baldur in ihre Richtung austeilte, konterte, indem sie ihn Richtung Tresen schubste, und hastete trotz des verletzten Fußes mit erstaunlicher Geschwindigkeit barfuß zur Hüttentür hinaus, die im nächsten Moment krachend hinter den beiden ins Schloss fiel.

FÜNF

»Erst ein paar Stunden im Tal, und schon geklopft wie ein Schnitzel«, nuschelte die Butz. Marie musterte sie besorgt. Die gekrümmte Silhouette neben ihr erinnerte sie an die Gargoyles, die sie vor Jahren auf der Kathedrale Notre-Dame gesehen hatte. Dieser Gargoyle hier war allerdings ziemlich angeschlagen. Aus seinem Rücken wuchsen keine Flügel. Stattdessen trug er ein ramponiertes Übergrößenkostüm der Österreichischen Bundesbahnen. Seine linke Backe saß rot im bleichen Gesicht, und in den Augen spiegelten sich Fassungslosigkeit und Wut. Auf der geschwollenen Unterlippe verlief ein blutroter Riss. Er ließ Marie an Hibiskus denken, Dipladenia, Rosen ...

Es war ihre Idee gewesen, nicht sofort ins Tal zu flüchten, wo die aufgebrachten Männer sie vermutlich schnell auf dem Waldweg eingeholt hätten. Stattdessen warteten sie hier, auf einem von Latschen beschatteten Felsvorsprung etwas oberhalb der Himmelmooser Hütte, bis die Männer ihrerseits aufbrachen. Während die Butz die Eingangstür nicht aus den Augen ließ, schaute Marie ins Tal hinunter, wo der Feierabendverkehr, aufgereiht zu Perlenketten aus roten, weißen und schwarzen Punkten, aus dem Dorfkern in Richtung der umliegenden Dörfer rollte. Noch stand die Spätsommersonne über dem Kaisergebirge, doch die ersten Bergspitzen warfen schon ihre gezackten Schatten ins Tal, verdunkelten ganze Ortsteile, versprachen Kühle. Das ferne Rieseln der Roten Wand verband sich mit den Verkehrsgeräuschen aus dem Tal zu einem Klangteppich, der sich feist und schwer zwischen die Sonnenstrahlen legte. Maries Adrenalinspiegel sank, doch die Fragen blieben. Wie passte die Schönheit der Landschaft zu dem, was sie eben erlebt hatten? Wie passte die blühende Wunde ins Puppengesicht der Butz? Wie passte dieser grauenhafte Tod zu ihrem geliebten Youni? Sie erkannte die Gleissstränge der Eisenbahn, folgte ihnen bis zum Haus, in dem Youni jahrzehntelang gelebt hatte.

Auch am Tag des Unglücks war sie auf dem Kalkstein unterwegs gewesen und hatte nach Sockeln gesucht. Die Kundschaft dachte ja nie daran. Dabei bildete der Sockel das letzte Habitat eines präparierten Tieres und ging mit ihm in die Ewigkeit ein. Auch damals war sie lange herumgestapft und hatte nur ein paar Trümmer gefunden. Sie machte gerade eine Pause, als ihr die aus dem Tal aufsteigende Rauchsäule auffiel. Welches Haus betroffen war, konnte Marie nicht erkennen, doch sofort tauchte ein Name auf in ihrem Kopf: *Youni*. Ein paar Minuten blieb sie noch sitzen, den Kaffeebecher in der Hand, schaute in Richtung der Schwaden, die das Viertel um den Bahnhof vernebelten. Dann hörte sie die Sirene und wusste, dass sie hinuntermusste, zu ihm. Sie sprang ins Auto und fuhr ins Tal. Kurz vor dem Bahnhof war kein Durchkommen mehr, also stellte sie den Wagen ab und eilte zu Fuß weiter. Feuerwehrmänner sperrten die Straße ab. Überall wuselten sie herum wie in einem Katastrophenfilm. Vor dem Haus hatten sich Schaulustige und Bewohner versammelt und den seltsamen Fuhrpark bestaunt: ein Feuerwehrauto mit ausgefahrener Drehleiter und zwei Rettungswagen. Wann hatte Marie jemals irgendwo zwei Rettungsautos stehen gesehen? Die Haustür flog auf. Von dichten Rauchschwaden umgeben und von mehreren Feuerwehrmännern gestützt, erschienen die Mitglieder der Familie Bulut, die zwei Stockwerke über Youni wohnten. Die vor dem Haus versammelte Menge empfing sie johlend und klatschend. Herr Bulut – sein vor Schreck starres Gesicht stand Marie noch immer vor Augen – wurde von Moni versorgt, einer fröhlichen Sanitäterin, die Marie noch aus der Schulzeit kannte. Frau Bulut wurde auf eine Bahre geschnallt und in einen Krankenwagen geschoben. Kaum war ihre Tochter hinter ihr in den Wagen geklettert, rauschte der mit Blaulicht davon. Und Youni? Wo war der? Marie wollte näher heran gehen, sich alles genau ansehen, doch ihr Körper spielte nicht mit. Sie war auf dem Fußweg zur Salzsäule erstarrt. Noch einmal ging die Tür auf, langsamer, andächtig geradezu. Sanitäter trugen eine zweite Bahre heraus. Darauf eine dicke Schicht Silberpapier, gewölbt wie ein modernes Kunstwerk. Die Folie glänzte und blinkte in der Sonne. *Nein, nein! Unter dieser Hülle liegt kein Mensch.* Die Bahre wurde in den zweiten Transporter geschoben, die Tür geschlossen, und der Wagen fuhr lautlos davon. Ohne Blaulicht. Ohne Sirene. Marie schaute dem Wagen nach, bis er hinter dem Kreisverkehr am Bahnhof aus ihrem Sichtfeld verschwand. Da erst sah sie den Rußring um Younis Küchenfenster. Ein mit

Kajal umrandetes Auge. Von der gegenüberliegenden Straßenseite glotzte dieses Auge Marie an. So vorwurfsvoll, sie hätte am liebsten laut losgeschrien. Schlaffe Feuerwehrschläuche lagen, vom Einsatz ermüdet, auf der Erde. Feuerwehrmänner gingen mit hängenden Gesichtern ins Haus und kamen wieder heraus. Ein Polizeiauto fuhr vor. *Warum?* Die Nachbarn aus den oberen Stockwerken fielen einander in die Arme. Nur Youni stand nicht bei ihnen, kein gewinnendes Lächeln auf den Lippen. Keine Zigarette im Mundwinkel. Und auch kein cooler Spruch. *Ihm musste ... Es musste ihm ... Ihm war wohl was passiert.* Etwas, das sich nicht weglächeln ließ. Marie zog ihr Handy aus der Tasche und rief ihn an. Das Läuten beruhigte sie. Die Verbindung war noch da. Es läutete, läutete, läutete. Marie ließ es läuten, obwohl auch ihr nach der zehnten Wiederholung klar war, dass er nicht abheben würde. Youni war nicht vor dem Haus. Er ging nicht ans Telefon. Sie ließ es trotzdem läuten. Als der Anruf nach vielen Wiederholungen des Freizeichens abbrach, rief sie noch einmal an. Und dann wieder. Von der gegenüberliegenden Straßenseite aus sah sie, wie die Feuerwehrmänner ihre Schläuche aufrollten. Sie ließ es läuten. Läuten, läuten, läuten. Mit dem Handy in der Hand hatte Marie etwas zu tun. Sie lauschte angestrengt in die Stille zwischen den Tönen. Irgendwann kam ein Polizist aus der Eingangstür. Ein älterer. Gerunzelte Stirn, finstere Miene. Das Handy in seiner groben Hand wirkte winzig. Wie ein Spielzeug. Als sie das Läuten hörte, rannte sie los.

In ihrem Kopf rotierte es. Und auch jetzt, auf dem Felsvorsprung oberhalb der Himmelmooser Hütte, rotierte es noch. Wenn einer Youni heißt, wie kann er dann im Juli sterben? Vielleicht war Youni gar nicht tot? Vielleicht war er nur seit sechs Wochen mit dem Moped unterwegs? Vielleicht lag er schon den ganzen Sommer über auf einer Sandbank in der Tiroler Ache und ließ sich die Sonne auf den Bauch scheinen? Vielleicht blies er seit Wochen grünen Rauch in die Sommerluft und lachte über Maries unbegründete Sorge? *Vielleicht.* Immer wieder gelang es Marie, sich eine kurze Weile davon zu überzeugen. Trotzdem sah sie jedes Mal, wenn sie die Lider schloss, die gleichen Bilder vor sich. Den Rußring um Younis Fenster, dieses vorwurfsvolle Auge, das alle Vorbeifahrenden anzuklagen schien. Und den Berg aus Alufolie, der auf der Bahre im Krankenwagen verschwand. Und trotz aller Zuversicht beschlich sie dann das Gefühl, dass von den Tausenden Bildern, die in ihrem Kopf von Youni existierten, es exakt diese zwei Eindrücke sein würden, der Rußring um sein Fenster und die silberne Bahre, die den Sockel ihrer Erinnerung an ihn bilden und mit ihm eingehen würden in die Ewigkeit.

*

»Ist echt Jahre her, dass ich einem Typen so eine reingezimmert hab«, unterbrach das Nuscheln der Butz nach einer Weile die Stille.

»Deine Reflexe sitzen jedenfalls noch.«

»Wie der geschaut hat, der Baldur! Dass ihm eine Frau eine auflegt. Dabei hat er mich doch Amazone genannt. Hätt aufpassen sollen, was er sagt.«

Die Butz grinste in sich hinein. Marie zog die Schnapsflasche aus dem Rucksack, schraubte den Deckel ab und prostete ihr zu: »Auf die Amazonen.«

Sie nahm einen Schluck, hielt die Flasche anschließend der Butz hin. Die nahm sie zwar, stellte sie aber auf den Boden zurück. Der Schnaps brannte Maries Kehle hinunter. Umgehend legte sich ihre Anspannung und machte einer Gleichgültigkeit Platz, die sie oft genug an Onkel Franz beobachtet hatte. Der Alkohol hatte die Welt jahrzehntelang für ihn abgefedert. Sie sah Beylers Machtgesicht vor sich, die blank rasierte Oberlippe, über der sich die Nase wölbte wie ein schlaffes Genital. Was er über ihren Onkel gesagt hatte, fasste sie seltsam an. Dass sie charakterliche Ähnlichkeiten mit ihm haben könnte, auf den Gedanken war Marie nie gekommen. Woher nahm Beyler seine Überzeugung? Erinnerungsfetzen trieben durch ihren vom Alkohol benebelten Kopf. Worte, Gesten, Gesichtsausdrücke. Die dunkelgrüne Schnürlsamthose, die Onkel Franz so gern getragen hatte, seine knorrigen Finger mit den plattgedrückten Nägeln, die mit unnachahmlicher Virtuosität die Bälger bearbeitet hatten. Onkel Franz war ein richtiger Künstler gewesen, woher kam nur all die Bitterkeit? Hatte ihm das Leben nicht gegeben, was er sich erhofft hatte? Aber wann hatte er je nach etwas gefragt? *Wir sind Menschen für die zweite Reihe.* Wie oft hatte Marie diesen Satz von ihm gehört? Immer und immer wieder hatte er sie mit dieser, seiner *Weisheit* bedacht. Immer, wenn sie eine mittelmäßige Note nach Hause gebracht hatte. Immer, wenn ihr etwas nicht gelungen oder ein Herzenswunsch nicht in Erfüllung gegangen war. Immer. Warum dachte er das? Und warum hatte er sie stets eingemeinden müssen in seine Unfähigkeit, sich um sein Glück zu kümmern? Marie hasste es, wie er sich zeitlebens dem Versagen ergab. Sie hasste, wie er dieses Versagen auf sie projiziert und auch sie klein und hilflos gehalten hatte.

Aber am allermeisten hasste sie das dahinterstehende Weltbild, das ihm solche Übergriffigkeiten überhaupt erst erlaubt hatte: Den festen Glauben daran, dass die Männer das Sagen und die Frauen zu gehorchen hatten. Auch fünf Jahre nach seinem Tod schmerzten die Wunden noch, die Onkel Franz ihr in bester Absicht geschlagen hatte. Weil er es nicht anders wusste.

Kurz vor seinem Tod hatte sie ihn ein letztes Mal besucht. Widerwillig war sie damals nach Hause gekommen, zermürbt von Tante Hellas trotzig stolzen Anrufen, in denen kein einziges Mal eine Einladung ausgesprochen wurde und sie doch genau wusste, dass sie kommen musste. Onkel Franz hatte sie mit seinem uralten Lada vom Bahnhof abgeholt, dessen Heizung schon vor Jahren ausgefallen und nie repariert worden war. Er hatte nichts gesagt, nur von Weitem genickt, an diesem eisigen Märznachmittag. Trotzdem bündelte sich im Blick, den er ihr zur Begrüßung zuwarf, eine leise Freude. Er ließ es sich nicht nehmen, ihr die Tasche zum Auto zu tragen, dabei war Marie längst stärker als ihr Onkel, der Hüter der Familie. Onkel Franz, ein Macher bis zuletzt. Franz, dieser bittere, zornige Mann, dessen Mimik und Bewegungen Marie bis in die kleinsten Details kannte. Sein Zurückschrecken etwa, diese winzige, von den Wangenknochen ausgehende Bewegung, an der sie sehen konnte, dass er von einem Gefühl der Zuneigung überrascht wurde. Marie hatte nie darüber nachgedacht, woran ihr Onkel gescheitert war, welche Grenzen es gewesen waren, vor denen er Halt gemacht hatte, statt sie, auf dem Weg zu sich selbst, zu übertreten. *Dein Onkel war ein Guter, aber er hätt dich besser im Griff haben sollen. Er war schon alt*, hallten Beylers Worte in ihr nach. Im Augenwinkel sah sie die Butz, die ihre angewinkelten Knie umfasste. Da spürte sie dieses Zurückschrecken in sich selbst.

Am Tag ihrer letzten Begegnung hatten sie um den Küchentisch gesessen und Kuchen gegessen, wie immer Kuchen gegessen. Immer diese Kuchenfresserei. Draußen war ein eisiger Wind ums Haus geschlichen. Das Schmelzwasser hatte gegluckst. Ein neuer Frühling hatte ungeduldig aus den Knospen der Apfelbäume gedrängt, während es für Onkel Franz im Haus doch schon Spätherbst gewesen war. Deutlich stand Marie sein Gesicht vor Augen, die weißlichen Bartstoppeln, seine eisgrauen Pupillen, getrübt von den Zurückweisungen seines Lebens und vom Trinken, das er trotz seiner Krankheit und entgegen ärztlichen Ratschlägen nicht aufgeben wollte. Seine mager gewordenen Beine, um die die dunkelgrüne Schnürlsamthose mittlerweile schlotterte. Die Art, wie er den Teelöffel hielt, ihn beim Umrühren immer wieder gegen die Innenseite der Tasse donnerte, um auch ja jede Art von Krawall zu schlagen, die ihm noch möglich war. Wie er mit wenigen Happen den Kuchen verschlang, getrieben von einem Phantomhunger, der ihm aus einer Kindheit im Krieg geblieben war. Oder seine Marotte, seit er das Rauchen aufgegeben hatte, immer und überall Salzstangen zu knabbern. Auch jetzt, sofort nach dem Aufstehen von der Kaffeetafel. Sein Knabbern, das Marie an das geräuschvolle Nagen von Hasen erinnerte, ging ihr durch Mark und Bein. Die Salzstangenbrösel auf dem Marmorboden, auf dem borstigen grünen Teppich im Wohnzimmer, auf den Steinplatten vor dem Haus. Praktisch überall. Sein Unmut, wenn Tante Hella den Dreck nicht schnell genug wegkehrte. Der scharfe Ton, den er bis zuletzt angeschlagen hatte, wann immer er das Wort an sie richtete, seine Frau, die ihn seit ihrem siebzehnten Lebensjahr klaglos ertragen hatte. Ihr von der Ehe zermürbtes Gesicht, in das sich tiefe Falten gegraben hatten. Diesem Gesicht war alle Farbe entwichen, kaum dass der alte Mann gestorben war. Für Monate. Ein halbes Jahr nach seinem Tod war Tante Hella langsam aus ihrer Starre erwacht. Die ihr angeborene Fröhlichkeit hatte sich mehr und mehr in die Trauer gemischt, eine unverwüstliche Lebensfreude, die Marie über alles an ihrer Tante liebte. Dass Hella trotzdem tief trauerte, dass sie diesen schimpfenden Säufer wirklich aus tiefstem Herzen geliebt hatte, hatte Marie lange Zeit nicht verstanden. Und sie verstand auch erst jetzt: Tante Hella war ein Kind ihrer Zeit, ein Opfer war sie deshalb noch lange nicht.

Marie wusste, wie gern Onkel Franz einen Sohn gehabt hätte, einen *richtigen* Nachfolger. Eine ganze Kindheit lang und weit darüber hinaus hatte dieser Makel an ihr gehaftet. *Du bist kein Bub.* In den ersten Lebensjahren hatte er darüber hinweggesehen. Marie wusste, dass er glücklich gewesen war, wenn sie gemeinsam in der Werkstatt gesessen hatten, einträchtig mit blutigen Fingern nach Tumoren getastet, aus Holzwolle Gliedmaßen geformt oder Fellstücke vernäht hatten. In diesen Stunden hatte es keine Geschlechter gegeben, nur gemeinsames Denken, Handeln, Spüren. Zwei im Gleichtakt schlagende Herzen. Dann aber war die Pubertät zwischen sie und ihren Onkel gefahren wie ein Schwerthieb. Trotzdem war er enttäuscht gewesen, als sie zum Studium nach Wien gegangen war, statt daheim den Betrieb zu übernehmen. Dass sie seinen Herzenswunsch nun doch erfüllte, dass es sie von ganz allein in diese Richtung gezogen hatte, diese Entwicklung hatte Onkel Franz nicht mehr erlebt. Manchmal stellte Marie sich vor, dass er es trotzdem mitbekam. Dass er postum stolz war auf sie. Und überrascht stellte sie fest, dass da Dankbarkeit war für diesen dickköpfigen alten Mann. Dankbarkeit und, ja, Liebe. Zum ersten Mal überhaupt spürte sie den Schmerz darüber, dass ihr Onkel gestorben war, ohne dass sie einander wirklich gekannt hatten. Sie nahm noch einen Schluck aus der Schnapsflasche und ließ sich nach hinten sinken. Eine Weile lag sie mit dem Rücken auf dem fleischfarbenen Stein und schaute in den Himmel.

»Sollten wir uns nicht langsam auf den Weg machen?«, fragte die Butz irgendwann.

»Warum denn?« Maries Zunge war schwer geworden.

»Ich mein, der Hund? Erst erzählst du mir stundenlang, wie eilig du es hast, und jetzt streckst du dich aus, als gäb's kein Morgen.«

»Es gibt auch kein Morgen. Ich hab jetzt frei. Die Trulla vom *Goldenen Hahn* soll nicht glauben, dass ihr Geld Tote aufwecken kann. Ich mach Siesta.«

»Und das Geld?«, fragte die Butz wieder.

»Scheiß drauf! *Die Marie scheißt auf die Marie, ha*! Heute ist unsere Abschiedsfeier für den Youni. Wir sind zwar nur zu zweit und Leichenschmaus gibt's auch keinen, aber wenigstens bleibt der Hals nicht trocken. Prost!«

Sie nahm noch einen Schluck, stellte die Flasche ab, die Welt begann sich zu drehen. Sie blinzelte in die Sonne, begann zu kichern. Dann rollte sie sich auf die Seite, drehte sich zur Butz und sagte: »Besoffen ausstopfen ... Wenn der Onkel Franz immer einen klaren Kopf gehabt hätte zum Arbeiten, hätte er kaum ein Viech fertiggekriegt! Im Gegensatz zu mir. Wenn ich mich in dem Zustand an den Hund setzen würd, käm, ob ich will oder nicht, ein Wolpertinger raus.«

Sie kicherte. Verstummte. Kicherte mit geschlossenen Augen weiter.

Die Butz bewegte vorsichtig den geschienten Fuß und sagte: »Wie die Elfi diese Bagage nur aushält? Aber den Fuß hat sie mir echt gut verbunden.«

Marie schaute am geschienten Fuß der Butz vorbei auf die Flasche, die noch immer da stand, wo sie sie zuletzt abgestellt hatte.

»Warum trinkst du eigentlich nix? So richtig gesellig ist das nicht ...«

Die Butz schaute zum Horn hinüber, zum rostroten Blechdach ihres verlorenen Paradieses. Sie schnaufte einmal tief ein und aus und sagte: »Bei uns haben immer alle gesoffen. Vom Rumschnuller bis zur letzten Ölung. Mein Vater ist mit sechzig am Herzinfarkt gestorben. Und nachdem mein Bruder Leo letztes Jahr mit nicht einmal fünfzig gestorben ist am Aortariss, hab ich dem Schurli versprechen müssen, dass ich es lass.«

Marie nickte betroffen. Sie hörte, wie die Butz ihre *tic-tac*-Dose aus der Rocktasche zog und sich den Rest der Packung in den Rachen schüttete. Sie warf einen Blick in die leere Packung und steckte das Döschen ein.

»Ich trink ja sonst eigentlich nie«, entgegnete Marie, schaute an ihrer mit Schafmist befleckten Jeans hinunter und blieb bei einer kleinen weißen Blüte hängen, die neben ihrem Hosenbein das Köpfchen zwischen den Steinen hervorreckte. Die Blüte sah aus wie eine Schneeflocke. Wie die erste Botin eines Winters, der bestimmt kommen würde. Kommen und alles zudecken. Marie schloss die Augen und stellte sich vor, wie die weißen Flocken tanzten. Sie sah, wie der Schnee immer dichter fiel. Er löschte die Brände, legte sich auf die Wunden. Bald lag eine meterhohe Schneeschicht über den Häusern. Der Schnee ebnete die Unterschiede ein, glitzerte und legte sich kühlend auf Maries Gemüt. Sie hörte, wie die Butz neben ihr auf den Stein sank. Eine Weile lagen sie stumm da. In immer größer werdenden Abständen langte sie nach der Flasche. Irgendwann war die Butz eingeschlafen und auch Maries Atem wurde gleichmäßig und schwer.

*

»Ja Dirndln! *Da* seid's ihr! Ich hab den halben Kalkstein nach euch abgesucht! Und wo find ich euch? Keine hundert Meter oberhalb von der Hütt'n rastet's euch aus, als ob nie was gewesen wär.«

Marie roch eine Mischung aus Gasthaus und Stall. Als sie aufschaute, war das verrunzelte Gesicht des alten Jogg genau vor ihr. Rund und keuchend stand er da.

»Jogg, was ist denn los?«, fragte Marie.

»Was los ist? Abholen will ich euch. Wie soll denn die Ursula ins Tal runter kommen ohne Schuh und mit einem verknacksten Fuß?« Er warf der Butz, die ausgiebig gähnte, einen bewundernden Blick zu. »Ich hab schon Einiges gesehen im Leben. Auch Frauen, die wissen, wie man sich wehrt. Aber den Haken macht dir so bald keine nach.«

Die Butz grinste.

»Der Baldur ist ein Volltrottel, das war echt überfällig«, sagte Jogg fröhlich.

»Sind die noch in der Hütte?«, fragte Marie.

»Längst weg. Die Elfi hat uns alle rausgeschmissen, kaum dass ihr weg wart. Die hat auch genug gehabt für heute.«

»Aber wie sollen wir denn ins Tal hinunterkommen?«, fragte Marie. »Auf dein Moped passen doch höchstens zwei Leut!«

Jogg hob eine Braue und einen Mundwinkel, dann sagte er mit verschmitztem Lächeln: »Ganz einfach. Der Peter, dem die Himmelmooser Hütt'n gehört, ist ein Spezi von mir. Wir haben einen Handel: Ich geb ihm jedes Jahr zehn Glas Honig. Und er leiht mir dafür, wann immer ich ihn brauch, seinen alten Holder-Traktor. Und wie ich vorhin aus der Hütt'n raus bin, hab ich mir denkt, heut wär ein idealer Tag, mir den Holder auszuleihen.«

Die Butz setzte sich auf und rieb sich die Augen. Dann reckte sie den Hals in die Höhe und schaute am Felsvorsprung vorbei zur Kehre des Schotterwegs. Dort stand ein uralter grüner Traktor mit riesigen Reifen und weit in die Höhe ragendem Auspuff.

»Dass du an meinen Knöchel denkst, ist echt nett. Aber auf den Blechfrosch da drüben passen wir nie im Leben zu dritt. Außerdem bist du angesoffen«, sagte sie schließlich.

Jogg winkte ab.

»Angesoffen? Geh, geh! Ich bin in meinem Element wie ein Fisch im Wasser, das ja. Aber *angesoffen*? Pfft! Und der Traktor ist bequem! Auf die Sitzbank passen locker zwei dicke Hintern. Nur die Marie, unser Hungerhakerl, müsst sich hinten auf die Kupplung stellen und gut festhalten. Kriegst das hin?«

Marie schluckte. Sie schaute erst zum Traktor, dann zur Butz. Das Blut auf ihrer aufgeplatzten Lippe war getrocknet, die Schwellung an der Wange leicht zurückgegangen.

Doch Jogg hatte recht: Den Abstieg würde sie nicht zu Fuß schaffen. Sie nickte ihm zu und sagte: »Super, dass du uns den Chauffeur machst. Wenn ich dafür auf die Kupplung steigen muss, mach ich das halt.«

»Aber der Typ ist doch komplett blau!«, protestierte die Butz noch einmal.

»Blau bin ich immer«, fuhr Jogg dazwischen: »Aber erstens gibt's hier praktisch keinen Gegenverkehr und zweitens fahrt der Holder höchstens dreißig. Man muss nur wissen, wie man ihm zuredet. Und das tu ich!«

Wieder grinste Jogg und zeigte die im Mund verbliebenen Zähne. Die Skepsis der Butz schmolz dahin. Sie schaute noch einmal zu dem Gefährt hinüber, dann zu Marie, die ihr aufmunternd zunickte. Schließlich erhob sie sich mühsam und sagte: »Gut, bringen wir's hinter uns.«

Marie streckte die Hand nach dem Rucksack aus, beim dritten Anlauf hatte sie ihn endlich und schulterte ihn. Sie nahmen die Butz in die Mitte und stützten sie auf dem Weg zum Traktor. Dort angekommen, half ihr Jogg, auf der Fahrerbank Platz zu nehmen.

»Den Rucksack steck am besten da auf die Seite«, sagte er und zeigte auf einen Metallhaken, »sonst rumpeln dir die Holztrümmer in jeder Kurve gegen den Schädel.«

Marie nickte, hängte den Rucksack auf und trat auf den Steg der Anhängerkupplung, der gerade so lang war, dass sie die Füße dort abstellen konnte. Mit jeder Hand griff sie sich einen der gusseisernen Kotflügel.

»Alle bereit?«, rief Jogg.

Marie wollte gerade zustimmen, da setzte sich das Gefährt auch schon unter ohrenbetäubendem Knattern in Bewegung. Eine schwarze Rauchwolke stob in die Luft.

Es ratterte und ruckelte so sehr, dass Marie der Verdacht kam, der Traktor wolle sie mit aller Gewalt von sich abschütteln. Sie krallte sich an den Kotflügeln fest, während Jogg von einem Gang in den nächsten schaltete und das kleine Gefährt immer weiter Fahrt aufnahm. Der Auspuff ragte links neben dem Lenkrad in die Luft wie ein Ofenrohr und vernebelte die Sicht. Es war zu laut, um ein Gespräch zu führen, was Jogg allerdings nicht davon abhielt, es trotzdem zu versuchen. Immer wieder schnappte Marie einen geschrienen Fetzen durch den Lärm auf, doch war sie so damit beschäftigt, nicht von der ruckelnden Kupplung zu fallen, dass sie kein Wort herausbrachte. Auch die Butz ignorierte Joggs kehlige Laute. Doch anders als Marie, die sich besorgt an den Kotflügeln festkrallte, schien sie ihre Fahrt zu genießen. Immer wieder jauchzte sie in den Kurven, als säße sie nicht auf einem uralten Traktor, der mit rasender Geschwindigkeit einen abschüssigen, in Serpentinen verlaufenden Schotterweg hinabholperte, sondern in einer Achterbahn beim Looping. Und sie schien den alten Mann deutlich besser zu verstehen als Marie in der zweiten Reihe. In kurzen Abständen schrie sie ein paar Worte in seine Richtung. So ratterten sie an der Hütte vorbei waldwärts und verschwanden bald zwischen den Stämmen. Nach wenigen Minuten wurden Maries Arme müde und ihr Magen, dem das ständige Gerüttel in Kombination mit dem Alkohol nicht zu behagen schien, meldete sich. Während die Butz und Jogg sich lauthals auf dem Kutschbock unterhielten, fühlte sie sich wie eine Champagnerflasche kurz vor dem Korkenknallen. Immerhin kühlte der Fahrtwind ihren angespannten Körper. Außerdem nahm sie in dieser stehenden Position den Wald anders wahr als sonst.

In voller Fahrt wurde das Grün und Braun der Bäume zu einem impressionistischen Teppich aus hingeklecksten Farbtupfern, zu einer gesprenkelten Landkarte, die sich vor ihr ausrollte. In den Kurven, in denen Jogg auf die Bremse trat, wurden Einzelheiten erkennbar. Der Buntspecht etwa, der seinen Schnabel in den Stamm einer Fichte hämmerte. Dort drüben ein Eichelhäher. Und was war das gelbe Gefieder da? Etwa ein Pirol?

Sie kamen an der Stelle vorbei, wo Youni damals die Kiste versteckt hatte. Seit seinem Tod hatte es keinen Tag gegeben, an dem Marie nicht an diesen Tag im Wald gedacht hatte. Doch heute war etwas anders. Ihr Blick fiel auf den dichten Haarschopf der Butz. Zwischen den Strähnen hatten sich kleine Zweige verfangen, ein vertrocknetes Eichenblatt, Steinstaub. Auf Joggs Hinterkopf wechselten sich kahle Stellen mit dichten Zotteln ab. Altersflecken schimmerten durchs fadenscheinig gewordene Haar. Ihre seltsamen Formationen erinnerten Marie an Darstellungen kartographierter Nachthimmel. Sie konzentrierte sich auf einzelne Flecken, maß ihren Abstand zueinander, bis ihr erneut schlecht wurde und sie wegschauen musste. Dann fiel ihr Blick auf die eigenen Hände, die sich derart an den Kotflügeln festklammerten, dass die Sehnen sich aus dem Handrücken wölbten und unter der gebräunten Haut abzeichneten. Nicht loslassen. Hierbleiben im Jetzt. Auch wenn die Vergangenheit sie immer wieder zu sich ziehen wollte. Youni … Das Loch, das sein Abgang geschlagen hatte, würde bleiben. Und doch schöpfte Marie ein wenig Mut. Vielleicht würde es ja doch weitergehen. Trotz der Baldurs und Pichlers und Beylers, die hier das Sagen hatten. Hier. Und überall sonst. Schließlich gab es auch Menschen wie den Jogg. Wie die Butz. Wie Tante Hella und sie selbst. Vielleicht gab es trotz allem eine Zukunft für sie in dieser Landschaft, die ihr so viel bedeutete. Kurz darauf ließ der Traktor den Wald hinter sich. Die ersten Felder zogen vorbei, und das Gefährt nahm Kurs auf das Haus.

*

Tante Hella stand auf der Straße, die Ellbogen in die Seiten ihres weinroten Strickgilets gestützt. In ihrem Gesicht wich die tief eingegrabene Sorge der letzten Stunden einer gewissen Erleichterung. Als sie Jogg auf dem Bock des Traktors erkannte, runzelte sich ihre Stirn.

»Küss die Hand, gnädige Frau! Heut bring ich wertvolle Fracht«, schrie er ihr von Weitem entgegen, stoppte den Motor und ließ das Gefährt noch ein paar Meter im Leerlauf rollen.

»Servus, Jogg. Ist denn schon wieder Nikolaustag?«

»Wegen meinem roten Leiberl?«, tönte er, zeigte auf sein fleckiges T-Shirt und zog die buschigen Brauen nach oben.

»Na ja, deine weißen Zotteln sind schon sehr vorweihnachtlich, wenn du mi fragst. Und das Leiberl hast auch seit dem letzten Nikolaustag nimmer auszogen, gell?«

Jogg lachte auf, trat auf die Bremse und kam vor dem Haus zum Stehen. Tante Hellas Blick fiel auf Marie, und ihr Lächeln verschwand.

»Servus Tanti«, japste sie, sprang von der Anhängerkupplung und schüttelte die steifen Arme aus.

»Wie schaut's ihr denn bitte aus?«, erwiderte ihre Tante und musterte Marie. »Sag einmal, bist du besoffen?«

Statt einer Antwort schlug Marie die Augen nieder.

»Und du«, sie zeigte mit einer Mischung aus Ärger und Sorge auf die Butz, »du bist anscheinend unter die Radeln vom Jogg seinem Traktor gekommen?«

Nun schwiegen alle drei betreten, was Tante Hella nur noch wütender machte.

»Mädels, was ist los? Seid's ihr wahnsinnig? Und was habt's ihr mit dem alten Dodel zum schaffen?«

»Der Jogg hat uns gerettet«, rief ihr die Butz trotzig vom Bock des Traktors entgegen, »ohne den wären wir noch immer oben im Wald. Ich kann nämlich nicht gescheit gehen.«

Ehe Marie etwas sagen konnte, schob sich Jogg, der mittlerweile vom Traktor geklettert war, vor sie und sagte: »Ganz schöne Amazonen hast du da.« Anerkennend pfiff er durch seine löchrige Zahnreihe. »Aber ich wollt dir die Ladys nur heimbringen. Ich helf der Ursula vom Sitz runter, dann lass ich euch allein. Ihr habt's bestimmt auch ohne mich genug zum Reden«, sagte er und hob abwehrend den Arm.

»Nix da! Ihr kommt's alle drei herein. Von euch zwei will i wissen, was los war, aber zackig! Und du«, sie zeigte mit ihren gichtigen Fingern auf Jogg, »du musst in die Badewanne. Du stinkst wie ein Waldesel.«

»Geh, Hella. Du weißt doch wie's ist. Ich stink nicht nur wie ein Waldesel, ich bin einer. Mein Tag war lang genug. Ich muss heim. Aber nach deinem netten Hinweis versprech ich dir, dass ich morgen früh in den Gebirgsbach hupf.«

Er schenkte ihr ein schelmisches Lächeln und zwinkerte ihr zu.

»Die Butz hat sich verletzt«, brachte Marie endlich heraus.

»Keine Sorge, um die kümmer i mi gleich«, würgte Tante

Hella sie ab. »Helft's ihr einmal vom Traktor herunter. Ich bin gleich wieder da.«

Breitbeinig stob sie davon, während Marie und Jogg die Butz stützten. Xaver, der grau getigerte Streuner, kam um die Ecke und strich schnurrend um die Waden der Butz. Marie kniete sich zu ihm hinunter und fuhr ihm übers Fell. Er stank aus dem Mund. Nach Hundefleisch.

»Die Geschichte mit dem Kasermandl hat mir echt gut gefallen«, lallte Marie und schaute vom Kater auf zu Jogg. »Dass man einmal aus dem Pfanderl vom Kasermandl essen sollte, bevor man sich ein Urteil erlaubt.«

Jogg lächelte versonnen und sagte: »Ja. Ich hoff, das Kasermandl findet bald einen, der sein Grieskoch kosten mag. Ich persönlich hab da ja eigentlich eine andere Philosophie.«

»Und die wäre?«, fragte die Butz.

Jogg schaute am Traktor vorbei in Richtung Wald, als läge dort die Antwort auf ihre Frage. Dann wandte er sich zur Butz: »Mein halbes Leben hab ich drauf gewartet, dass irgendwer mein Grießkoch essen mag. Genau wie das Kasermandl. Und keiner ist gekommen. Da ist mir irgendwann aufgegangen: Der Einzige, dem schmecken muss, was ich koch, bin ich selber. Das kann keiner für einen andern übernehmen, der liebe Gott nicht, kein Herrscher, keine Nation und der Fernseher gleich gar nicht. Schmecken muss es einem selber.«

»Und was macht man mit so Leuten wie dem Baldur?«, fragte Marie.

Jogg machte eine wegwerfende Geste. »Ein Mensch, der nix braucht, der tanzt nach keiner fremden Pfeife. Und wenn sie noch so herrlich spielt. Das provoziert solche Typen immens. Dass ich glücklich bin und zufrieden, ist für mich Rache genug.« Seine Augen funkelten, als er weitersprach: »Glück kommt von innen. Das ist schon da. Man muss es halt schützen und retten über die Zeit. Wer das schafft, hat viel erreicht. Alles eigentlich.«

Tante Hella kam aus dem Haus geeilt. In den Händen trug sie einen in ein Wachstuch eingeschlagenen Laib, den sie Jogg ein wenig verlegen überreichte.

»Ein Zelten? Ja wunderbar! Danke Hella! Du bist ein Engel«, rief er und verstaute den Laib im Tornister neben dem Sitz.

»Danke, dass du mir die Mädels heimgebracht hast.«

»Für so schöne Frauen tu ich alles«, flötete Jogg und wollte sich gerade schwungvoll auf den Kutschbock setzen, als er plötzlich innehielt. Er fluchte, rieb sich in schiefer Haltung den Rücken. In Zeitlupe setzte er sich wieder in Bewegung, stieg erst aufs Steigbrett, dann, behutsam, auf den Fahrersitz. Der kleine grüne Oldtimer begann wieder zu qualmen und fauchen. Joggs linker Arm fuhr zum Abschied Richtung Himmel, und das Gefährt ratterte los.

»Kommt's Mädels. Gehen wir rein. Dich müssen wir erst einmal verarzten«, sagte Tante Hella an die Butz gewandt. »Marie, auf dich wartet noch ein ganzer Batzen Arbeit. Glaub bloß nit, dass du blau machen kannst, nur weil du ein paar Glaserl intus hast. Wer saufen kann, kann arbeiten. So war's bei uns schon immer.«

Marie seufzte. Wie hatte sie annehmen können, Tante Hella würde sie einfach so davonkommen lassen? Sie grinste über ihre Dummheit, streckte sich in die Länge, gähnte und setzte sich in Bewegung.

»Geh dich kalt brausen, danach geht's bestimmt besser«, erklang Tante Hellas Kommandoton. Marie nickte. Die Idee einer kalten Dusche gefiel ihr. Sie machte ein paar Schritte aufs Haus zu, da hielt sie Hella am Arm.

»Wo hast denn jetzt eigentlich den Sockel?«

»Ich hab gleich ein paar Trümmer mitgenommen zur Auswahl«, sagte Marie und suchte den Boden neben sich nach dem Rucksack ab. Dann erstarrte sie und sah gerade noch, wie Joggs grüner Traktor im Wald verschwand.

»Scheiße. Der Rucksack hängt noch immer am Traktor«, stammelte sie.

Tante Hella schlug sich an die Stirn.

»Hast du seine Nummer? Der muss sofort umdrehen!«, rief Marie.

»Als ob der Jogg sein Handy immer mithätt! Entweder du rennst ihm jetzt nach oder du lässt dir was anderes einfallen«, entgegnete Tante Hella.

Marie stöhnte. Sie dachte an die Holzstücke, die sie unterhalb der Roten Wand aufgesammelt hatte. Keines davon hatte ihr wirklich gefallen. Sie erinnerte sich, wie sie den Hund am Morgen aus der Kühlkammer im *Goldenen Hahn* getragen hatte. Auf seinem Silbertablett. Da kam ihr eine Idee. »Weißt was? Ich schraub das Viech, wenn's fertig ist, einfach auf das Tablett! Das Silbertablett passt doch eh am allerbesten!«

Tante Hella griff sich ans Ohrläppchen und begann zu kneten. »Auf's Tablett willst ihn schrauben«, sagte sie nach einer Weile. Sie reckte das Kinn nach vorn, nickte ein paar Mal vor sich hin und sagte: »Ja, das könnt gehen. Das find i gar nit schlecht.«

VIER

Als Marie eine halbe Stunde später aus der Dusche stieg, war ihr Körper vor Kälte taub. Der Kopf aber war klar wie nach einer kräftigen Watschen. Sie wickelte sich in ein Badetuch und machte das Fenster auf. Ein warmer Wind strömte herein und kitzelte sie an der Schulter. Auf der abschüssigen Wiese hinter dem Haus standen drei Apfelbäume beisammen wie tuschelnde Freundinnen. Oberhalb von ihnen begann der Wald. Obwohl sie erst vor Kurzem selbst aus diesem Wald gekommen war, wirkte er nun abweisend und fremd. Bis zum Morgen würde er den Pflanzen gehören, den Tieren und der Nacht. Marie trat vor den Spiegel. Sie fuhr mit der Hand über die beschlagene Oberfläche und warf ihrem verzerrten Ebenbild einen ernsten Blick zu. Die Frau im Spiegel war nicht mehr jung. Manches war für sie tatsächlich schon vorbei. Manche Wünsche würden nicht mehr in Erfüllung gehen. Auf manche Reisen würde sie nicht mehr gehen. Und vielleicht bekam gerade deshalb alles, was war, eine besondere Tiefe. Alles zählte. Jeder Tag. Jede Tat. Jedes Wort. Marie nickte der Frau im Spiegel zu.

Betrunken oder nicht, sie würde die Arbeit zu Ende bringen. Ihrer Tante zuliebe. Sie ging die letzten Schritte durch, stellte sich das fertig geformte Tier auf dem Silbertablett vor. Dann trat sie im Handtuch auf den Gang hinaus. Aus der einen spaltweit geöffneten Küchentür drangen Stimmen.

»Und warum hast du selber zuschlagen müssen?«, hörte sie Tante Hella. Statt einer Antwort war zunächst ein Grummeln zu hören, ein wütendes Schnaufen, mit dem die Butz Anlauf nahm, ehe sie die Stimme erhob: »Weil ... weißt: Die Typen tun so stark, aber wenn irgendwas anders läuft wie sonst, scheißen sie sich an. Wenn einer ihre Ordnung stört. Das macht mich fuchsteufelswild!«

Marie wollte eintreten, doch etwas hielt sie zurück.

»Der Youni war kein Engel«, hörte sie die Butz wieder sagen. »Vieles, was er gemacht hat, war falsch. Aber die reine Unschuld gibt's nicht! Nirgends. Der Youni war ein herzensguter Mensch. Er hat die Marie wirklich gerngehabt. Und für mich war er ein Freund, auf den ich mich verlassen hab können. Wo er am Leben gewesen ist und Probleme gehabt hat, war das jedem wurscht. Und jetzt, wo er tot ist, kriegen nur die Besoffenen und die Dodel das Maul auf. Das pack ich nicht.«

Tante Hella schien nachzudenken. Marie stellte sich vor, wie sie ihr Ohrläppchen mit den Trachtenohrringen bearbeitete, ehe sie mit knarzender Stimme zu reden begann: »Der Youni hat sich's verscherzt mit die Leut. Wenn er gewildert hätt oder schwarz auf dem Bau gearbeitet ... Aber mit Drogen herumtandeln? Was Schlimmeres kannst du fast nit machen bei uns.«

»Er hat ja nirgendwo sonst eine Chance gekriegt!«, erwiderte die Butz.

»Ach, Ursula.« Tante Hella atmete geräuschvoll aus, dann stand sie langsam auf. Mit einer Stimme, die abgekämpft klang und müde, sagte sie schließlich: »I hab den Youni erst im letzten Jahr ein bisserl kennengelernt. Als fröhlichen, jungen Mann, der meiner Marie echt gutgetan hat. Wegen ihm ist sie doch überhaupt erst wieder'kommen! Er hat sie zu mir zurückgebracht. Dafür werd i ihm immer dankbar sein. Jetzt hat's ein grausliches Unglück gegeben, und er hat sein Leben verloren. Das macht mich traurig. Wie übrigens viele andere Leute auch, die halt nit ständig die Goschen aufreißen.«

»Aber warum reißen denn immer die Falschen ihre Goschen auf? Und alle anderen nicht? Warum ist allen anderen das Maul zugenäht?«, rief die Butz.

Tante Hella machte ein paar Schritte. Marie hörte ihren Atem nah an der Tür.

»Bei uns wird nit geredet. Nit, wenn was Grausliches passiert. Nit, wenn man sich für was schämt. Und schon gar nit, wenn man sich schuldig fühlt. Die Gläubigen, die gehen vielleicht noch beichten, aber die meisten werden ganz still. Das ist nit erst seit gestern so. Das hat bei uns eine lange Tradition. I glaub, die Leut denken noch immer, wenn's nit reden über eine Sache, dann ist's, als wär's gar nie passiert.«

»Ja, aber sie ist doch passiert!«

»Ursel! Es ist irre schad um den Burschen. Aber weißt, was auch schad is? Dass so viele Leut die Geschicht vom Youni nur vom End her sehen. Das darf man nit machen. Da müsst's ja bei jedem heißen: Und dann ist er gestorben. Es geht um die Zeit *vor* dem Tod. Und über die kann i nur sagen: Was immer der Youni sonst noch gemacht hat, er hat ein paar Leut, mich inklusive, glücklich gemacht. Das zählt für mich. Sonst nix.«

Die Worte ihrer Tante berührten Marie. Sie hätte sie gerne umarmt.

»So, und jetzt richt i dir jetzt g'schwind das Gästebett her«, hörte sie Tante Hella wieder. »Morgen, wirst sehen, schaut die Welt schon ganz anders aus.«

»Dank dir«, sagte die Butz matt. Marie wollte gerade nach der Klinke greifen, da knallte die sich öffnende Tür ihr direkt an die Stirn.

»Was machst du denn da? Im Handtuch? Am Gang?«, fragte Hella entgeistert.

»Nach euch schauen wollt ich«, gab Marie zurück, rieb sich die schmerzende Stirn und schaute an Hella vorbei in die Küche. Dort saß die Butz am Tisch wie ein trauriger Hügel. Ihre aufgeplatzte Lippe war mit Jod bestrichen. Auf der rechten Wange klebte ein Pflaster. Der verletzte Fuß war frisch bandagiert und hochgelagert. Ein Kühlkissen lag auf dem geschwollenen Knöchel. Tante Hella hatte ihr Bestes gegeben, auch, um die Spuren von Schafmist aus der Kleidung der Butz zu waschen. Winzig schaute sie aus, da im Türrahmen, verglichen mit der Butz. Winzig und müde. Ein dürres, abgekämpftes Kind, dem die Zeit ins Gesicht geschnitten hatte.

»Hallo«, sagte Marie noch einmal in Richtung der beiden.

Die Butz hob den Arm, sagte: »Deine Tante hat mich zusammengeflickt.« Dann knackste sie mit den Fingern, setzte hinterher: »Ich wär wieder einsatzbereit, kann ich was tun?«

Maries Zunge lag so schwer im Mund, dass sie erst beim zweiten Anlauf die gewünschten Worte formen konnte:

»Holzwolle zugeben kannst mir, wenn'st magst. Aber erst muss ich mich anziehen.«

Sie war schon im Begriff zu gehen, da fing sie Tante Hellas Blick auf.

»Trink doch erst noch ein Glaserl Wasser, Mariedl. Du lallst.«

»Okay, aber sonst bin ich wieder fit, Tanti«, sagte sie und warf Hella ein verschmitztes Lächeln zu. Tante Hella lachte müde zurück. »Schau einfach, dass der Hund fertig wird. I mach jetzt für die Butz die Bügelkammer fertig, dann richt i uns ein kaltes Abendessen her.«

»Was gibt's denn?«

»Brathering mit Kartoffelsalat. Gibt nix Besseres zum Ausnüchtern.«

*

Keine Viertelstunde später saßen Marie und die Butz wieder in der Werkstatt am Arbeitstisch. Die Butz trug noch immer die gelöste Krawatte um den Hals, hatte beide Beine hochgelagert und lehnte mehr im Sessel, als dass sie saß. Doch die entspannte Haltung täuschte. Marie hingegen hatte sich die Erinnerung an die letzten Stunden vermeintlich vom Leib geduscht. Sie war auf Zukunft gebürstet, hatte sogar schon ihr schwarzes Trägerkleid an, das sie zu besonderen Anlässen trug. Sie war kein eitler Mensch, doch das schäbige Gefühl, das sie am Morgen bei der Abholung des Hundes empfunden hatte, wollte sie nicht noch einmal spüren.

Der Chemikaliengeruch des frühen Nachmittags war verflogen. Jetzt roch es nach Holzwolle; sie kringelte sich in der Buckelkrax, die neben ihnen auf dem Boden stand. Immer wieder griff die Butz hinein und zog eine Handvoll heraus, zerrieb sie zwischen den Fingern und zwirbelte, wie Marie es ihr gezeigt hatte. Sobald das starre Material geschmeidiger geworden war, legte sie es auf den kleinen Haufen, der sich bereits vor Marie auftürmte. Kings abgebalgtes Fell erstreckte sich – die knöchernen Gliedmaßen von sich abgespreizt wie die Stäbe einer Kasperlpuppe – auf einer ausgebreiteten Doppelseite des Wochenanzeigers. Marie nahm eine Handvoll der gewirkten Holzwolle, griff sich den Balg und begann, das Material um die abgeschabten Knochen des linken Vorderlaufs zu wickeln. Nach jeder umgelegten Schicht fixierte sie die Holzwolle mit Zwirn und verglich die Dicke des Schenkels mit der am Morgen angefertigten Skizze. Eine Weile arbeiteten sie schweigend nebeneinander. Immer wieder fielen Marie die Sätze ein, die Tante Hella der Butz in der Küche gesagt hatte. *Er hat sie zu mir zurückgebracht. Dafür werd i dem Youni immer dankbar sein.* Sie hatte recht. Erst ihre Liebe zu Youni hatte Marie die Kraft gegeben, den Schritt zu wagen, nach Tirol zurückzukehren und den Betrieb des Onkels zu übernehmen. Sie erinnerte sich gut an den Anruf, der ihr Leben verändert hatte. Ein Dienstagmorgen im Juli war es gewesen, wenige Wochen nach der Sache mit der Kiste. Damals hatten sie eine stürmische Fernbeziehung geführt. Jeden Freitag hatte sich Marie nach der Arbeit, fiebrig vor Freude, in den Zug gesetzt. Jeden Sonntag war sie wieder nach Wien gefahren, die Sehnsucht im Gepäck. An jenem Dienstag war sie auf dem Weg ins Funkhaus gewesen. Sie hatte keinen Sitzplatz in der U-Bahn bekommen, war wie ein hochgeschossenes Bäumchen auf ihren neuen Absatzschuhen hin und her geschwankt. Eine Hand in der Schlaufe, hatte sie nach dem klingelnden Handy gefischt und aufs Display geschaut, ehe sie den Anruf angenommen hatte.

»Guten Morgen, Youni! Alles okay?«

»I halt's nicht aus bis Freitag. Komm wieder her. Bitte. Und dann geh nimmer«, hatte Youni gesagt, ohne Umschweife. *Pilgramgasse* hatte die Lautsprecherstimme genäselt. Dann kam der Zug im Bahnhof zum Stehen. Ovale, eckige, runde Pendlergesichter schoben sich an Marie vorbei aus den geöffneten Zugtüren. Marie wich ihnen aus und ließ sich schließlich auf einen frei gewordenen Sitz fallen. Sie schwiegen gemeinsam. Marie hörte ihn atmen, und sie spürte die Hitze, die, selbst wenn sie telefonierten, zwischen ihnen war.

»Ich überleg's mir«, sagte sie und legte auf.

Am Karlsplatz trat sie auf den Bahnsteig hinaus, fuhr die Rolltreppen ins Parterre hinauf. Sie verließ das U-Bahngebäude und wählte die Nummer ihres Chefs. Erklärte ihm ihre Lage. Dass sie verliebt sei. Dass sie nicht mehr kommen wolle. Dass sie zurückziehen würde nach Tirol. Morgen schon. Ihr Chef war sprachlos, doch er wünschte ihr alles Gute. Und Marie flanierte über den Naschmarkt mit der Leichtigkeit einer Touristin, die nichts etwas anging. Sie ließ sich treiben, setzte sich in eines der Cafés und frühstückte noch einmal. Danach kaufte sie den Marktschreiern, was sie sonst nie tat, sündhaft teure Oliven und mit Ziegenkäse gefüllte Datteln ab und stöckelte den ganzen Weg bis zur Längenfeldgasse auf bald schon blutigen Fersen nach Hause. Daheim packte sie ihre Koffer und verspeiste, ein Glas Wein in der Hand, ihre Einkäufe. An diesem letzten in ihrer Wiener Wohnung verbrachten Tag hatte Marie ganz allein gefeiert. Im Morgengrauen nahm sie ein Taxi zum Bahnhof und fuhr durch den sanften ostösterreichischen Sommer, vorbei an Seen und weitläufigen Feldern, ins zerklüftete Tirol. Youni hatte Maries Leben zum Besseren gewendet. Schon zum zweiten Mal. Er hatte ihre Zukunft entscheidend geprägt. Jetzt war er tot und würde es bleiben. Eines kommenden Tages würde Youni länger tot sein als er am Leben gewesen war. Er würde ein schwarzgelockter schöner Mann bleiben, auch dann noch, wenn sie selbst gebückt und grau sein würde. Das Loch, das sein Tod gerissen hatte, würde bleiben. Im besten Fall würde Marie irgendwann einen Weg finden, damit zu leben. Doch was wirklich zählte, war die Zeit davor. Ihre gemeinsame Zeit. Marie hatte noch keine klare Vorstellung davon, was es hieß, die Geschichte nicht vom Ende her zu denken, doch wenn sie jetzt in das schwarze Loch hineinblickte, sah sie es unten am Grund an einzelnen Stellen funkeln.

Als sie das erste Bein nachgebildet hatte, zog Marie das abgebalgte Fell darüber wie den Ärmel eines Pullovers. Dann griff sie nach dem zweiten Vorderlauf, und das Spielchen begann aufs Neue. Die Butz neben ihr bearbeitete geräuschvoll die Holzwolle. Sie sah verwundet aus, abgekämpft, wütend. Ihr Atem ging schwer. Plötzlich ließ sie die Hände sinken und starrte eine Weile apathisch auf den Haufen. Wer war diese Frau? Diese Bärin mit dem Puppengesicht? Diese Amazone, die zuschlagen konnte wie ein Boxer und deren Fesseln fragil waren wie Blumenstiele? Im Augenwinkel beobachtete Marie, wie die Butz die Krawatte vom Hals löste. Langsam, wie in Zeitlupe. Sie knüllte sie zusammen und versenkte das rote Knäuel mit einem gekonnten Wurf im Mülleimer.

»Warum schmeißt du denn die Krawatte weg?«, fragte sie.

In den Augen der Butz lag eine Entschlossenheit, die Marie frösteln ließ.

»Ich geh nimmer zurück.«

»Und was wirst du stattdessen machen?«

»Ich find schon was«, sagte sie nur und rupfte weiter.

Es war schon fast acht. Maries Magen knurrte. Der Alkohol tanzte durch ihre Blutbahnen. Zumindest war der Hund bald fertig. Wenigstens das. Und nun stand ihr der schönste Teil der Arbeit bevor. Als sie das letzte Beinchen fertig umwickelt und in den Balg eingearbeitet hatte, schnalzte sie freudig mit der Zunge. Sie nahm ein etwa dreißig Zentimeter langes Drahtstück und legte so lange Holzwolle darum, bis ein dünner, langgezogener Keil entstand.

»Schau gut zu«, wandte sie sich mit feierlicher Stimme an die Butz. »Jetzt geschieht das Wunder der Dermoplastik.«

Sie griff nach dem dünnen, umwickelten Keil und presste ihn Millimeter für Millimeter in den abgebalgten Hundeschwanz. Fast so, als drückte sie einen Finger in einen zu engen Handschuh. Kaum war das Fell über den Keil geschoppt, richtete sich die Rute auf, verlieh dem Körper Spannung und füllte ihn mit Leben.

»Nicht schlecht«, sagte die Butz. Und wirklich. Mit seiner aufgestellten Rute sah King plötzlich aus, als wäre Leben in ihn gefahren. Nur die leeren Augenhöhlen und der klaffend offene Bauch erzählten noch etwas anderes.

»Der Schwanz ist beim Hund das tragende Element«, erklärte Marie. »Wenn du den gut hinkriegst, richtet sich alles auf wie von selbst.«

Zufrieden bog sie die Rute zurecht, bis sie wie der Griff eines Spazierstocks nach oben zeigte. Dann stieß sie sich mit beiden Händen von der Tischplatte ab und holte eine große flache Kiste aus einer der Schubladen ihrer Werkbank. Sie klappte sie auf. In ihrem Inneren befanden sich, eingeteilt in Dutzende viereckige Fächer, Glasaugen. In allen Formen, Farben und Größen.

»Da hast ja echt eine gescheite Sammlung!«, sagte die Butz.

»Ja! Dabei sind das nur die gängigsten Modelle. Es gibt Hunderte verschiedene. Augen sind die wichtigste Zutat, damit ein Tier lebendig ausschaut«, sagte sie, zog eine Pinzette hervor, holte eins der Augen aus der Schachtel und hielt es der Butz unter die Nase.

»So eins würd ich für einen Jack-Russell-Terrier nehmen, aber Chihuahuas haben solche Glotzaugen, da brauch ich was Größeres.«

Sie hob eine Lage mit kleinen Fächern ab. Darunter verbargen sich zwei weitere. Sie ließ ihren Blick über die einzelnen Fächer schweifen, irgendwann zog sie eine schwarz schimmernde Halbkugel heraus, groß wie ein gewölbter Hosenknopf.

»Die könnten passen, oder?«

Die Butz brummte zustimmend und widmete sich wieder der Kiste. Sie kramte darin herum. Irgendwann griff sie mit dicken Fingern in eins der Fächer, zog ein riesiges Glasauge heraus und hielt es sich vors Gesicht.

»Das schaut geil aus!«

»Ja, die mit der horizontalen Iris sind schön. Die sind für Gämsen oder Steinböcke.«

Marie zog ein zweites Glotzauge aus der Kiste und legte es neben King auf die Zeitung. Dann packte sie die kleine Truhe wieder zusammen und verstaute sie an ihrem angestammten Platz. Sie ging weiter zum Kleiderkasten, öffnete die Seitentür und nahm das Kuvert heraus, das der Hotelier ihr am Morgen überreicht hatte. Sie zog die Fotos heraus und kam damit auf die Butz zu.

»Ich mag solche Viecher eigentlich nicht, aber der King war schon echt süß«, sagte sie beim Blick auf das erste Foto und streckte es der Butz entgegen. Das Foto zeigte King als tapsigen Welpen, der über eine von blühendem Löwenzahn bedeckte Wiese tollte. Auf dem zweiten Foto war er etwas größer und saß auf dem Schoß einer schlanken Blondine. Sofort standen Marie die türkise Wildlederjacke vor Augen, die zusammengequetschten Brüste und ein verschlagener Zug um den Mund. Keine Frage, Marie war Kings Frauchen am Morgen im Kreis ihrer Freundinnen begegnet.

»Die Therese«, sagte die Butz, spie es fast hin und deutete auf die Blonde. »Solche Leut kriegen immer, was sie wollen. Nicht einmal der Tod ist für die eine Grenze. Wenn so eine schreit, springen alle. Du bist das beste Beispiel dafür.«

»Na ja«, protestierte Marie. »Ich mach die Arbeit, die ich mag und am besten kann. Und bekomm dafür dreimal so viel gezahlt wie normalerweise. Ich wär ja blöd, wenn ich das nicht täte, oder?«

Die Butz antwortete nicht. Marie spürte eine leise Kränkung. Hatte die Butz recht? Hatte sie sich kaufen lassen? Aber was war Lohnarbeit denn anderes als die zeitweilige Zurverfügungstellung der eigenen Fähigkeiten gegen Geld? Marie wischte den Gedanken weg. Sie musste sich beeilen. Sie liebte das Modellieren von Gesichtern. Für diesen

Teil der Arbeit brauchte sie allerdings ihre ganze Hingabe und Konzentration. Sie drehte sich zur Butz und sagte, so sanft sie konnte: »Du schaust müde aus. Wenn du magst, leg dich doch auf mein Bett. Ich kümmer mich in der Zwischenzeit um's Gesicht. Und wenn ich fertig bin, essen wir, okay?«

Die Butz schaute noch immer finster, doch der Gedanke, sich kurz auszuruhen, schien ihr zu gefallen. »Gut, ich leg mich hin«, sagte sie, stand umständlich auf, humpelte zum Bett hinüber und ließ sich darauf fallen. Marie spürte, wie sich die dunkle Stimmung mitsamt der Butz in die Zimmerecke verzog. Sie hätte gern das Fenster geöffnet und frische Luft hereingelassen, doch sie wollte schnell weiterkommen. Also griff sie nach dem Foto mit King auf der Blumenwiese und studierte seinen Gesichtsausdruck. Sie sah das Leben in seinen Augen blitzen. Sein gesamter Körper war in Bewegung, die Ohren flogen im Wind. Marie nahm Maß am abgebalgten Fell mit den ausgestopften Vorderläufen und der eingespannten Rute, dann legte sie es auf die Zeitung zurück und holte einen passenden Bock aus der Chemikalienkammer. Onkel Franz hatte Holzböcke in allen Größen hergestellt, um das Arbeiten am Gesicht zu erleichtern. Marie setzte King am noch offenen Bauch auf den Holzbock, drehte seinen Kopf zu sich und begann mit dem Modellieren der Gesichtszüge. Der kleine Hund war wirklich eine Schönheit gewesen. Seine Oberlider waren zum Schutz der riesigen Augen ein wenig verdickt. Einzelne lange Härchen wuchsen darauf wie feine Antennen. Ein geöffneter Mund bedeutete viele Tage Arbeit, Tage, in denen Marie die Schnauze mit Dutzenden Stecknadeln feststecken und mit Tinkturen behandeln musste, damit sie beim Trocknungsprozess ihre Form behielten. So viel Zeit hatte sie nicht, also entschied sie sich, das Maul des Hundes zuzukleben. Tief über ihr Werkstück gebeugt, setzte sie vorsichtig den Fellkleber an und legte los. Bald schon war der schwere Atem der Butz zu hören, die auf dem Bett eingeschlafen war. Nun konnte Marie noch mehr in ihrer Arbeit versinken. *Wahnsinn*, hatte sie einmal bei Foucault gelesen, *ist die Abwesenheit einer Arbeit*. Solange sie diese Arbeit hatte, solange ihr Geist sich ganz auf eine Sache konzentrierte, würde sie der Wahnsinn verschonen.

Nachdem sie den Mund verschlossen hatte und Kings Mundwinkel zu einem sardonischen Lächeln gezogen hatte, setzte sie in größter Konzentration die Augen ein. Sie achtete darauf, dass die Lider und jedes einzelne Haar unbeschädigt am Auge auflagen. Sie entfernte die Tränenflecken, die sich als rostrote Ablagerungen im Fell gebildet hatten, mit einer Peroxidlösung. Sie vertiefte sich in Kings Ausdruck, kroch richtiggehend in ihn hinein und kontrollierte immer wieder, ob die Mimik auf den Fotos mit den Emotionen übereinstimmte, die sie dem Tier von außen ins Gesicht schrieb. Da fiel ihr ein, was die Butz am Nachmittag zu ihr gesagt hatte. *Ich frag mich, ob's dich auch einmal zerbröseln wird.* Marie dachte über die Frage nach und schaute dem Hund dabei direkt ins Gesicht. Nein. Sie würde nicht zerbröseln, nicht sofort jedenfalls, denn sie hatte diese Arbeit. Die bestand schließlich genau darin, Lebewesen, die es *zerbröselt* hatte, die an Unfällen oder Krankheiten gestorben waren, für die Nachwelt zu erhalten. Sie hauchte ihnen mit ihren Händen neues Leben ein. Und Maries Präparate zeigten die Tiere nicht in ihrem Blut oder mit der Einschläferungsspritze im Fell. *Die Geschichte nicht vom Ende her denken.* Genau darin bestand doch das Wesen der Taxidermie! Ihre Aufgabe war es, das Kaputte zusammenzuflicken zu etwas, das sich der Schönheit eines lebenden Wesens annäherte. Wieder fiel ihr Youni ein. Auch er hatte es verdient, dass man seine Geschichte nicht vom Ende her erzählte. Nicht als silberner Berg auf der Bahre würde sie ihn erinnern, nicht als Rußring, nicht als Echo einer ungeklärten Explosion, sondern als lachenden Freigeist voller Wärme, Liebe und Zugewandtheit. Bei dem Gedanken fiel die Schwere der letzten Wochen von Marie ab. Sie hätte zum Fenster hinaus schweben und auf der dämmrigen Wiese tanzen wollen. Doch noch gab es einiges zu tun. Also machte sie weiter, zog die Silikonspritze auf und drückte einen winzigen Schuss erst in die verdickten Oberlider, dann in den kurzen, fellumkleideten Penisschaft des Hundes. Solche Abkürzungen hätte Marie bei weniger eiligen Aufträgen nie genommen, doch sie hatte keine andere Wahl. Zuletzt zog sie die fledermausartigen Ohren in Form und versah sie mit einem dünnen Spanndraht. Den durfte Therese erst in zwei Wochen lösen, wenn ihr ein Tier mit aufmerksam gespitzten Ohren wichtig war. Als sie die Ohren gespannt hatte, betrachtete Marie ihr Werk. Jetzt musste sie nur noch den Bauch mit Holzwolle ausformen, alles vernähen und das Fell in Form bürsten. Dann war die Arbeit getan.

»Eine Sache würd ich gern noch besprechen«, hörte Marie die Butz vom Bett aus grummeln. Warum war sie denn schon wieder wach?

»Was denn?«, fragte sie, ohne aufzusehen.

»Die Sache mit dem Kochbuch.«

Marie runzelte die Stirn. Als sie nicht reagierte, fügte die Butz hinzu: »Da überlegen wir den ganzen Tag, was in der

Bude vom Youni explodiert sein könnte, aber über das Kochbuch reden wir nicht. Das ist doch komisch.« Sie setzte sich im Bett auf.

»Von welchem Kochbuch redest du?« Marie wollte, dass es beiläufig klang, doch das tat es nicht.

»Na, englisch, eigentlich. *Cookbook*. Anarchist Cookbook?«

Ein anarchistisches Kochbuch, das passte zu Youni. Marie strich noch einmal über das modellierte Hundegesicht und warf der Butz einen fragenden Blick zu und sagte: »Also, ich hab's nicht für möglich gehalten, dass er sich das genauer anschaut, aber nach dem, was die Typen auf der Hütte geredet haben, bin ich mir nicht mehr so sicher.« Sie sah hilflos aus. »Der Schurli hat ihm das aus Berlin mitgebracht.«

»Das Kochbuch?«, fragte Marie wieder. »Der Youni hat nie selber gekocht.«

»Das *Anarchist Cookbook* ist ja auch kein Kochbuch. Da sind alle möglichen Anleitungen drin. Molotowcocktails, Streubomben, Nagelbomben. Der ganze Blödsinn. Wir haben uns das einen Abend lang angeschaut und wild herumfantasiert. Für uns war das ein Spaß, ein Angeber-Buch fürs Regal. Aber wie ich das dem Youni zum Geburtstag geschenkt hab, hat er's gelesen, als wär's die Bibel. Wochenlang hat er bei jedem Treffen damit angefangen. Welche Sachen braucht man wofür. Wo kriegt man die Einzelteile her. Und natürlich: Was müsst man alles in die Luft jagen. Ich hab mir nix dabei gedacht. Der Youni hat ja oft groß dahergeredet. Aber dann haben's mich mit dem Gras erwischt. Und keine zwei Monate später hat's ihn in seiner Wohnung zerrissen. Schon komisch, oder?«

»Das hat er unmöglich ernst gemeint!«, stieß Marie aus. Doch da fiel ihr der Abend ein, als Youni als Leichenwäscher abgelehnt worden war, und sie errötete. Pichler solle zur Hölle fahren, hatte Youni damals gesagt, und dass man sein Haus in die Luft sprengen müsse. Marie hatte das nicht ernst genommen, denn fünf Minuten später hatte Youni wieder gelacht und schien völlig versöhnt mit der Welt.

»Das hab ich mir auch gedacht. Aber Fakt ist halt auch, dass da etwas in seiner Wohnung explodiert ist.«

»Wie schwer ist es denn, so eine Bombe zu bauen?«

»Kommt drauf an«, sagte die Butz. »Gibt ja verschiedene Modelle. Einen Molotowcocktail oder eine einfache Rohrbombe kann jeder bauen, wenn stimmt, was da gestanden ist. Du brauchst nur sowas.« Sie deutete auf ein kurzes Metallrohr, das unter dem Schrank mit den Eisenwaren hervorlugte. Dann stand sie auf und kam einen Schritt auf sie zu. Marie spürte sie hinter sich wie den Schatten eines Greifvogels.

»Da kommt ein bisserl Chemie rein. Lauter Zeug, das man legal kaufen kann«, fing sie wieder an. »Hast du sicher alles da.«

Sie schaute vom Rohr zum geöffneten Bauch des Hundes und wieder zurück. »Du schraubst auf beiden Seiten zu, baust einen Stolperdraht mit Zeitschaltuhr ein und fertig.« Sie kam näher und griff nach der Eieruhr, die neben Marie auf dem Tisch stand. »Man kann easy auch so eine nehmen.« Sie drehte daran und legte sie tickend auf den Tisch zurück.

»Echt simpel. Stolperdraht rein. Uhr aufziehen. Du spazierst ins nächste Café und bestellst deinen Latte macchiato. Und während du im Milchschaum herumstocherst, macht's da, wo du das Ding deponiert hast, *bumm*.«

Maries Herz glich sich dem Ticken an. Sie kannte Younis Begeisterungsfähigkeit. Sie wusste, wie sehr er sich in einer Sache verlieren konnte, die ihn begeisterte.

»Aber, dass er eine Bombe bauen wollte? Kannst du dir das echt vorstellen?«

»Ich weiß nimmer, was ich glauben soll«, sagte die Butz und stieß einen Seufzer aus. Marie hatte genug. Genug von den Mutmaßungen, genug von der Verunsicherung. Und sie hatte Hunger. Das Essen würde die letzten Reste der Trunkenheit vertreiben. King auf dem Arbeitstisch vor ihr war ohnehin fast fertig.

»Jetzt sind's nur noch ein paar Handgriffe. Die mach ich nach dem Essen«, beschloss sie. »Keine Ahnung, warum das so lang dauert. Meine Tante ist sonst eigentlich immer recht flink. Aber ich kann jetzt nimmer weiterarbeiten. Ich brauch was in den Magen. Kommst du mit?«

»Ich würd lieber sitzen bleiben«, sagte die Butz. »Ich will keinen Schritt mehr machen, der nicht unbedingt sein muss.«

»Okay«, sagte Marie. »Dann hol ich alles, und wir essen hier?«

»Gut. Ich räum uns ein Platzerl frei in der Zwischenzeit und bewach den kleinen Scheißer. Damit er nicht abhaut, wo er doch fast wieder lebendig ist.«

»Bis gleich«, sagte Marie und stand auf. Sie war noch nicht aus der Tür, da fuhr ihr das Schrillen der Eieruhr in die Glieder.

DREI

Etwas stimmte nicht. Marie spürte es, kaum dass sie die Werkstatttür hinter sich schloss. Lee Marvins Reibeisenstimme tönte nicht vom ersten Stock herunter, und auch aus der Küche drangen keine Geräusche. Ungewöhnlich für Tante Hella, die wie ein Uhrwerk funktionierte. Es war zwanzig nach acht. Das Essen war normalerweise längst beendet. Um die Zeit lag ihre Tante oben im Bett und hörte vor dem Einschlafen Country-CDs. *Normalerweise.* Heute war alles anders. Die Tür zur Küche stand einen Spalt offen. Kein Licht brannte. Marie spitzte die Ohren. Nichts war zu hören außer dem leisen Surren des Kellerlichts. Sie trat in die Küche. Alles stand genauso da wie am Nachmittag. Wo war Hella? Marie eilte die Treppe hinauf in den ersten Stock, klopfte an ihre Zimmertür und trat ein. Das Schlafzimmer war dunkel. Durch die geöffnete Balkontür fiel ein Streifen Dämmerlicht. Marie sah sich im Zimmer um, ihr Blick blieb an der Heiligenszene über dem leeren Bett hängen, die ein Freund von Onkel Franz vor Jahrzehnten gemalt hatte – Jesus und Maria von Magdala streifen durch ein Weizenfeld –

und wanderte zurück zur Balkontür, vor der sich der Vorhang bauschte. Unschlüssig blieb sie stehen und starrte auf den CD-Player auf dem Nachttisch. Die CDs – Tante Hella hörte nur Country, vor allem Lee Marvin und Johnny Cash – waren daneben aufgestapelt. Unberührt.

»Tanti?«, rief Marie in die Stille hinein. »Wo bist du denn?«

Da fiel ihr das Bett ein, das Tante Hella für die Butz hatte herrichten wollen. Sie stürmte Richtung Bügelkammer, wo die alte Ausziehcouch stand, auf der Onkel Franz sich oft ausgeruht hatte, wenn er betrunken gewesen war. Ohne zu klopfen, trat sie ein und machte Licht. Das Bügelbrett war zusammengeklappt. Die Wäsche fein säuberlich in die Regale geräumt. Die Couch mit einem beigen Spannleintuch überzogen. Auch das dünne Bettzeug, das Tante Hella in diesen Wochen nutzte, war schon überzogen und lag gefaltet auf der Couch. Nur ihre Tante war nirgends zu sehen. Marie spürte, wie ihr die Gänsehaut den Arm hinaufkroch. Schlagartig fühlte sie sich nüchtern. Sie rannte die Treppe hinab und trat vor die Haustür. Auf den Steinstufen erwartete sie Xaver. Der Kater war aus dem Nichts aufgetaucht. Die Dämmerung hatte sich in seinen Haaren verfangen. Marie hätte nicht sagen können, wo sein Fell aufhörte und die Dunkelheit anfing. Xaver schien ihre Unruhe zu spüren, zum ersten Mal überhaupt hörte Marie ihn miauen. Es klang mitleidig. Sie schaute sich im Vorgarten um. Alles hatte sich zur Ruhe gebettet. Die Blumen schliefen. Selbst die Kleeblätter auf der Wiese hatten ihre Blätter eingeklappt. Sie rief nach ihrer Tante. Der Wind nahm ihre Stimme und trug sie mit sich fort. Sie rannte die Längsseite des Hauses entlang, am Erkerfenster vorbei über den Parkplatz, hinter dem der Schuppen stand. Wo war Hella? Marie öffnete den Riegel der niedrigen Holztür. Im Inneren nur Dunkelheit und Stille und das hastige Dribbeln einer aufgescheuchten Maus. Während Xaver die Fährte aufnahm, eilte Marie zum Hühnerstall, der auf der Wiese hinter dem Schuppen lag. Sie öffnete vorsichtig die Klappe. Die Hennen hatten sich längst zurückgezogen. Ein leises Gackern drang aus dem Verschlag. Als sie die behaglichen Laute hörte, spürte Marie ein wenig Neid auf diese Lebewesen, die zufrieden beieinandersaßen, Federn an Federn, dicht an dicht. Sie schloss die Klappe wieder und ging über den Parkplatz zur anderen Seite des Hauses. Von Tante Hella keine Spur.

Die drei Apfelbäume auf dem Feld schwankten eng beieinander im Abendwind. Eine bodenlose Einsamkeit stieg in Marie auf. Jetzt, wo ihre Zukunft mit Youni gestorben war, brauchte sie ihre Tante umso mehr. Was sollte sie nur ohne Hella tun? Als sie die knirschenden Kiesel unter ihren nackten Fußsohlen spürte, fiel Marie das Surren wieder ein, das sie im Haus gehört hatte. Das Kellerlicht! Sie rannte an der Hausmauer entlang zur Eingangstür, vorbei am Birnbaum, dessen reife Früchte im Zwielicht schimmerten wie Christbaumschmuck. Sie riss die Tür auf und rannte Richtung Stiege. Schon vom Treppenabsatz aus sah sie die gefärbten Locken. Als in sich zusammengefallenes, weinrotes Häufchen kauerte ihre Tante am Treppengeländer, beschienen vom grauen Mond des Kellerlichts.

»Was treibst du denn da unten?« Marie eilte die Stiege hinunter und fiel neben Tante Hella auf die Knie. Wie ein Geist kauerte Hella auf dem Kellerboden. Ihr Gesicht noch zerfurchter als sonst, die Augen lagen tief in den Höhlen. Sie sah schrecklich aus, doch Marie war erleichtert, sie zu sehen.

»Geht gleich weiter«, sagte Hella atemlos und zugleich so

leise, dass es fast ein Flüstern war. »Die Rennerei den ganzen Tag. Die Aufregung.«

»Ganz ruhig Tanti, ich helf dir auf«, sagte Marie und streichelte ihren knöchernen Rücken.

»Dabei wollt i nur die Fischdosen. Die Fischdosen wollt i holen aus der Speisekammer. I hab mir erst das damische Aderl angehaut am Geländer, dann wollten die Haxen nimmer.«

Tante Hella schnaufte bei diesen Worten.

»Ganz ruhig, Tanti. Wir haben's nicht eilig«, versuchte Marie sie zu beruhigen.

»Kannst du das machen? Die Dosen holen? In der Speis hinten im Regal?«

»Sicher, Tanti«, sagte Marie betont ruhig und gab ihr einen Kuss auf die Stirn. Sie stand auf und ging den schummrig beleuchteten Gang hinunter, an dessen Ende die Speisekammer lag. *Ein Schwächeanfall.* So hatte Marie ihre Tante noch nie gesehen. *Jetzt geht es bei ihr los.* Sie öffnete die Tür, sog den Geruch nach Mottenkot, Dörrobst und den Ausdünstungen der Speckhälften ein, die Tante Hella zum Trocknen aufgehängt hatte. Sie spürte, wie der Alkohol ihr im Kopf herumfuhr, spürte eine Übelkeit aufwallen, in die sich eine tiefe Traurigkeit mischte. Kurz presste sie die Zähne zusammen. Sie machte Licht, nahm zwei goldene Dosen mit Bratheringen aus dem Regal und ging zurück zu ihrer Tante, die ihr ratlos und müde entgegenblickte.

»Komm Tanti, wir setzen uns in die Küche. Ich mach uns was zum Abendessen. Danach bring ich dich ins Bett«, sagte Marie.

»Aber das Zimmer? I hab doch noch gar nit die ganze Wäsche verräumt.«

»Keine Sorge. Die Butz kann ganz wunderbar schlafen da drin. Und der Hund ist auch fast fertig. Ich muss nur noch den Bauch fertig machen. Sorg dich nicht, es wird alles gut.«

Erst jetzt bemerkte Marie, dass sie schon wieder Schluckauf hatte. Tante Hella sammelte ihre Kräfte und atmete einmal tief durch. Dann nickte sie Marie zu und sagte mit gezwungener Fröhlichkeit: »Auf geht's. Hopp auf.«

Es dauerte, bis ihre Tante auf den Beinen war. Jede Bewegung schien sie anzustrengen. Marie hielt ihr hicksend den Arm hin. Tante Hella griff danach, ohne aufzublicken. Ihre Füße schleiften über den Boden. Mit einer Vorsicht, die sie noch nie an ihrer Tante gesehen hatte, nahm sie Stufe um Stufe. Die plötzliche Zerbrechlichkeit dieser sonst so drahtigen Frau verunsicherte Marie. Aber dass Tante Hella, deren scharfe Zunge sonst nie um einen Spruch verlegen war, zu schwach war, um zu reden, machte ihr richtiggehend Angst.

»I brauch nur einen Schluck Wasser und i bin wieder die Alte«, sagte Hella.

»Kriegst du«, sagte Marie und hickste noch einmal.

*

»I hab mir einfach Sorgen g'macht um dich. Um euch. Dass was passiert ist«, sagte Tante Hella, kaum dass sie das Glas von den Lippen genommen hatte. Das Teller mit dem Hering und dem Kartoffelsalat vom Vortag, das Marie für sie vorbereitetet hatte, rührte sie nicht an.

»Zum Essen ist's mir heut zu spät. Sonst lieg i die halbe Nacht wach und träum von Bratheringen«, sagte sie entschuldigend.

»Schon gut. Dann bring ich dich hinauf«, sagte Marie.

»I hoff, der Ursula geht's auch bald besser. Frauen, die sich wehren können, brauchen wir dringend! I schau nit so aus, aber i hab früher schon auch einmal einem Mannsbild eine aufgelegt. Frag den Jogg! Der weiß das am allerbesten. Wo ist die denn eigentlich, die Ursula?«

»Die wartet in der Werkstatt, dass ich ihr was zum Essen bring«, sagte Marie und schaute auf die Küchenuhr an der Wand. Viertel nach neun. Ein leises Schuldgefühl kroch in ihr hoch, doch Tante Hella, entschied sie, brauchte sie dringender.

»Und wie weit seid's ihr?«, fragte Hella.

»Fast fertig. Nur noch den Bauch zusammensuchen und zunähen. Eine Viertelstunde, wenn ich mir Zeit lass.«

»Na, das schaffst du locker bis Mitternacht.« Hella nickte zufrieden und stützte die Hände auf. »Sag der Ursula einen schönen Gruß. Wenn i mi jetzt nit sofort hinleg, schlaf i im Sessel ein. Dann steh i morgen her wie ein U-Hakerl.«

»Das soll nicht sein, Tanti«, sagte Marie und hielt ihr den Arm hin. Zusammen gingen sie die Treppe hinauf. Marie öffnete die Tür und half ihrer Tante dabei, ihre Gummilatschen auszuziehen. Tante Hella zog ihr Strickgilet und den Hauskittel aus und setzte sich im Unterhemd aufs Bett. Marie erschrak, als sie sah, wie schmal ihre Tante geworden war. Ihre Oberarme ragten wie trockene Äste aus ihrem Leibchen. Runzelige Haut hing schlaff daran herunter wie geschmolzene Rinde. Diese Arme waren für Marie ein Leben lang der Inbegriff an Tatkräftigkeit gewesen. Diese Arme hatten sie getragen, gefüttert und vor der Welt beschützt. Hella schien Maries Blick zu bemerken, doch sie war zu müde, um etwas Aufheiterndes zu sagen. Stattdessen zog sie sich mit letzter Kraft die dritten Zähne aus dem Mund, ließ sie ins Wasserglas auf dem Nachttisch gleiten und verkroch sich unter der Decke. Ein müdes altes Tier, das nur noch schlafen will. Marie zog ihr die Tuchent bis zu den Schultern hoch. Es war das erste Mal, dass sie die Tante ins Bett brachte.

»Legst mir noch die Country Classics ein? Das letzte Lied?«, nuschelte Tante Hella mit einer Stimme, die kaum ein Wispern war. Marie nickte.

»Und der Ursula schöne Grüße, gell?«

Marie nickte erneut.

»Gute Nacht, Tanti«, sagte sie, legte die CD ein und drückte so lange auf den Vorwärtsknopf, bis der letzte Song erreicht war. Die kleine silberne Scheibe rotierte. Schließlich fand sie die richtige Stelle, und das Lied begann. Tante Hellas Gesichtszüge entspannten sich schon nach den ersten Takten. Sie schloss die Augen. Marie gab ihr noch einen Kuss auf die Wange. Dann stand sie auf, zog die Tür hinter sich zu und sang selbst leise weiter. Sie sang, während sie in die Küche hinunterging, um das Abendessen für sich und die Butz herzurichten. Sie sang mit hoher dünner Stimme. Kein fröhliches Singen war das, kein gelöstes, sondern ein angstvolles. *I was born under a wandering star.*

*

Marie trat mit vollbeladenen Tellern aus der Küche auf den Gang, als sie einen süßlichen Geruch wahrnahm, der sie sofort in die Vergangenheit beamte. *Younis Gesicht im Schein des Gasfeuerzeugs. Sein verschmitztes Lächeln. Das Geräusch, als der*

Deckel des Feuerzeugs zuschnappt. Dieses befriedigende Klicken.
Youni. Seine um den Joint gelegten Lippen. Wie er auf der Bank
vor dem Haus Rauchringe in den Nachthimmel bläst. Seine Finger.
Sein entschuldigendes Grinsen. Die Wärme seines schlanken Kör-
pers. Marie ließ die Teller auf die Truhe neben dem Spiegel
schlittern, stürmte über den Gang und stieß die Werkstatttür auf. Das Zimmer war so verraucht, dass sie einen Moment brauchte, bis sie die Gestalt am Arbeitstisch erkannte.
Zwei Wimpernschläge nur, eine winzige Ewigkeit lang, saß
dort in den Nebelschwaden tatsächlich Youni, ihr Youni! Etwas flammte in Marie auf. Es funkelte und glitzerte, war
licht und leicht. Dann war der Moment vorbei. Marie erkannte die Butz.

»Ich muss echt besoffen sein«, sagte sie tonlos, den Ge-
schmack von Asche auf der Zunge. Die Ereignisse des Tages
hatten die Wunde, die Younis Tod in ihr geschlagen hatte,
erneut aufgerissen. Marie schloss die Augen, spürte, wie die
hauchdünne Schicht, die über die Wunde gewachsen war,
in Fetzen davon abstand. Da strömte ihr der Grasgeruch ins
Hirn und nahm dem Schmerz die Schärfe.

»Sorry, aber die Kiste war einfach zu verführerisch«, sagte
die Butz, zeigte ihre schiefen Zähne und blies eine süßliche
Rauchwolke in Richtung der Hasen, die seit dem Morgen
vom Fenster aus alles beobachteten. Die Tür zur Chemikalienkammer stand offen. Das oberste Regalbrett war leer.
Die Kiste, Younis olivgrüne Kiste, ruhte auf dem Stuhl, auf
dem Marie vorhin gesessen hatte.

»Ich muss doch wissen, wie das Zeug schmeckt, das ich
da mit heimnehm«, fing die Butz, als Marie nichts sagte,
wieder an und inhalierte noch einmal. Marie rührte sich
nicht.

»Was ist denn los, Marie?«

Sie stand einfach nur da und starrte die Butz an.

»Du warst so lang weg, da hab ich mir gedacht, ich helf dir ein bisserl ... Ich hoff, du bist mit dem Ergebnis so happy wie ich. Aber so lang still sitzen is einfach nicht meins. Und für eine blutige Anfängerin hab ich das ganz gut gemacht, oder? Da hab ich mir jetzt wirklich einen Joint verdient. Ich sag immer: Erst die Arbeit, dann das Vergnügen. Die Holzwolle und alles, was leicht brennt, hab ich vorher verräumt. Sicherheitshalber. Wirst staunen, wenn du das Hunderl siehst.«

Marie stand noch immer wie versteinert da. Die Butz schaute sie mit roten Augen an. Sie aschte in eine leere Coladose, zog noch einmal. Marie streckte die Hand nach dem Joint aus, doch die Butz drehte sich in dem Moment weg.

»Morgen seid's ihr mich und das Gras los«, sagte sie und fixierte den Glutkegel des Joints. »Aber heute, heute feiern wir ein bisserl. Den Youni. Das Hunderl. Und uns. Was sagst?«

»Dann gib halt her«, knurrte Marie und fuhr mit der Hand vor dem Gesicht der Butz herum. Die schaute überrascht auf.

»Ich hab geglaubt, du verträgst kein Gras?«

Marie schüttelte müde den Kopf.

»Gib einfach her.«

Die Butz zuckte mit den Schultern und hielt ihr den Joint hin. Marie griff danach und inhalierte. Sie hustete wie ein knatternder Auspuff. Sie nahm noch einen Zug, hastig, scherte sich nicht um das Husten, ließ sich davon schütteln, sog neuerlich heißen Rauch ein. Zwei, drei Züge, und das Husten hörte auf. Die Lunge gewöhnte sich an das Kratzen. Marie spürte, wie ihr Körper leicht wurde, sich mit Helium füllte und sie emporhob. Sie hatte noch immer diesen Aschegeschmack im Mund, zumindest gab es dafür jetzt eine logische Erklärung. Die Butz beobachtete sie aus dem Augenwinkel. Marie achtete nicht darauf. Sie rauchte im Stehen. Zug um Zug. Als der Joint bis zum Filter hinuntergebrannt war, ließ sie den Stummel in die ovale Trinköffnung der Coladose plumpsen. Zischend erlosch die Glut in der darin verbliebenen Pfütze. Marie ging zum Fenster, öffnete es, blies eine dichte Rauchwolke in den Abendhimmel und schaute an den Hasen vorbei ins Tal. Das Dorf lag mit seinen beleuchteten Häuschen da wie Spielzeug in einer weihnachtlichen Auslage. Süßlich, doch weiß Gott nicht harmlos. *Zucker ist pures Gift.* Von den umliegenden Bergen leuchteten die Lichter der Bergbauernhöfe. *Youni ist tot.* Marie las diese Worte von einer in den Nachthimmel gemalten Laufschrift ab. *Die Zukunft ist tot.* Und was war mit der Vergangenheit? Marie lauschte. Lee Marvins Stimme war verklungen. Nichts war mehr zu hören, außer dem gedämpften Rauschen der Autos, die alle paar Sekunden unten im Tal über die Landstraße schossen, und der Butz, deren Finger an irgendetwas nestelten. Marie stellte sich ihre Tante vor, wie sie im Bett lag, völlig erschöpft von diesem aufreibenden Tag, und schlief, ohne zu träumen. *Von jetzt an baut sie ab. Bald wird sie sterben. Und ich bin ganz allein.* Kohlensäurebläschen gleich, die vom Boden eines Wasserglases an die Oberfläche klettern, stieg die Traurigkeit in Marie auf. Nachtluft drang herein, zog den süßen schweren Rauch aus dem Zimmer in die Dunkelheit und legte sich wie ein Erfrischungstuch auf ihr Gesicht. Die Butz saß noch immer da, mit ihrer geschwollenen Lippe wie eine siegreiche Boxerin. Ihr Magen knurrte.

»Wolltest du uns nicht was zum Essen bringen?«, sagte sie.

Marie nickte und wankte aus der Werkstatt.

»Ich hab echt einen Mordshunger«, rief ihr die Butz hinterher.

Kurz darauf stellte Marie ein Teller, vollgehäuft mit Dosenfisch und Kartoffelsalat, vor sie hin. Die Butz griff nach der Gabel und schaufelte sich den Bauch voll. Auch Marie begann zu essen, mit einem Hunger, in den sich Verzweiflung gemischt hatte.

»Wo ist eigentlich der Hund?«, fragte sie kauend, nachdem sie eine Weile schweigend gegessen hatten.

»Ha, jetzt willst du's doch wissen!«, rief die Butz freudig aus. »Ich hab nicht geschlafen in der Zeit, wo du mit deiner Tante getratscht hast«, sagte die Butz schmatzend.

»Was soll denn das heißen, getratscht?« Maries Gabel klirrte aufs Teller. »Die Tante Hella hat einen Schwächeanfall gehabt. Ich hab sie auf der Kellerstiege gefunden.«

Die Butz erschrak sichtlich. »Scheiße. Und jetzt? Wo ist sie?«

»Im Bett. Ich hab sie vorhin hingelegt.«

»Oje. Der ist heut alles zu viel worden. Die Arme. Aber hey, deine Tante ist hart im Nehmen. Und um den Hund musst du dich jetzt ja auch nimmer kümmern.«

»Warum denn nicht?«

Die Butz grinste breit, zeigte ihre schiefen Zähne, auf denen ein winziges Schnittlauchröllchen hängen geblieben war. Dann griff sie hinter sich, vollführte eine umständliche Bewegung und zog den Hund hervor.

»Ta da! Das Tablett hab ich leider nicht gefunden, draufschrauben müssen wir ihn also gleich noch. Aber den Rest hab ich fertig gemacht. Gut, oder?«

»Du hast was?«

Der Hund lag in den Pranken der Butz wie ein Stofftier. King starrte sie mit dunkelbraunen Glasaugen an. Marie starrte mit offenem Mund zurück. Die Butz konnte unmöglich ... Sie riss ihr das Tier aus der Hand, drehte es in jede Richtung, fixierte die kaum sichtbare Naht am Bauch. Entgeistert stellte sie fest, dass der Hund gar nicht schlecht aussah, nur der Bauch spannte seltsam prall unter dem eisblonden Fell.

»Warum zur Hölle hast du nicht auf mich gewartet?«

»Reg dich nicht auf! Ist doch voll gut geworden fürs erste Mal, oder?«

»Bist du wahnsinnig? Du hättest mir alles hinmachen können!«

»Hab ich aber nicht. Das Viech schaut doch super aus, oder?«

Marie schnaubte. Da fiel etwas in der Butz zusammen. Sie verschränkte die Arme vor der Brust und blickte auf das Teller mit dem Brathering.

»Ich wollt dir doch nur helfen«, setzte sie beleidigt hinterher.

»Helfen? Sag mal, spinnst du?«, schrie Marie. »Du hast das noch nie gemacht und bildest dir ein, du kannst mir helfen? Mit deinen Riesenpranken? Kannst froh sein, dass du nix zerstört hast mit deiner scheiß *Helferei*.«

Am liebsten hätte Marie das Vieh aus dem Fenster geschleudert, doch sie beherrschte sich, drehte den Hund noch einmal nach allen Seiten. Er lag, das musste sie zugeben, gut in der Hand. Nur an ein paar Stellen spürte sie Verhärtungen unter dem Fell. Sie wog ihn in einer Hand.

»Warum ist das Vieh so schwer?«, fragte sie ärgerlich.

Die Butz gab keine Antwort.

»Was hast du denn da alles reingestopft, verdammt?«

» Na Holzwolle, Draht zum Fixieren. Alles so, wie du's mir gezeigt hast ...«, verteidigte sich die Butz.

»Das Vieh ist so schwer, als hättest du eine Bleikugel da drin versenkt!«

Wütend tastete Marie über Kings Bauch. Sie spürte harte Stellen, an denen das Fell eines Tages reißen würde.

»Da ist viel zu viel Spannung drauf! Das geht so nicht.«, zischte sie.

Der Gesichtsausdruck der Butz wechselte von Kränkung zu Schuldbewusstsein. »Du. Mir war fad. Ich wollt helfen. Ich hab dacht, wenn ich das geschwind mach, haben wir's schneller und können ein bisserl relaxen. Sorry, dass ich deine Arbeit verpfuscht hab.«

Ehe Marie etwas sagen konnte, stieß die Butz einen entsetzten Schrei aus.

»Was ist denn mit deinem Auge los?«

Marie schoss die Röte ins Gesicht. Sie zwickte energisch die Augen zusammen und atmete tief ein und aus. Sie zählte innerlich bis zehn. Dann riss sie sie weit auf.

»Und? Geht's jetzt wieder?«

»Dein linkes Auge! Das ist steckengeblieben. Wie bei einem Reptil!«

»Ich hab gefragt, ob's wieder geht!« stieß Marie entnervt hervor.

»Ja. Jetzt ist's wieder normal«, sagte die Butz mit einer Stimme, in der noch immer Entsetzen mitschwang.

Marie stieß einen Schwall Luft aus, dann sagte sie: »Komm. Essen wir erst einmal fertig.«

»Als ob i jetzt noch Hunger hätt«, sagte die Butz mit theatralischer Miene, griff aber sofort nach der Gabel.

»Wir essen jetzt«, sagte Marie noch einmal. »Und dann trenn ich die ganze Scheiße wieder auf!«

ZWEI

Kaum hatte Marie ihr Mahl beendet, lehnte sich die Butz, deren Teller längst leer war, im Sessel zurück. Sie schwang den zerrupften Zopf von einer Schulter zur anderen und zündete den nächsten Joint an. Marie ließ die Butz nicht aus den Augen. Woher nahm sie die Frechheit, sich an ihrem Werkstück zu vergreifen? Als sie Maries Blick bemerkte, hielt ihr die Butz den Joint hin.

»Da. Ist gut für die Verdauung.«

»Du und deine blöden Witze.«

Es klang weniger scharf, als Marie gehofft hatte. Sie griff nach der Tüte, zog daran, spürte, wie die Wut mit jedem Einatmen schwächer wurde. Von einer Doppelseite des Wochenanzeigers starrte King zu ihr herüber. Er sah aus, als wäre er mitten im Lauf schockgefroren und umgekippt. Marie wollte einen Fehler finden, an dem sich ihre Wut erneut entzünden konnte. Aber – das musste sie zugeben – die Butz hatte ganze Arbeit geleistet. Keine sichtbare Naht, keine Materialspuren. Nur das Gewicht des Tieres stimmte nicht. Kings Bauch war unförmig und schwer. Unter dem

festgenähten Fell hatte Marie mehrere spitze Drähte er-
tastet. Es war nur eine Frage der Zeit, bis sich das Metall
durch das Fell bohren würde. Sie inhalierte noch einmal
und dachte an Hassel und seine Tochter. King war erst wenige Stunden tot und schon zu neuem Leben erwacht. In
aller Eile hatte sie ihn zusammengeflickt, damit die Erbin
des *Goldenen Hahns* ihren Geburtstag ja nicht ohne ihren
Liebling feiern musste. Youni war seit sechs Wochen tot.
Kein Hahn krähte mehr nach ihm. Eine Woche nach dem
Unglück hatte man die Ermittlungen eingestellt. Seitdem
herrschte Schweigen. *Zweitausendsechshundert Euro.* Zweitausendsechshundert Euro und ein Mordsstress. Marie ver-
abscheute die Haltung ihrer reichen Kunden, die glaubten,
alles in der Welt wäre in Geld aufwiegbar. Und doch war
sie übers Stöckchen gesprungen, das Hassel ihr am Morgen
hingehalten hatte. Dabei war ihr endlich jemand begegnet,
mit dem sie über Youni hatte reden können. Jemand, der
ihn fast so gern gehabt hatte wie sie selbst. Wieder suchte
Maries Blick die Butz, doch die saß gedankenversunken vor
ihrem leergefressenen Teller. Hassel hatte ihr sein Stöckchen hingehalten. Marie war gesprungen. Sie hatte sein
Suppenhuhn in einen Pfau verwandelt. Waren die Mühl-
steine in seinem Bauch da nicht egal? War es nicht egal,
ob irgendwann ein Draht aus diesem Vieh brechen würde?
Die Butz hatte helfen wollen. Sie hatte es gut gemeint
und gar nicht schlecht gemacht. Marie zog noch einmal,
dann hielt sie ihr den Joint hin, sagte: »Hier. Friedens-
pfeife.«

»Da schau her«, sagte die Butz, zog überrascht eine Braue
hoch und nahm den glühenden Kegel zwischen die Finger.
Sie sog den Rauch in sich ein, so tief, als wollte sie jeden

Zentimeter ihres Körpers damit füllen. Ein paar Sekunden hielt sie den Atem an, ehe sie eine weißliche Wolke ausstieß. Maries Blick fiel auf die Dielen.

»Wo ist denn das Rohr hin, das da vorhin gelegen ist?«, fragte sie.

»Was weiß denn ich«, sagte die Butz mit vom Rauch belegter Stimme.

Ein Schluckauf drängte zwischen Maries Lippen und zerhackte jeden weiteren Gedanken. Sie schloss die Augen, versuchte ruhig zu atmen. Der Schluckauf durchzuckte sie noch ein paar Mal, ehe er sich legte. In Marie aber pochte es weiter. Ihr Herz war ein Meißel. Es klopfte Partikel frei, die durch ihren Körper rieselten. Sie spürte, wie das Rieseln der Roten Wand sich in ihr fortsetzte. Wie alles herunterkam, einstürzte, *zerbröselte.* Einen Augenblick lang blieb der Staub auf dem Grund liegen, ehe er mit dem nächsten Herzschlag wieder in die Höhe stob. Gedanken, Erinnerungen, Worte. In Maries Körper wirbelte alles durcheinander. Joggs Schober kam ihr in den Sinn. Diese hell erleuchtete, nach Schafmist stinkende Kathedrale, in der sie mit Youni getanzt hatte. Ein letzter gemeinsamer Tanz im flackernden Licht der Erinnerung. Sie sah das Kasermandl, wie es sein Pfandl vorbeitrug. *Nur dir muss es schmecken*, hatte Jogg zu ihr gesagt. Erinnerungen rieselten. Staub der vergangenen sechs Wochen rieselte. Winzige Partikel in ihrem Kopf rieselten. Younis Gesicht im hellen Schein seines Gasfeuerzeugs. Sein Lachen. Die Grübchen um seinen Mund, wenn er sie neckte. Seine schwarzen Locken. Seine Schönheit, die schon immer eine dunkle Maserung des Kaputten in sich trug. Die Chancen, die er nie gehabt hatte. Die Absagen. Die Ausschlüsse. Das Schweigen, mit dem man ihm über

245

die Jahre hinweg begegnet war. Das alles schichtete sich übereinander, türmte sich in Marie auf und gipfelte im Bild eines silbrig glänzenden Berges auf einer Bahre vor seinem rußgeschminkten Fenster, unter dem sich das Unvorstellbare verbarg. *Hör auf,* mahnte sie sich. *Hör auf, die Geschichte vom Ende her zu denken.* Die Gestalt neben ihr räusperte sich. Marie spürte, wie lächerlich ihr Zorn war. Warum war es so schlimm, dass die Butz den Hund zugenäht hatte? *Wem gehört denn ein toter Hund?* Wäre es nicht eine gute Pointe, wenn King zwar nicht mehr beißen konnte, aber dafür stechen mit einem durchs Fell brechenden Drähtchen? Was, wenn sich die Hotelierstochter Therese an dieser Spindel stechen würde und hundert Jahre schlafen? Diese Frau, die Tote zum Leben erwecken lassen konnte mit dem vielen Geld, das andere für sie gesponnen hatten? *Zweitausendsechshundert Euro.* Der Hund war fast fertig. Marie hatte Stroh zu Gold gesponnen. Ihre Stimmung hellte sich auf, die Mundwinkel strebten auseinander. Als die Butz das sah, grinste sie mit. Da war es um Marie geschehen. Beide lachten laut und hysterisch, bis sie erschöpft in den Sesseln hingen. Die Butz fand als Erste die Sprache wieder.

»Du. Es ist schon halb elf«, sagte sie mit Blick auf ihr Handy.

Marie erhob sich. »Ich hol das Tablett.«

*

»Schaut super aus, der arrogante Scheißer«, sagte die Butz, als sie den Hund probehalber auf seinen silbernen Sockel setzte. Sie hatte es sich nicht nehmen lassen, eigenhändig die Löcher zu fräsen. *Einmal im Leben durch Silber bohren.* Marie nickte ihr zu. Dann verdrahtete sie das Tier mit wenigen gekonnten Handgriffen auf dem Sockel. King sah aus wie Idefix auf dem Schild des Gallierhäuptlings. *Der König ist tot, es lebe der König.* Zufrieden trat Marie aus der Werkstatt, um aus dem Bad einen Kamm und das Haarspray zu holen. Als sie wiederkam, hörte sie ein leises Ticken.

*

»Fahr vorsichtig«, knurrte Marie, als die Butz den Motor anließ.

»Keine Sorge. High Autofahren ist meine Königsdisziplin«, grunzte die Butz und zeigte die schiefen Zähne. Marie hatte darauf gedrängt, ein Taxi zu nehmen, doch die Butz hatte sich geweigert und so lange auf sie eingeredet, bis sie sich bereit erklärt hatte einzusteigen. Mulmig zumute war ihr trotzdem beim Gedanken daran, dass die Butz sich trotz angeknackstem Knöchel und vernebeltem Kopf hinters Steuer gezwängt hatte. Die Butz gaste an, schlug das Lenkrad ein und streckte dabei die eingerollte Zunge aus dem Mund. Im Schritttempo fuhren sie durch den im Dunkeln liegenden Wald. Immer wieder sprangen kleinere Tiere aus dem Weg, sobald sie die Lichter der Scheinwerfer streiften. Marie atmete auf, als sie merkte, wie langsam die Butz ins Tal hinunterzuckelte. Die Allee lag einsam und verlassen da. Keine Laterne erleuchtete die Schotterpiste. Sie fuhren bis zur Kapelle, von wo der Weg ins Dorf hinüberführte. Sie bogen ab und krochen weiter. Marie warf einen Blick auf den Tacho. Fünfzehn Kilometer pro Stunde.

»Wenn du in dem Tempo weiterschleichst, hält uns noch die Polizei auf.«

»Schon gut, schon gut«, sagte die Butz und schaltete in den zweiten Gang.

Marie schaute vom Beifahrersitz aus auf das dunkle Band der Straße, beobachtete, wie der Wagen einen weißen Streifen nach dem nächsten fraß. Kein anderes Auto war zu sehen. Sie waren allein.

»Warum hast du da am Arm eigentlich einen Vogel Strauß tätowiert?«, fragte Marie nach längerem Schweigen.

»Der Schurli hat mir den gestochen, zum fünfzehnten Jahrestag.«

»Und hat das eine bestimmte Bedeutung?«

Die Butz verdrehte die Augen. »Jede Tätowierung hat eine bestimmte Bedeutung. Die geht halt nur bestimmte Leute was an.«

Dann fiel sie ins Schweigen zurück, so lange, dass Marie zusammenzuckte, als sie doch wieder zu sprechen begann: »Sagen wir so: Der Vogel Strauß kann nicht fliegen und ist trotzdem ein richtiger Vogel. Und ich bin eine richtige Frau, auch wenn ich keine Kinder hab.«

*

»Hörst du das?«, fragte Marie, als sie auf die Bundesstraße einbogen.

»Ich hör nix«, sagte die Butz und fuhr stur geradeaus.

Marie lauschte. Das Ticken war deutlich zu hören.

»Die Eieruhr von der Tante Hella. Die muss hier irgendwo sein«, sagte Marie wieder, eine unbestimmte Angst in der Stimme.

»Blödsinn«, knurrte die Butz, »da ist nix.«

»Aber ich hör's doch«, protestierte Marie.

Auf dem Gesicht der Butz erschien ein höhnischer Ausdruck. Sie fuhr den rechten Arm aus, drückte am Kassettenrekorder des Autoradios herum. Hypnotische Klänge in ohrenbetäubender Lautstärke erfüllten den Innenraum. Ein Tamburin, eine Basstrommel, einige Striche auf der Bratsche, und schon begann Lou Reeds schnarrender Gesang. *Shiny, shiny! Shiny boots of leather.* Die Butz sang jedes Wort mit solcher Inbrunst und Textsicherheit mit, dass Marie ein Lacher entfuhr. Dieses vom Tiroler Dialekt eingefärbte Englisch! Diese Fetisch-Fantasie, gesungen von einer zerknautschten Riesin im abgerissenen ÖBB-Kostüm ... Doch schon nach wenigen Takten erfasste auch sie die düstere Feierlichkeit des Songs. Den Hund auf dem Schoß, schaute sie hinaus auf die Zacken des Wilden Kaisers, die wie Speerspitzen aus der Nacht dräuten. Der Wagen glitt durch die Dunkelheit, passierte in einer Kurve eine hell erleuchtete, menschenleere Tankstelle. Sie sah aus, als hätte Edward Hopper persönlich sie dort hingemalt. Kein Mensch weit und breit. Das Ticken. Marie konnte es nicht mehr hören, doch sie spürte es. Es kam aus ihrem Schoß.

*

Nachdem sie etwa zehn Minuten durch das nächtliche Tal gefahren waren, erreichten sie die ersten Lichter der Stadt. Sie durchquerten das Industriegebiet, nahmen die Umfahrungsstraße. Das *Hotel zum Goldenen Hahn* thronte auf einem Hügel über der Stadt. Ganz in der Nähe lag der Schwarzsee, dieses dunkle Moorbad, das Marie seit ihrer Kindheit über alles liebte. Auch mit Youni war sie oft hergekommen, hatte mit Blick auf den Kaiser in diesem Wasser gebadet und sich am torfigen Ufer gesonnt. Im Vorbeifahren erkannte sie den See, der wie ein Spiegel in der Landschaft lag.

NULL

Marie spürte die Wucht der Detonation als warmes Gefühl im Magen, das sich ringförmig im ganzen Körper ausbreitete. Und kaum war das Gartentor hinter ihr ins Schloss gefallen, ging es richtig los. Dutzende goldene Trümmer flogen durch die Luft. Eine weitere Detonation war zu hören. Dann noch eine. Noch eine. Noch eine. Ein goldener Lichtregen ging über ihr nieder, während sie die Straße hinunter Richtung Vorderstadt lief. Kein Mensch war zu sehen. Niemand rannte in Panik auseinander. Kein Schreien war zu hören. Stattdessen erfüllte ein ehrfürchtiges Raunen die Nacht. Ungläubige Ahs und Ohs. Alles flog in die Luft, doch die Menschen standen am Fenster und staunten! Marie wusste, dass nicht nur der Hund explodiert sein konnte. Einer Kettenreaktion gleich flog auch alles andere in die Luft, in dessen Adern nichts weiter floss als Geld. Die Boutiquen, die Feinkostläden und Immobilienbüros entlang der Stadtmauer. Wie zu nah beieinander gezündete Feuerwerkskörper explodierten sie und zerbarsten als leuchtende Flecken am Nachthimmel. Skianzüge und Moon Boots regneten auf die nächtliche Straße herab. Der Marmorlipizzaner vor dem *Hotel zum Weißen Rössl* erhob sich in die Lüfte und machte einige Galoppschritte über den sternenklaren Himmel, ehe auch er in tausend Stücke zersprang. Seidenschals von Hermès trieben durch die mit Schießpulver getränkte Nacht. Dutzende Gamsbärte mit goldenen Nadeln durchpflügten die Luft wie Giftpfeile. Krachend zerrissen in den Auslagen die Lederhosen. *Nicht stehen bleiben! Nur nicht stehen bleiben,* dachte Marie, während die gläserne Fensterfront des Speisesaals vom Grandhotel neben ihr mit ohrenbetäubendem Klirren in Tausende Stücke zerbrach. Tische, Stühle, Bänke. Alles wirbelte durch die Luft. Daunenjacken flogen in den Formationen der Zugvögel über den Himmel, als erinnerten sie sich an frühere Flugrouten. Alles knallte, explodierte, zerstob! Hühnerschenkel, Suppenteller, Knödelbälle. Bunte Früchte, Krebse, Langusten und alle anderen Krusten. Alles war in Bewegung! Alles brach auf! Die Schere eines ausgelutschten Hummers ritzte Marie im Vorbeifliegen die Stirn auf. *Peng.* Eine Detonation folgte der nächsten. *Peng.* Ein Regen aus Fischmessern ging neben ihr nieder. *Peng.* Blumenbouquets. Blütenblätter. Aufgeschlagene Bibeln flatterten im Wind. Gesangs- und Liederbücher tanzten mit geflügelten Seiten neben Körben, Tellern und Flaschen. *Peng. Peng. Peng.* Wie Gewehrsalven erfüllte das Korkenknallen hunderter Champagnerflaschen die nächtliche Luft. Ihr süßliches Wasser taufte den wiedergeborenen Himmel. Kein Mensch war auf der Straße. Noch immer nicht. Marie rannte weiter. Am Zieleinlauf der Streif vorbei eilte sie stadtauswärts. Das Knallen wurde leiser, doch der Nachthimmel erstrahlte noch immer in grellbunten Farben. Links des Weges am Hang ragten Bauernhöfe aus der

Finsternis. Still wie zum Schlafen eingerollte Tiere. Dann lag die Stadt hinter ihr. Vor ihr erstreckte sich der See, auf dem die Silhouette des Wilden Kaisers im Rhythmus der Explosionen auf und ab schaukelte. Als sie das Auto der Butz auf dem Parkplatz nahe des Ufers ausmachte, rannte Marie darauf zu.

»Wir haben es geschafft!«, schrie ihr die Butz aus dem heruntergekurbelten Autofenster entgegen, dann ließ sie den Wagen an. Marie blieb am Seeufer stehen und schaute übers Wasser, das aussah wie geschmolzene dunkle Schokolade. Im Frühsommer war sie zuletzt mit Youni hier gewesen. Sie hatten gebadet, gelacht, die Enten gefüttert. *Oh, what a perfect day. I'm glad I spent it with you.* Marie sah Younis Gesicht vor sich, sein verschmitztes Grinsen, auf das die spiegelnde Fläche des Wassers geheime Zeichen malte.

Der Wagen kam neben ihr zum Stehen.

»Jetzt komm endlich«, schrie die Butz durchs offene Fahrerfenster. »Gleich«, sagte Marie, den Blick noch immer auf die glatte Fläche des Wassers geheftet, in der sich der Berg in seiner ganzen Schönheit spiegelte. Kein Lüftchen regte sich. Trotzdem sah Marie es deutlich: Er tanzte.

DANKSAGUNG

Ich danke den Bergen meiner Kindheit, dem Kitzbühler Horn, dem Wilden Kaiser und dem Kalkstein. Eure Felsen, Hänge und Wiesen haben mich zur Autorin gemacht.

Ich danke meiner Lektorin Corinna Kroker, dem Klett-Cotta-Verlag sowie meiner Agentin Mimi Wulz von der ERA Agentur für ihre Unterstützung bei der Entstehung dieses Romans.

Ich danke dem Land Tirol, dem Bundeskanzleramt Österreich und der Berliner Senatsverwaltung für Kultur und Europa für die finanzielle Unterstützung in Form von Stipendien.

Ich danke meinen Freund*innen fürs Zuhören, für die guten Ratschläge und Ermunterungen. Danke, dass ihr mich immer wieder von der Arbeit abgelenkt habt! Besonders danke ich Gloria G. für die vielen intensiven Gespräche zum Buch. Und Andreas Schramböck für einen aufschlussreichen Nachmittag im Café Rainer.

Mein größter Dank gilt meinen Eltern, Pauli und unseren Kindern.